スリーアミーゴス

バッドカンパニーⅢ

深町秋生

集英社文庫

目次

スリーアミーゴス　バッドカンパニーⅢ

Ⅰ　ワーキングクラス・ヒーロー

1

有道了慈《うどうりようじ》の視界がぐらついた。地面が斜めに見えてくる。

ヘルメットをかぶっていたとはいえ、重い鋼管で側頭部を思い切り叩《たた》かれたのだ。ものすごいスピードで、地面がみるみる近づいてくる。

顔から地面に倒れようとしているとわかり、とっさに両手で受身を取った。両手と鼻に衝撃が走り、目から火花が散る。

有道はゾッとした。長年の格闘技経験がモノをいい、どんなときでも受身が取れるよう叩きこまれている。

しかし、それもギリギリのところだった。コンクリートの地面と熱いキスを交わし、鼻骨を叩き折られ、前歯を何本か失うところだった。

有道の頭のすぐ横に鋼管が振り下ろされた。鋼管がコンクリートの床とぶつかり、ひどく耳障りな金属音が鳴る。コンクリートの細かな破片が顔に飛んできた。

「劉《リウ》さん。んだば日本語授業の続き、やってみるすか」

大貫《おおぬき》がきつい宮城弁を口にしながら見下ろしてきた。

「こ、このへんて許してくたさい」

有道も言葉を訛《なま》らせて答えた。外国人を装うためにヘタクソな日本語で許しを乞う。

ここでは有道了慈ではない。劉浩宇《ハオユー》なる中国人になりすましている。中国黒竜江省《こくりゆうこうしよう》の田舎者《いなかもの》に化けて、真夏の建設会社で汗水たらして働き、そして苛烈なイジメを毎日のように受けている。

「ダメダメ。はい、だば産業廃棄物って言ってみさい」

「お願いてす。このへんて」

「産業廃棄物。ほれ早ぐ！」

「さ、さんきょうはいきぶつ」

大貫が歯を剝《む》いて笑った。彼の同僚たちも嘲笑する。

大貫はツーブロックに短髪という、今時のワルが好みそうな頭にしていた。二十九歳という年齢のわりには、ふてぶてしいツラのせいで四十代くらいに見える。夏向けの長袖Tシャツが、大量の汗に濡《ぬ》れてベッタリと肌に貼りついている。

彼はひとしきり有道の拙《つたな》い日本語を笑い飛ばすと、急に怒りの表情になって足を振り上げた。安全足袋《たび》が有道の胸へと飛んでくる。

「ひっ」

有道は情けない声をあげた。軍手をつけた掌《てのひら》で安全足袋のつま先を防ぐ。鉄芯の重い衝撃が胸にまで伝わり、思わず息を詰まらせた。再び背筋が冷たくなる。ここの従業員たちは三度のメシより、暴力を好みそうな荒くれ者揃《ぞろ》いで、加減というものを知らない。

今の安全足袋の一撃にしても、有道がすばやく対応していなければ、もろに肋骨《ろっこつ》を何本も叩き折って大事になっていただろう。

「産業廃棄物。おめえみてぐ使えねえやづのごどだ、わがったが、チャイナ」

痛みに身体《からだ》を丸める有道に、大貫が怒声を浴びせてきた。彼の後輩の板橋《いたばし》に足を小突かれる。

大貫は二児の父でもあるらしいが、もはややっていることはパワハラのレベルではない。完全に度を越しており、リンチや暴行傷害に該当する犯罪だ。

こんな無法者が上司の管理職よりも大きな顔をしているのだから、会社の体質はロクなものではなかった。

産業廃棄物はてめえらじゃねえか、クソったれめ。有道は心のなかで罵った。

古株の作業員や従業員を監督する職長さえも、大貫たちの暴行を見て見ぬフリをしていた。有道と同じく技能実習生として働く三人のベトナム人たちも、関わりを避けるようにして、ひたすら資材の片づけに勤《いそ》しんでいる。

有道が放り込まれたのは、宮城県北部の『みちのくアッセンブル』という建設会社で、従業員数は営業や事務員を含めて約五十人程度という中小建設企業だ。

同社が手がけるのは、おもに足場組立や解体工事で、高所で重たい足場板を担ぎ、解体現場でハンマーを振るう。根性の据わった肉体派ばかりだ。

大貫はその中でも百九十センチ近くあり、体格のよさを買われて相撲部屋《すもうべや》に入門した過去もあるという。現場では重たい単管パイプを何本も一度に運ぶ力自慢だ。ケンカも相当強いらしく、若手のリーダー格として大きな顔をしていた。

会社に潜り込んでから約一ヶ月経《た》った。陸上自衛隊出身で体力には自信のある有道であっても、重労働に加えて真夏の暑さもあり、そろそろ音を上げそうになっていた。

地方の人手不足は深刻だ。若い人間は給料のいい首都圏にどんどん流出し、おまけにキツい現場労働などしたがらない。

同社の公式サイトはしっかりとした作りで、残業がいかに少なく、休みも楽々と取れ、外国人も笑顔で働けるアットホームな職場かとアピールしている。だが、それらは全部嘘《うそ》っぱちだ。

人手不足であるがゆえに残業は日常茶飯事だ。朝六時に現場へ集まり、終わりは大抵夜の七時を過ぎる。元請けの現場監督の無茶な指示で急に工期が変わり、作業が深夜に及ぶこともザラだった。

会社は作業員をかき集めるのに必死だった。建設業務の労働者派遣は法律に違反するはずだが、怪しげな人材派遣業者や手配師を通じ、素性の知れない日雇いも使っている。

体力も気力もなさそうなホームレス風やアルコールの臭いをぷんぷんさせた老人など、とても建設現場の重労働に耐えられないような人間が、ワンボックスカーやマイクロバスで運ばれてくる。昼は摂氏三五度にもなる酷暑に耐えきれず熱中症になって倒れたり、作業中にどこかへ逃げ出したりする始末だった。

一ヶ月近くも働いていると、多少は建設会社の色に染まるようで、酒の臭いをプンプンさせながら、チンタラと資材を運んでいる日雇いを目にすると、会社側からタコ殴りに遭っている有道でさえもイラッとするときがある。

従業員たちがケダモノと化すのは、慢性的な人手不足と、それによる過酷な職場環境によるものと思われた。

あの野宮綾子《のみやあやこ》が送りこむほどだ。いわくつきの会社だと覚悟をしてはいたが、まさかここまでひどい会社だとは思っていなかった。

「いづまでサボってんだ。早ぐ片づげろ！」

板橋に安全足袋で尻を蹴られた。

「すみません。すぐにやります」

有道は湧き上がる殺気を消し、足に力を込めて立ち上がった。

こいつらを叩きのめす日が来るのを待ち望みながら、ベトナム人たちとともにトラックから資材を下ろした。

2

「こんな田舎の建設会社になにがあるってんだ」

有道はタブレット端末を見つめた。『みちのくアッセンブル』の公式サイトが表示されている。

液晶画面には、建築中のビルと足場を前に、ヘルメットをかぶった作業員たちがズラッと並んだ画《え》が映し出されている。全員が男らしさを主張するかのように、自信満々な顔つきで腕組みをしていた。

野宮は高級オフィスチェアに腰かけ、ラップトップのパソコンをいじっていた。彼女の後ろには大開口の窓が嵌《は》めこまれてあり、東京タワーや湾岸の高層ビル群が一望できた。

「それは秘密」

「どうしてだ」

野宮がパソコンの画面から目を外した。有道に微笑《ほほえ》みかける。

「あなたの戦闘力は高く評価しているけれど、別人にずっとなりきれるほどの演技力はないでしょう。知らないままでいるほうが、任務も遂行しやすくなる」

「あんたはいつもそれだ。命張るのはおれなんだぞ」

有道はタブレット端末を突《つつ》いた。

「会社がじつはヤクザ絡みの企業舎弟《フロント》とか、そういう話じゃねえだろうな。社長が裏《うら》盃《さかずき》もらってる親分さんだったとかよ」

「残念。かたぎよ。ヤクザなんかとは無縁のすっかたぎ」

「じゃあ、どこぞのインチキ宗教団体とか半グレ絡みか」

有道は液晶画面をタップした。

サイト内に〝外国人教育〟なる項目があり、そこには『やる気さえあれば国籍は関係ありません！』と大きなフォントで記され、社員と東南アジア系の技能実習生が高所の足場で固く肩を組んだ画像がアップされていた。

ハイレベルな日本の技能を発展途上国の労働者に伝承させるなど、我が社は国際貢献を果たしているのだと大いに胸を張っている。

野宮は首を横に振った。

「それもない。見てのとおり、田舎にある小さな建設会社よ」

「わかったぞ、テロリストのアジトだろう。爆弾だの毒ガスだのをコソコソ作ってる」

「ブー。なにもないったら」

有道は天井を睨《にら》んで考えこんだ。指を鳴らして答える。

「それじゃあ――」

「おい、いい加減にしろ」

野宮の横に控えていた秘書の柴志郎《しばしろう》が口を挟んだ。

応接セットにふんぞり返る有道に近づき、冷ややかな視線で見下ろしてくる。

「かりに裏があろうがなんだろうが、雇われの身であるお前の知るところではない。ドンパチと腕っぷししか取り柄のないお前に、最適な任務を選んでくださった社長に感謝すべきところだ」

「てめえだって、他人をこそこそ嗅ぎ回るしか能がねえじゃねえか、柴犬。虎の威を借る犬っころが偉そうな口叩きやがって」

柴の顔色が変わった。

「なんだと？」

「やんのか」

有道はすばやく立ち上がってファイティングポーズを取った。柴は嫁いびりに励む姑《しゅうとめ》みたいな野郎だ。昔から底意地の悪い元公安刑事のこの男が嫌いだった。

野宮と柴のおかげで何度も裏をかかれ、死線を潜《くぐ》らざるを得なくなった。

野宮が経営している『NASヒューマンサービス』は、人材派遣の看板を掲げている。『NAS』とは、ノミヤ・オールウェイズ・セキュリティの略称だ。

契約先に送りこむ人材は、有道のような元自衛官や元軍人、元警官といった腕自慢や鼻の利く人間たちだ。人材教育や要人警護を行う一方、裏で犯罪絡みの仕事も平気で引き受ける。

野宮は小さな顔立ちと鹿のような瞳が特徴の美人だ。大抵の連中はその見た目にすっかり騙《だま》される。

今夏はより短めのスカートを穿《は》き、すらっと伸びた長い脚を見せびらかし、『NAS』を訪れる取引先や、汐留界隈《しおどめかいわい》のビジネスパーソンの目を釘《くぎ》づけにしている。かつてその美脚に心を奪われたアラブの石油王がおり、彼女は何度もプロポーズをされて弱ったものだと自慢している。この女の本質は詐欺師であり、たぶんその自慢話は真っ赤な嘘だろうと有道は睨んでいるが、とんでもないプロポーションの持ち主であると同時に、恐怖心というものを母親の胎内に捨ててきたようなクレイジーな女であるのは事実だった。

おかげで血なまぐさい事態に発展することもしばしばで、有道も柴も凶暴なヤクザや凶悪犯を相手に幾度もドンパチを繰り広げた。悪党たちに拉致《らち》され、三途の川《さんずのかわ》を渡りかけるほど痛めつけられたこともある。

野宮は相手を選ばない。これまでも日本最大の暴力団である華岡組《はなおかぐみ》や、イスラム過激派のテロリストとも死闘を繰り広げてきた。こんな女とつるんでいたら命がいくつあっても足りず、明日にでも逃げ出したいところだが、有道は野宮に億単位の借金をしていた。

今回も田舎の小さな建設会社と言っているが、額面どおりに受け取るわけにはいかない。とんでもない魔物たちが集結するアジトかもしれないのだ。

野宮が席を立って手を叩いた。

「はいはい。あなたたちの仲良しぶりはわかったから、話を進めましょうか」

彼女は応接セットに近づき、有道の対面に腰かけた。液晶画面に映る男たちを指さす。

「疑い深くなるのはわかるけど、どこにでもある普通の会社だってば。そこは間違いないと保証する。しばらくここで働けば、あなたも理解するはず」

「そんな普通の会社になんでスパイみたいに潜らせる。今度の依頼人はどこのどいつだ」

柴がせせら笑った。

「立派なのはガタイだけで、肝っ玉はとことん小さいな」

有道は右手でタブレット端末を振り上げた。

「だったら、てめえが行って汗掻きやがれ！　デスクワークのしすぎで腹がたるんでるぞ」

「まあまあ」

野宮が有道の右手首を握り、猫なで声で諌《いさ》めてきた。

「あなたは命知らずの元空挺《くうてい》レンジャーじゃない。この会社は足場工事が中心だから、地上数十メートルもの高所で働くことになる。そんなところで重い鋼管だの踏板だのを担げる力と度胸を備えているのは、うちの会社でもあなたぐらいよ。一ヶ月も過ごせば、依頼人もカラクリもわかるようになるから。お願いね」

「一ヶ月も働くのかよ。どうせ拒否権もねえんだろうが、それにしたって……」

有道はテーブルに目を落とした。

赤茶色の中国のパスポートには、劉浩宇なる名前が記載され、有道の顔写真が貼られてあった。それに劉名義の在留資格認定証明書、技能実習計画認定通知書といった書類の束もある。

普通の建設会社というわりには、相当な入れ込み具合がうかがえる。これらの書類やパスポートを偽造するには、かなりの額のカネと手間がかかったはずだ。

これは相当ヤバい案件だ。有道の勘がそう知らせており、空調が効いた部屋にもかかわらず、背中を冷たい汗が伝う……。

「痛《いて》え！」

有道は悲鳴を上げた。右手首に痛みが走った。万力で締め上げられたかのように、骨がメキメキときしむ。野宮が信じられない力で、有道の右手首を握り締めていた。

「わかるでしょ。もしヘタを打ったら、これらの下準備も水の泡。我が社の看板にも傷がつく。がっかりさせないでね。エースさん」

「わ、わかったよ」

野宮はニコニコと機嫌よさそうな笑みを浮かべていた。しかし、その目はまったく笑っていなかった。

3

〈もう一ヶ月経ったぞ　連絡よこせ〉

有道はトイレの個室にこもり、スマホを操作していた。柴にSNSを通じてメッセージを送る。

SNSのアプリは海外のものだ。時限式で自動削除メッセージを送ることが可能で、一定時間が経過すると自動でメッセージが消える。証拠隠滅に使えるため、裏社会の人間などに重宝がられている。

有道はさらにメッセージを送った。夕刻のリンチで後頭部や掌がズキズキと痛む。

〈シカトこいてんじゃねえ！　柴犬なんか言えコラ殺すぞ〉

スマホにタッチする力も思わず強まる。

痛めつけられた怒りをＳＮＳにぶつけ、柴が怒り狂いそうなメッセージを大量に送ったものの、相手は挑発に乗ってこず、ちっとも音沙汰がない。

「クソが」

有道は個室のドアに拳を叩きこんだ。木製のドアが派手な音を立て、木板にヒビが入った。パラパラと木屑《きくず》が落ちる。

いけねえ。己を改めて諫め、深呼吸を繰り返した。きつい消毒液とアンモニアの臭いが漂い、とてもフレッシュな空気とは言い難いが、怒気を抑えこむのには成功した。

有道は陸自時代にレンジャー訓練をやり遂げていた。約四十五キロの装備を担ぎながら、飲まず食わずのまま、ほとんど睡眠すら摂《と》らずに山中を移動しつづけるのだ。肉体自慢の隊員たちのなかでさえもごく限られた者しかいないレンジャー資格保有者だ。それだけに気力体力には自信があった。無茶な任務で命を落とさぬよう、今も鍛錬を怠ってはいない。

真夏の現場労働は過酷ではあるが、地獄のようなレンジャー訓練を思い出せば耐えられなくもない。

問題は従業員らの度を越した暴力、それに有道自身の自制心のなさにあった。陸自の精鋭として敬意を払われながらも、けっきょく上官の傍若無人な態度に堪忍袋の緒が切れ、鉄拳をバカスカ浴びせてしまい、自衛隊から放り出された過去がある。

その後は焼肉チェーン店の経営に精を出したが、そのさいも有道は暴力で身を滅ぼしかけた。食中毒を発生させて経営が傾くと、裏カジノで一発逆転を狙って大金を投じた挙句、大損をこいてヤクザと大立ち回りを繰り広げたのだ。一ダースの暴力団員からタコ殴りに遭っていたところを野宮に救われて一命を拾った。

もし野宮と出会っていなければ、魚のエサにでもされていたか、身体をバラバラに解体されて、内臓を売り飛ばされていたかもしれない。

野宮は命の恩人にあたる。とはいえ、あのときに救われたりなんかせず、いっそヤクザに殺されていたほうがマシだったと思い返したくなるほど、薄氷を踏むような修羅場や死地に何度も送りこまれている。

有道は背中と股間の皮膚をバリバリと掻いた。ストレスが溜《た》まると、皮膚がかゆみを訴え出す。真夏の現場作業で皮膚が汗でべとつき、汗疹《あせも》で全身の肌が炎症を起こしていた。そろそろこの現状をなんとかしてもらわなければ、大貫たちを殴り倒しかねなかった。

トイレを出ると、魚醤《ニョクマム》の香りがした。三人のベトナム人技能実習生たちが共用のキッチンで夕食を摂っていた。業務用のパスタを茹《ゆ》でて、それに魚醤ベースのパスタソースを振りかけただけのものだ。

オカズは近くのスーパーで半額以下になった総菜だ。疲れ切った顔をしながらも、一心不乱にパスタを箸でかっこんでいる。

彼らの忍耐力と体力も見上げたものだった。全身から塩が噴き出るほどの労働に従事しながら、有道と同じくケダモノのような従業員たちからのキツいかわいがりに耐えている。稼いだカネの大半は母国に仕送りしてしまい、必要最低限の買い物しかしない。パスタを啜《すす》っていたミンが、有道にうなずいてみせた。

「劉さん、食べて」

「謝謝《シエシエ》、謝謝」

有道は孤独な中国人技能実習生に戻り、ミンに手を合わせて礼を述べた。

彼の厚意に甘えて調理場の皿を手に取った。赤ん坊がすっぽり入りそうな巨大なザルに、数キロ分はありそうなパスタがあった。一度に大量に茹でるのは光熱費を少しでも抑えるためだ。もしパスタが余ったときは、油を垂らして密封容器に入れ、冷蔵庫に保存して翌日分に回している。

有道は皿に盛ったパスタにふりかけを適当にかけ、そのうえから魚醤を少し垂らした。ミンの横に腰かけてパスタを啜る。塩味がだいぶキツいものの、大量の汗を掻いた後では、不思議とうまく感じられた。

メシは貴重な憩いの時間だったが、ベトナム人たちはひどく寡黙で、暗い目をしながらスマホをいじっていた。かりに口を開いたとしても言葉はベトナム語で、有道には会話の内容が理解できない。

本来なら技能実習生は現地の送り出し機関で、日本語や職種、価値観などを数ヶ月かけて学んでから来日することになっている。きちんとした教育を受けた技能実習生もいるのだろうが、少なくともこの寮にいるベトナム人のなかで、日本語をそれなりに話せるのは、大都会のホーチミンで育ったミンのみだ。

『みちのくアッセンブル』では、数年前まで中国人の技能実習生を受け入れていた。気の強い中国人に比べて、ベトナム人は辛抱強くて扱いやすいという監理団体のアドバイスを信じ、増加傾向にあるベトナム人技能実習生に切り替えつつあった。

だが、ベトナム人たちはスジの悪い送り出し機関の手を経てやって来たらしく、日本語をろくに習っておらず、自分がなんの職種に就くのかも知らないまま来日した。

高所作業という危険が伴い、騒音もすさまじい建設現場では、密なコミュニケーションが欠かせず、日本人ですらわからない専門用語もポンポン飛び交う。

わけもわからないまま危険な建設現場に送られた異国人が、しっかりとした意思疎通を図れるはずもなく、当然ながら即戦力になれるわけもない。

ただでさえ『みちのくアッセンブル』のような下請け業者には、あらゆるしわ寄せが来る。工期が短めであるために長時間の残業が日常茶飯事で、おまけに従業員は技能実習生を戦力として使えるよう教育しなければならない。そのため現場には危ういフラストレーションが溜まりに溜まっていた。

リンチに走る大貫たちもまた、混乱した現場に追いやられた犠牲者ともいえた。だからといって、連中が人間以下の犬のクソであるのには変わりなく、鋼管や安全足袋で他人を殴っていいはずもなかったが。

ミンが総菜を箸で指した。

「劉さん、オカズも食べてください。パスタだけは健康によくない」

有道は目のあたりをぬぐってみせた。

「謝謝、ミンさんは神様よ。国か違う私にまで優しくしてくれて」

「よして。私、神様なんかじゃありませんよ」

ミンの顔に翳《かげ》が差す。

彼には独特の品があった。ただの都会育ちというだけではない。パスタを食べる所作ひとつ取っても、他とは違う育ちのよさを感じさせた。父親は国有企業の工場で働き、それなりの地位にあったらしい。中流家庭で育ったものの、スパルタ教育に耐えかねて家出。ホーチミン市内で白タク稼業に精を出していたという。

ミンの対面に座っていたフックが、スマホから顔を上げた。暗い目を有道に向ける。

「そう。ミン、神様じゃない。お前、逃げたら困る。だから優しくする」

フックは意地悪そうに笑った。

ミンとは対照的に野卑な臭いをさせた男だ。貧しい農村部の出身で、箸の持ち方もデタラメだった。皿に顔を突っこむようにパスタをかっこんでいた。

もうひとりはまだ十八歳で最年少のドゥックだ。メシの最中だというのに、今時の若者らしく、青い顔をしながらスマホをいじっていた。有道は彼の笑顔をまだ一度も目にしていない。日本語の習熟度が一番低いことから、有道と同じく従業員たちからイジメのターゲットにされている。

彼らは〝日本で数年働くだけで家一軒持てる〟というブローカーの甘い言葉を信じ、多額の借金を抱えてジャパニーズドリームを実現するために来日した。しかし、安い賃金と厳しい労働に直面し、すっかりやさぐれた雰囲気を醸し出していた。

「おい――」

ミンがベトナム語でフックになにかを言った。言葉はわからなくとも、意味はなんとなくわかった。余計なことを喋《しゃべ》るなとでも注意したのだろう。

有道は劉になりきって微笑みかけた。

「大丈夫ね。逃げたりしないですよ。逃げたら迷惑かけるし、みんなひどい目に遭わされるてしょ」

「すみません」

ミンが有道に頭を下げた。有道は手を軽く振った。

「あなたか謝ることじゃないですよ」

会社は技能実習生の行動に目を光らせてもいた。

暴言や暴力といったパワハラや犯罪が横行しており、それに耐えかねて失踪した技能実習生が何人かいたらしい。

技能実習生にとって働きやすく、技術を習得できる環境をしっかり用意している受け入れ企業は、〝優良な実習実施者〟と認定され、技能実習生の受け入れ人数の拡大などが許される。

失踪が多発するような企業は、外国人技能実習機構《OTIT》から目をつけられ、最悪の場合は技能実習計画の認定の取消といった行政処分を受ける。技能実習生の受け入れはもちろん、取消の事実まで公表されるため、企業の看板にまで大きな傷がつく。

すでに何人かの技能実習生にケツを割って逃げられている。その原因が度を越したパワハラや暴力行為と知られれば一大事だ。従業員による暴力を黙って見過ごしてきたばかりか、これ以上の技能実習生の脱走をふせぐため、有道たちを露骨な監視下に置いていた。

技能実習生はスマホの所有こそ許されているものの、会社の命令で監視アプリを入れられており、位置情報を摑《つか》まれていた。スマホに保存された画像もチェックされ、従業員たちの悪行を撮影していないかも調べられている。

有道たちが暮らす寮は、会社から数キロ離れた位置にある。そこには日本人の派遣労働者や日雇いのアルバイトも暮らしており、彼らには技能実習生の動向を見張るよう指示が出ているとの話だった。

「謝ることじゃないね」

有道は繰り返し口にした。

謝罪しなければならないのは有道のほうだ。日本人として恥ずかしくなってくる。

技能実習生の受け入れ企業が、こんなヤクザな組織ばかりだとは思っていない。ネットをチェックすれば、温かい職場に迎えられ、それこそ『みちのくアッセンブル』の謳《うた》い文句のように、アットホームな雰囲気で過ごしている技能実習生たちが見つかる。この会社のベトナム人の間でも、職場環境がしっかり整った農園や会社に入った同胞を羨む声が上がっている。

その一方、有道のようにひどい暴行を受け、差別的な言葉を投げかけられ、監理団体や受け入れ企業から不当な搾取に遭っているとの報道は、それ以上に多く目にしていた。なにより、有道たちもその問題に直面している。

——どこにでもある普通の会社だってば。

　野宮の言葉を思い出した。彼女は珍しく嘘をつかず、本当のことを言っていたのだ。『みちのくアッセンブル』はどこにでもある中小の建設会社のようだった。従業員たちは過去にヤンチャな経歴がある者が多いとはいえ、毎日額に汗して働く普通の肉体労働者だ。工期の短さや残業の多い過重労働にうんざりし、言葉すら満足に話せない技能実習生に鬱屈《うっくつ》をぶつけている。おそらく、こんな惨状が日本中のあちこちで起きているのだろう。

　フックがしげしげと見つめてきた。

「劉さん、お前なんかやってたか」

「え？」

「これよ。アチョー」

　フックが拳を振ってみせた。握った拳を小刻みに震わせてみせる。ブルース・リーのモノマネだとわかり、心臓が大きく鳴った。

「まさかまさか。そんなわけないです。全然ナッシングよ」

　有道は慌てて否定した。とんでもないと言いたげに、首を横に振ってみせる。

「そんな力あったら、大貫たちをとっくに叩いてる。そうてしょ。なんてそう思うのてすか？」

「身体、軍人みたいだから。特工《ダッコン》に選ばれたやつ、親戚にいる。そいつと身体、そっくり」

「特工《ダッコン》？」

有道が怪訝《けげん》な顔をして問い返すと、ミンが意味を説明してくれた。

「ベトナム人民軍の精鋭で、特殊部隊という意味です」

「と、特殊部隊なんて」

フックが小馬鹿にしたように鼻を鳴らした。

「違うみたいだな。お前、いい身体してても、意気地なさそう。役に立つかと思ったけれど——」

ミンがふいに鋭い視線をフックに向けた。フックも急に口をつぐむ。

有道は尋ねた。

「役に立つ？　なにかするんですか？」

「なにもしません。アレですよ」

ミンが笑顔に戻って壁を指さした。

共用キッチンの壁には、『みちのくアッセンブル』の社是が記された額縁が掲げられてある。

いかめしい筆文字で『忍耐　努力　誠実』と、でっかく書かれてある。どこにでもある文句だったが、従業員たちの横暴ぶりを思い出すと、額縁ごと叩き割りたくなる代物だった。

「劉さんも借金《デット》あるでしょう。ここはじっと耐えましょう。忍耐ですよ。腕さえ磨けばここの従業員もわかってくれるはずだから。つらいことがあったら言ってください。もう私たちは〝同じ釜のメシを食べた仲〟です」

ミンは有道の肩を叩いて立ち上がった。

フックも残りのパスタをガツガツと腹に収めると、さきほどの有道との会話などなかったかのように席を立った。ドゥックも疲れた身体を引きずるようにして、それぞれの部屋へと戻っていく。

有道はひとり残ってタバコをくわえた。普段はタバコをやらないが、中国人に化けるためのアイテムとして、中国製タバコを吸うようにしていた。タバコの葉にハーブが混ざっているらしく、漢方薬のような独特の味がするため、日本人からもベトナム人からもたかられずに済んだ。

忍耐ね。有道は紫煙を吐き出しながら小声で呟《つぶや》いた。

野宮がここに有道を送った理由は未《いま》だ不明だ。あの女の腹のうちなどわかった例《ためし》がない。もしかしたら遊び半分で、ただ有道に肉体労働をさせようと考えたのではと疑ったほどだ。

しかし、どうやらそんなこともなさそうだ。危うい香りが立ち上るのを見逃さなかった。

4

有道は息を呑《の》んだ。

トラックの荷台から落ちたドゥックに駆け寄る。

「おい！」

ドゥックが無事でないのは一目瞭然だった。幼さの残る顔が苦痛に歪《ゆが》んでいる。彼は砂利敷きの地面に頭を打ち、側頭部から血を流していた。彼の脚には三メートルの単管パイプが乗っかっていた。

有道は重さ約六キロの単管パイプをどかして声をかけた。

「大丈夫ですか！」

ドゥックは脂汗を掻きながらもうなずいた。意識を失ってはいないようだ。危うく自分が外国人に化けているのを忘れそうになる。それほどドゥックが遭った事故は危うかった。意識があるといっても、ケガの具合はひどそうだ。

側頭部の皮膚が砂利で切れ、パックリと傷口が裂けている。重量のある単管パイプに押しつぶされ、脛《すね》がみるみる腫れ上がっていく。有道が脛に軽く触れただけで、ドゥックは悲鳴を上げた。脛骨《けいこつ》が折れている可能性が高い。

ドゥックに両手足に力が入るかどうかを訊《き》きながら、有道はタオルを彼の側頭部に当てて止血を試みた。荷台から落ちたさいに、頸椎《けいつい》を損傷しているおそれもある。

ドゥックは手足の感覚はあると答えるものの、涙をこぼしながら痛みをしきりに訴えた。

ちょっとやそっとの事故には目もくれない作業員たちも、さすがに騒然となっていた。トラックの運転席から降りた板橋も、今さら事の重大さに気づいたのか、引きつった笑みを浮かべている。

作業員やミンたちが駆け寄る。有道は競馬新聞をポケットに入れた作業員に、頭を下げて手を差し出した。作業員から競馬新聞を受け取ると、ドゥックの脛を包んでギプスの代わりにした。腰のベルトを外し、他の作業員たちからもベルトを二本借り、脛と競馬新聞を巻きつけて固定する。

「劉さん……」

ドゥックが子供みたいに泣きじゃくり、ベトナム語でなにかを訴える。

言葉の意味はやはりわからないが、ケガによって働けなくなることが不安で仕方がないというのが、表情などから察せられた。彼の手を握ってやる。

「大丈夫、大丈夫よ」

ドゥックに語りかけてやりつつ、トラックの傍《そば》で立ち尽くす板橋を睨みつけた。

「この……」

クソたれのクズ野郎。喉元まで罵倒がこみ上げるが、任務を忘れるわけにはいかない。

それは会社の事務所の裏にある資材置き場で起きた。足場の解体を済ませ、現場から会社まで引き揚げ、資材の片づけをしている最中だった。

ドゥックが荷台で作業していたにもかかわらず、板橋がトラックのアクセルを踏んだのだ。

ちょいと脅かしてやろうというイタズラ心でやったのか、これだけ悲惨な結果になるのをわかっていてやったのかはわからない。どっちにしろ、このクズ野郎の愚行のおかげで、荷台にいたドゥックはバランスを崩し、担いでいた単管パイプごと地面に落下する羽目になった。

怒りの導火線に火がついたのは、ミンやフックも同じようだった。彼らは普段やられっぱなしで、借金の返済と大金を持ち帰るため、忍従の日々を強いられている。

しかし、板橋の度を越した悪意に堪忍袋の緒が切れたようだった。ミンは板橋に激しく詰め寄り、フックに至ってはベルトポーチからハンマーを抜き出している。

ミンが憤怒《ふんぬ》の形相で板橋の肩を摑んだ。

「板橋さん、あんまりじゃないですか。あまりにひどすぎる！」

「……そ、そいなぐマジになんなよ」

板橋は自分が招いたトラブルを持て余し、ベトナム人の剣幕にもすっかり押されていた。薄笑いを浮かべたままだったが、じりじりと後じさりをする。

「あなた、なにがおかしくて笑っている。あなたがやったことは犯罪。許されないよ！」

ミンは板橋の肩を激しく揺さぶった。

彼の顔は涙と洟《はなみず》で濡れそぼっていた。同胞や有道に忍耐を訴え続けていたが、もはや感情を抑えきれなくなったようで、顔をクシャクシャに歪めている。

ミンたちの気持ちは痛いほどわかった。有道も今すぐ加勢したいところだ。どさくさにまぎれて板橋にキツい一発をお見舞いしてやりたかったが、ドゥックの応急手当に追われていた。

「謝れ！　バカにしやがって」

フックがハンマーを振り上げ、作業員たちから止められていた。ハンマーを取り上げられながらも、ミンと同じく板橋に嚙《か》みついていた。

「謝っこどなんかねえ！」

大貫が安全足袋で砂利を踏みしめながら板橋たちに近づいた。

ひときわ大柄な体格で威圧感があるうえ、彼は両手でシャベルを握っていた。

「なんだと……」

ミンが呆然《ぼうぜん》とした顔で大貫を見つめた。声を震わせながら問いかける。

「あなた、なんと言いましたか？」

大貫は地面に唾を吐いた。これまでと変わらぬ傲岸《ごうがん》な態度で、ミンを蔑むように見下ろす。

「何度も言わせんな。おめだづなんか、日本語もまどもに喋らんねまま、のっつぉこいできた半端者《はんぱもん》だべ。半端者になじょして謝んねばなんねえ」

ミンが大貫に襲いかかった。ベトナム語で吠《ほ》えながら、拳を振り上げる。

有道は見かねて動いた。地面を這《は》うようにして駆け寄ると、ミンを肩から突き飛ばした。

有道の背中に熱い痛みが走った。大貫のシャベルが有道のシャツや皮膚を切り裂いていた。

ミンも砂利の地面を派手に転がり、石ころに身体を打ちつける。それでも、有道が割って入っていなければ、鋭く尖《とが》ったシャベルで腹を突き刺されていただろう。ドゥック以上の大ケガを負っていたかもしれない。

大貫が不愉快そうに唇を歪めた。

「おめえ、チャイナ。なに勝手に出はってんだ！」

大貫がシャベルを握り直した。野球のバットのように振り回す。

「ひっ」

有道はとっさにしゃがみこんで、大貫の次の攻撃をかわした。

頭のうえをシャベルが通り過ぎ、風が横顔を吹きつける。大貫が意外そうに眉をひそめる。

どうすりゃいい——有道の頭が混乱しかける。

大貫は有道の頭をかち割ろうと力いっぱいフルスイングしていた。有道たちを人間とは見なしていないと、暴力という形ではっきり主張してきた。

格闘術をマスターしたと自負する有道でも、シャベルで殴りかかる元相撲取りをいなすのは容易ではなかった。ましてや臆病な中国人を演じている場合ではない。

「死ねっつってんだ、この半端者が」

大貫が今度は刀のごとく振り下ろした。有道は甲高い悲鳴を上げつつ、紙一重でそれをかわす。

シャベルが地面の砂利を叩き、石の破片だのが横顔まで飛んでくる。作業員たちがどよめく。

有道はかわしながらも迷い続けていた。反撃しなければ、有道の身が危うい。大貫の力任せの攻撃は威力充分だが、その一方で隙も大きかった。カウンターで足をへし折るキックを見舞うか、目や睾丸《こうがん》を狙って殴りつけるか。

野宮の顔が脳裏をよぎった。ここで反撃してはならない。

一時的な爽快感を得られても、ロクな事態しか待ってはいない。この会社から追い出され、野宮にケジメを求められるのは火を見るよりも明らかだ。

ここでの労働も地獄だったが、よりハードな地獄に追いやられるかもしれなかった。中東やアフリカの戦場にでも面白半分に送られてもおかしくはない……。

「やばっ――」

迷いが命取りになった。

大貫がシャベルで突きを繰り出してきた。大貫を叩きのめすどころか、有道のほうが今にも顔を突き刺されそうだった。

頭を振ってかわそうとした瞬間だった。事務所の裏口から肥満体形の五十男が駆け寄ってきた。濁った声で怒鳴る。

「おい！　止《や》めろ、止めろずでば」

社長の倉元大輔《くらもとだいすけ》だった。

誰に対しても傲岸不遜な大貫だったが、さすがに雇い主の呼びかけには従わざるを得ないようだった。舌打ちをしてシャベルを地面に放る。

「なぬや……こいづはどういうごった」

倉元は現場の惨状に顔を凍《い》てつかせた。

ミンたちが今度は倉元に食ってかかった。必死になって板橋の悪行と大貫の暴言を伝える。

ミンが大貫たちを指さした。

「社長、このふたりに謝るよう言ってください。言ってください！」

倉元はドゥックに目をやった。

「待で待で。事情は後で訊ぐ。とにがぐ今は内輪揉《うちわも》めしてる場合でね。仲間のケガば診《み》でやるごどだべや」

倉元はドゥックに駆け寄り、ケガを負った彼の頭の具合などを確かめた。大丈夫か、痛むかとしきりに尋ね、泣きじゃくるドゥックをなだめる。

有道は倉元を冷ややかに見つめた。倉元の言い分は正論だ。ケガ人をいつまでも放置するわけにはいかない。倉元はミンらに呼びかけ、同胞の若者を担架で運ぶように命じた。

倉元はこの荒れた労働環境を生み出した元凶だ。従業員の数が限られているというのに、元請けから安い工事代金でいくつも引き受け、日雇いの作業員や技能実習生を朝から晩まで休みなくこき使ってきた。

有道が過ごした約一ヶ月の間だけでも、ケツを割って逃げた見習いや日雇いを何人も見ている。気合だの根性だのと、この手の業界にありがちな精神論を好み、赤字で会社が苦しいからと、従業員に残業代を出さないこともしばしばあるという。

経営が苦しいと連呼するわりに、仙台市国分町《こくぶんちょう》のクラブの女にかなり入れあげ、出張や接待と称して大金を注《つ》ぎ込んでいると、従業員たちの間で噂《うわさ》になってもいる。

「急いで病院だ」

倉元の指示により、大型ヴァンが手配され、広い荷台にドゥックが担ぎ込まれた。倉元自らがハンドルを握る。

緊急事態に対応する経営者として、キリッと表情を引き締めていたが、この男にどこまで誠実さがあるのかは疑問だった。

5

その日の夕食はまるでお通夜だった。

今夜の食事当番はフックだった。粗野な田舎者のわりに、料理の腕は抜きん出ていた。日本で稼いだカネを元手に、都会で自分の料理店を持ちたいという夢を抱《いだ》いていたほどだ。

そのフックがベトナム風の卵焼きに加え、豚の炒《いた》め物をこしらえたが、その夜は食が進まなかった。フック自身も普段はこれらをオカズにし、ドンブリメシを何杯もかっこむのだが、今日は一杯がやっとといった様子だ。ミンに至っては食卓にすら現れない。

ドゥックの脛骨はやはり折れていた。金属を入れる手術が必要らしく、しばらく入院生活を送るという。完治するには二ヶ月以上の月日ときついリハビリが待っている。

ドゥックのケガが癒えたとしても、その後足場工事のような重労働に耐えられるかどうかはわからなかった。あんな嫌がらせをされた以上、あの会社で屈託なく働けるとは思えない。

有道も食欲どころではない。大貫のシャベル攻撃で背中を斬られ、皮膚が火傷《やけど》のような痛みを訴えている。重労働で腹の虫が散々鳴っていたはずなのに、極度のストレスと怒りのせいで、メシがうまく喉を通ってくれなかった。

ミンがキッチンにやって来た。あの騒動の後、すっかり生気をなくしていた。彼はのろのろと椅子に腰かけた。

「お腹《なか》すきましたか？」

有道は席を立って炊飯ジャーのフタを開けた。ミンが首を横に振る。

「いりません」

「でも、少しは食べないと」

「それよりも」

ミンはあたりを見回した。

　室内には三人しかいない。ミンの様子を見て、フックがスマホを操作した。ベトナムの弦楽器が使われたダンスミュージックが、スマホのスピーカーから大音量で鳴り出した。陰鬱な雰囲気のふたりとは対照的に明るい曲調だ。

　有道は目を白黒させてみせた。

「一体、なんてす？」

　ミンが椅子を動かして有道との距離を詰めた。顔色こそひどく悪いが、目にはギラギラとした輝きがある。

「劉さん、あなたは日本でいくら稼ぐつもりでしたか」

「え、ええ？」

　ミンたちの様子からして、話の流れはなんとなく想像がついていた。それでも、いざ打ち明けられると嫌な緊張を覚えた。

　劉浩宇の経歴を思い出しながら答えた。

「十万元《ユアン》くらいてす。日本円だと、だいたい二百万。借金も五十万円くらいありますから、二百五十万円は欲しいと思ってますが……」

　フックが冷ややかに笑った。

「そんなカネ、お前には到底無理。おれたちにも無理」

「そう言われても……」

有道は困惑したように目を伏せた。

とはいえ、フックの言うとおりだった。

有道たち技能実習生の手取りはもともと十三万円程度だ。いくら出費を抑えたとしても、貯金に回せるカネはそう多くない。

ミンがさらに顔を近づけた。

「劉さん、聞いてください。あなたも含めて、私たちはもうここで働けやしない。今日の大貫たちを見たでしょう。私たちもドゥックと同じ運命を辿《たど》るだけ。殺されたとしてもおかしくない」

「そう……ですね」

ミンたちの怖《おそ》れは痛いほどわかった。

足場工事はチームワークが重要だ。踏板だの鋼管だのをリレーのバトンのように手渡しし、地上数十メートルの高所まで運んで足場を組み立てる。

今までも板橋のような意地の悪い従業員に、当たればケガをするような速さで金属製の資材を投げつけられたことがあった。高所から突き飛ばされたことも。

会社の裏番長と化した大貫にあれだけ刃向かったのだ。どんな報復が待っているか、気が気ではないようだった。

金属製の資材を高所から投げつけられたり、安全帯や命綱に細工をされるかもしれない。大貫ならやりかねず、そんな不安を抱えたまま働けるはずもなかった。

有道は純朴な異邦人を演じた。

「でも……私たち逃げられないよ。勝手に逃げて別のところで働いたら、不法就労《フホーシューロー》って犯罪者扱いされるたけ。入管《ニューカン》って怖い収容所に送られる。それに倉元社長、さっき言ってました。大貫たちをきつく叱っておくし、これ以上、ケガ人出てしまったら現場回らなくなるからって。私たち頼りにされてるし、あいつらもイジメできなくなります」

倉元がそう宣言したのは事実だった。

彼はドゥックを市内の病院に連れていき、医者にケガの具合を診させると、すぐに寮へと赴いて技能実習生たちと会った。従業員には二度と暴力を振るわせず、経営者として職場環境を改善させると宣言した。ドゥックがケガをした件についても、板橋たちから聞き取り調査をして処分を決めると答えた。

有道はテーブルの隅にある菓子箱を見やった。倉元が差し入れとして持って来たもので、市内の和菓子屋が販売しているどら焼きがぎっしり入っていた。

「こんなもの――」

ミンがどら焼きを握り潰し、忌々しそうにシンクへと投げつけた。有道はその鬼気迫る様子に息を呑む。

「どうかしたんですか」

ミンはアンコで汚れた手でスマホを取りだした。

「これだよ」

液晶画面にはSNSのサイトが表示されていた。ベトナム語で書かれていて、内容はまるでわからない。

「これは？」

「メールが届きました。病院で働いてる仲間から。倉元のやつ、痛みで苦しむドゥックに、きちんと治療してほしければ、自分で転んだことにしろと迫ったらしいです」

「まさか」

有道は絶句してみせた。いかにも倉元がやりそうな手口だと思いながら。

同時にベトナム人たちのネットワークに舌を巻いた。倉元の悪行を知らせてくれたのは、その病院で働いているベトナム人看護師候補者だ。痛みでうまく喋れないドゥックに代わり、倉元があることないことを病院関係者に話したのだという。

「それだけじゃありません。この寮に戻ってから転倒したことにしろと。これがどういう意味か、わかりますか？」

「労災《ローサイ》隠してすね」

「そうです。ドゥックは板橋にケガをさせられたのではなく、働いているときに起きたことですらないと、あの社長は話を勝手にねじ曲げたのです。私たちにペコペコ頭を下げながら、ペロっと舌を出してコケにしていたんですよ」

有道はため息をついた。

かつては自分も経営者だったため、倉元の手のうちはある程度読める。彼が労災隠しに走るのも想定内ではあった。

業務中に働いていた者がケガをしたとなれば、企業イメージの低下は避けられない。とくに『みちのくアッセンブル』は事故を頻繁に起こすブラック企業と噂されている。それが余計に人手不足に拍車をかけており、さらなる質の低下を招いていた。不充分な教育のせいで安全対策が疎《おろそ》かになり、二年前には落下事故で死人も出している。

さらに今日のようなイジメ絡みの事故を起こしたと知られれば、労働基準監督署の監査を受ける可能性があり、公共工事の入札にも影響が出かねず、元請けからの取引を拒まれるおそれがあった。

有道は思い切って切り出した。

「あなたたち、なにをする気ですか？」

「劉さん、あなたこそ何者なんですか」

ミンに正面から訊き返された。有道は息を詰まらせる。

「いや、何者って私は……」

フックがパンチを繰り出すフリをした。

「お前、弱そうなフリしてたけど、本当はきっと強い。そうじゃなきゃ、大貫のシャベルで叩き殺されてた。やっぱり元兵士なのか？」

ミンもうなずくと、腹をさすってみせた。

「劉さん、あなたが割って入ってくれなければ、今ごろ私はジ・エンドでした。あの身のこなしはタダ者じゃない。応急手当もとても慣れていた。普通の人とは思えない。日本に来たのも、なにか深いわけがあったからではないですか？」

「じつは……そうてす」

有道はしぶしぶ答えてみせた。正体まで見破られたのではとヒヤヒヤしていた。

有道は劉浩宇の暗い過去をためらいながらも打ち明けた。人民解放軍の一兵卒から下士官まで出世したが、ホテルの経営や売春ビジネスに手を染める上司についていけず除隊を申し入れた。

腐敗の発覚を怖れた上司のせいで、汚職の罪をなすりつけられ、強制的に軍から放り出されてしまった。

懲罰として多額の罰金を科せられ、ローン契約や保険の加入もできず、地元に戻ってからも爪弾きにされた。村の人間から自宅に火をつけられたり、田んぼに塩を撒《ま》かれたりも。数年にわたって海外渡航や長距離バスを使った移動さえも禁じられ、ようやく最近になって日本に渡ることが許されたのだと。

これらのストーリーは、野宮が事前にでっち上げたものだ。ディテールがよく練られているおかげで、ミンたちは合点がいったようだった。同じ釜のメシを食った仲間の彼らに嘘をつくのは心苦しくはあったが。

「私の話……こんなところてす」

有道は劉浩宇の物語を語り終えると、上目遣いになってミンたちを見つめ、今度はあなたたちの番だと暗に伝える。

ミンとフックが顔を見合わせた。フックがうなずき、ミンが口を開く。

「あなたの手を借りたい。借金を一度に返せるどころか、どこかよその土地で商売ができるくらいのおカネも手にできる」

有道は顔を曇らせた。

「簡単には信じられないてす。一体、どこにそんなうまい話が？」

「金庫ですよ」

「まさか……」

有道はスマホをゆっくり取り出した。キッチンには三人しかおらず、おまけに大音量のダンスミュージックが流れている。それでも声に出す気にはならない。

〈窃盗？〉

検索サイトに文字を入力してミンたちに見せた。液晶画面には、バールを手にした目出し帽の男の写真や、ズボンのヒップポケットから財布を抜かれる瞬間を描いたイラストが表示される。

ミンは液晶画面を見つめてから、有道に向かって深々とうなずいてみせた。

「本気ですか……」

「他にどんな方法がありますか。私たちは死にたくない。これ以上、忍耐なんてしても倉元の思うツボです。けれど逃げ場があるわけでもない。家畜や果物の泥棒をする同胞もいますが、私はそんなのに手を染める気はありません。あそこを狙うのが一番おカネになるし、私たちの心が痛むこともない。悪いことだとも思いません」

ミンの目は据わっていた。口調も冷静で、言葉には迷いがない。

会社の事務所の金庫には、普段から多額の現金が保管されてあるという。作業員のなかには、給料を当日現金の〝とっぱらい〟での支払いを希望する者もいるからだ。つねに数百万もの大金が保管されているとの噂を耳にしていた。

いくら現金支給を望む者がいるとはいえ、それだけの大金を手元に置いておくのは、経営が明朗ではない可能性が高かった。

倉元が会社と個人のカネをきちんと区別しておらず、おまけに過剰接待やキックバック、私的な流用といった後ろ暗いやり取りもあるのかもしれない。中小企業ではよくある話であり、金庫で保管される現金の額は増える一方にあった。
明後日はさらに週払いや半月払いを望む作業員たちの給料日でもある。大半が現金支給を望んでいるため、経理担当者は支給日の前日、取引先の銀行から多額の現金を引き出し、金庫に保管しておくのが慣例となっているという。

有道はミンを見つめた。

「前から計画していたのですね」

フックがこの食卓でうっかり口走ったのを覚えていた。

――お前、いい身体してても、意気地なさそう。役に立つかと思ったけれど。

ミンが椅子から立ち上がり、壁に掲げられた社是の額縁を見上げた。

「ずっと迷っていました。犯罪者になるために海を渡って来たわけじゃありません。日本の言葉や文化を必死に学んだのも、真面目に働くためだったからです」

ミンはアンコのついた手で社是の額縁を壁から外した。

「今は後悔しかありません。頭が怒りでおかしくなりかけてる。もっと早くやると決めていたら、ドゥックはあんな日に遭わずに済んだかもしれない。もう吹っ切れました」

ミンは額縁のガラスに触れた。筆文字で書かれた『忍耐 努力 誠実』という文字がアンコにまみれる。

フックに肩を叩かれた。

「おれたち、泥棒の素人。だけど、きっとうまくいく。プロが加わるから」

「プ、プロですか」

有道は思わずオウム返しに尋ねた。フックに凝視される。

「けっきょく、加わる、加わらない。どっち?」

「私は……」

有道は唾を呑みこんだ。

ミンらの顔はいたって真剣だ。彼らも固唾《かたず》を呑んで有道の答えを待っている。

こりゃ弱ったぞ……。有道は返答に窮した。なにしろ、野宮たちからはなんの指示も受けていない。あの鬼どもは有道を東北の地に送りこむと、あとはウンともスンとも言ってこない。どういうつもりなのか知らないが、いくらメッセージを送ってもナシのつぶてだ。

野宮としても、有道が事務所荒らしなんぞに加わるのを望んではいないはずだ。かりに有道が御用となれば窃盗どころではない。パスポートの偽造といった組織的な関与も明らかになり、『NAS』そのものが危うくなる。中国の諜報《ちょうほう》組織かなにかではないかと疑われ、公安警察にまで睨まれるかもしれない。

「……少したけ、時間いたたけませんか。もちろん誰にも喋りません」

有道がか細い声で返事をすると、フックがテーブルを叩いて語気を強める。

「ダメ。今ここで決めろ。おれたちも命かけてる」

ミンがフックに掌を向けて制した。

「いや、待ちます。こんな大事なことをすぐ決めろと迫るほうがおかしい。劉さん、じっくり考えてみてください」

「ありがとうございます」

「でも、あなたならわかってくれるはず。これしか道はないのだと。どれだけまっとうに働いてもおカネは手にできないし、ここでは真面目な者がバカを見るだけ。あなたの力が必要です」

ミンの口調はあくまで静かだった。ただし、ただの思いつきではなく、不退転の決意であるのは充分に伝わる。

プロというのは、この手の事務所荒らしに慣れた人間という意味だろう。看護師候補者からすばやく情報を入手したのと同じく、その手の人間を呼び寄せられるほどのコネがあるらしい。もう手配まで済ませているものと思われた。

「いい返事を待ってます」

ミンは手をきれいに洗い、メシには手をつけずに自室へと戻った。フックも席を立つ。

共用のキッチンには、有道だけが残された。その有道にしても、完全に食欲をなくしていた。ドンブリのメシに味噌汁《みそしる》をぶっかけ、無理やり胃に流しこむ。ゲップをしながら考えこんだ。一体、どうすべきなのか。

いや、考えるまでもない。断るしかないのだ。野宮からは技能実習生になりすまし、この会社で働けとだけ言われている。事務所を荒らせとは命じられていない。

事務所荒らし自体はうまくいくかもしれない。『みちのくアッセンブル』は、かつて大がかりな金属盗に遭い、数トンもの踏板や支柱をごっそり盗まれた過去があった。

それ以来、警備を強化しており、敷地内のいたるところに高性能の監視カメラが睨みを利かせている。センサーも設置されており、それに引っかかれば近所一帯にまで警告音が鳴り響き、社長や幹部にメールで異状を即座に知らせる仕組みになっていた。

ミンたちもそのシステムはよくわかっているだろう。一部の従業員が持つカードキーと暗証番号がわかれば、センサーを簡単に解除できるのは、新入りの部類に入る有道でさえも知っていた。賢いミンのことだ。カードキーなども入手しているのかもしれない。

問題はその後だ。かりに大金を盗めたとしても、有道の立場は限りなく危うくなるのは明白だ。

犯人は当然ながら、この会社の技能実習生だと即座に突き止められる。ミンたちはベトナム人コミュニティに潜り、うまくすれば大金を持ったまま日本を離れられるかもしれない。

一方の有道はそうもいかない。逃げる場所などありはせず、なぜか中国人の技能実習生に化けた日本人として、警察組織から熱い注目を浴びるはずだ。

有道は湯呑みの麦茶を一気に飲み干した。もう考えるまでもなく、答えは出ているのだ。事務所荒らしになど加わるべきではない。だが、しかし――。

約一ヶ月にわたって技能実習生になりすまし、片言の日本語を口にして、ミンたちとは苦楽をともにした。自分が本当に劉浩宇なる男になったような気が何度もしていた。残業まみれの過酷な肉体労働と、苛烈なイジメのせいもある。あのタコ社長の金蔵を襲い、従業員たちをあっと言わせたくもある。

こんな悪徳企業で忍耐に忍耐を重ね、努力して働いたところで、大したカネになどなりはしない。誠実な人間がバカを見る仕組みになっており、日本人以下の賃金しか手にできず、ずっと足元を見られて年季奉公を終える。安い労働力としてこき使えるからこそ、こぞって企業が技能実習生を受け入れてきた歴史がある。

ミンたちには大金を手にしてほしかった。それだけの屈辱を受け、辛酸を嫌というほど舐《な》めてきた。よくぞ決意したものだと肩入れしたくなる。失敗などあってはならない。警察に捕まれば刑務所行きとなるのはもちろん、彼らが背負う借金は雪だるま式に膨らんでいくだろう。

有道の血が騒ぐ。ミンたちをどうにかしてやりたい。手を貸すべきか——有道は口内で呟いた。

そのときだった。思わず身体をビクリと震わせる。

スマホが振動してメッセージが届いたと知らせる。送り主は柴犬だった。

6

野球帽の男はキリフダと名乗った。

ミンがプロとして呼び寄せたベトナム人だ。男は自分を〝切り札〟などと自称していたが、その実力は門外漢の有道にはわかるはずもない。

ただし、男の迫力は充分だった。長袖の黒いTシャツを着ているが、手首までビッシリと刺青《いれずみ》を入れており、えらく剣呑《けんのん》な気配を振りまいている。目つきがむやみに鋭く、社会からはぐれた人間らしい荒《すさ》みを感じさせた。おそらく、ボドイと呼ばれる不良ベトナム人だろう。

キリフダはボビナムというベトナム発祥の格闘術を習得しているという。体格は大きくないものの、鍛錬を欠かさずしているようで、無駄な肉はほとんどついていなかった。ハーフパンツから覗《のぞ》くふくらはぎは筋肉が異様に発達していた。胸板も鎧《よろい》のように分厚い。

駐車場に集合したミンとフックのふたりもこの男と会うのは初めてのようで、ひどく緊張した面持ちだった。

キリフダはあたりを見回した。ミンたちにベトナム語でボソボソと語りかけ、怪しい者が周囲にいないのを確かめる。

夜中の市民公園の駐車場だ。ポツリと設けられた街灯には大量の羽虫が集まっている。深夜とあって駐車場には人気《ひとけ》がない。

昨日の騒動から一夜明け、ひとまず今日は全員ケガをすることなく、無事に仕事を終えた。

大貫や板橋といった不良従業員も社長に釘を刺されたらしく、有道やミンたちに手を出してきたりもしなかった。悪役プロレスラーのように、親指で首を搔き切る真似《まね》などをして、やたらと挑発を繰り返してはきたが。そのたびにミンがまっとうな道を捨てたのは正しかったのかもと痛感させられたものだった。

キリフダとミンの会話はベトナム語ではあったが、おおよその内容は摑めた。

今のところは順調に事は進んでいると、ミンはキリフダに伝えているようだった。彼の手には一部の従業員しか持てないカードキーがあった。これで事務所に楽々と侵入でき、防犯センサーといったセキュリティも解除できる。

有道ら技能実習生は深夜になって寮を抜け出した。誰にも見とがめられず、寮の正面玄関から出てきて、この駐車場まで歩いてきたのだ。

本来なら同じ寮に暮らす作業員が監視しているのだが、大貫たちがおとなしくしていたのと同じく、今日は有道たちも一段とペコペコと低姿勢で働いた。

もうドゥックのような目に遭うのはコリゴリだと恭順の意を示し、仕事が終わった後は寮で暮らす作業員たちに宮城の地酒の一升瓶を差し入れた。

作業員はみんな給料日前とあって金欠で、だいぶ値の張る地酒に喜んで飛びついた。一升瓶のなかには細かく砕いた睡眠導入剤を混ぜていたのだが。

酒好きの男たちはうまそうにそれを回し飲みし、深夜までには全員がぐっすりと眠りこけている。おそらく朝まで目を覚まさないだろう。

キリフダがふいに険のある目を有道に向けた。不愉快そうに顔をしかめ、こなれた日本語で不満を口にした。

「なんでチャイニーズが交じってんだ。仕事は同胞だけでやるはずだろうが」

ミンとフックが顔を凍てつかせた。

「劉さんは仲間です。今さらなにを言ってますか。そのことはちゃんと伝えたはずです」

「いや、聞いてねえ。おれはジャパニーズが嫌いだが、チャイニーズも信用ならねえ。

会社の犬かもしれねえぞ」

キリフダが唾を吐いた。

「今さらなにを言い出す」

ミンたちは幅広いネットワークを駆使し、仲介人を通じてキリフダのようなアウトローを助っ人として引き入れたものの、話に食い違いが出たようだ。これから大勝負に出るというのに、ベトナム人たちは母国語でなにやら揉めだした。押し問答が繰り広げられる。

有道はひっそりと息を吐いた。大勝負が控えているからこそ揉めだしたというべきかもしれない。

キリフダがどんな経歴の持ち主かは不明だが、ヤクザ者は国籍や人種にかかわらず、人の足元を見てゴネるのを習性としている。日本の滞在歴もミンたちよりもずっと長いようで、日本語も流暢《りゅうちょう》だった。

ミンたちにとっては寝耳に水のようだが、有道はその手のヤカラをゲップが出るほど見てきている。

「もういい！　お前、用はねえ。帰れ」

気の荒いフックがキリフダのTシャツを掴んだ。

キリフダがすかさずフックの手首をひねりあげ、フックが苦痛のうめき声を上げる。

キリフダの動きはスムーズで、武道の経験はまんざら嘘でもないようだった。ボビナムは中国拳法を始めとして、空手やボクシング、組み技も貪欲に取り入れた混合武術だ。

有道が見かねて割って入った。

「そのへんでやめてくたさい。私、確かによそ者てす。たから取り分を二割差し上けます。お願いします」

「三割だ、チャイニーズ」

キリフダがフックの手首をさらにひねる。

「……わかりました」

有道が渋々答えると、キリフダは冷たい目をしたまま、フックの手を放した。

有道はキリフダを見据えたまま、首を横に振って警告した。

「たたし、これ以上ゴネたら、あなたを半殺しにします」

「面白え。やってみなよ」

キリフダはこめかみにハイキックを繰り出してきた。

軸足や腰をしっかり回したフォームは美しく、ハイキックにはスピードとキレがあった。武術に真面目に取り組んでいた証拠であり、単なるハッタリのヤクザ者ではなさそうだ。有道の顎の近くでピタリと寸止めをしてみせる。

ミンが慌てて止めに入った。

「よしてください。私たちガイジンがこんなところで騒いでいたら、警察に見つかってしまう」

「お前の段取りが悪いからだ。こんなチャイニーズが交ざるとは聞いてねえし、おれも揉めたくなかった」

有道が割って入り、ミンの胸を軽く叩いてなだめる。

「私は大丈夫。これ以上、文句ないよ。行きましょう」

「……すみません」

ミンの顔が不安で曇っていた。キリフダなどという部外者を引き込んだのを早くも後悔していそうだった。

有道も同じ思いではあった。かりに大金を盗み出せたとしたら、キリフダがどう出るかわからない。前門は外国人イジメに精を出すサディスティックな日本人、後門は土俵際に追いこまれた同胞から恐喝《ガジ》ろうとするならず者と、のっぴきならない状況に追いこまれている。

有道たちはワンボックスカーに乗りこんだ。セカンドシートに腰かけたさい、隣にミンが座って有道に耳打ちした。

「仕事が終わったら、取り分について改めて話し合います。あなたに損をさせるわけにはいかない」

「ありがとうございます」

有道は頭を深々と下げた。

ミンはこれから事務所荒らしという犯罪に手を染めるというのに、お人好《ひとよ》しでまっとうすぎる男だった。

『みちのくアッセンブル』もキリフダもロクなもんじゃない。だが、隣にいる有道も一種のスパイで、彼の味方とは言いかねる存在だ。

キリフダがハンドルを握った。ワンボックスカーを走らせながらミンに尋ねる。

「今夜の金庫にはいくらありそうなんだ？」

ミンは答えようとしなかった。不愉快そうにバックミラー越しにキリフダを睨むだけだった。

キリフダがハンドルを叩いた。

「言えよ。同じベトナム人のまで脅し取る気はねえ」

「……だいたい七百五十万円」

「なんだよ。四人で分けたらいくらにもなりゃしねえじゃねえか。パソコンにケータイ、複合機。カネになりそうなもんは全部いただいていくぞ」

助手席のフックが不満そうに声を上げた。

「複合機？　百キロはあるぞ」

キリフダがフックの肩を叩いた。拳で強めに殴り、ドスンと重い音が鳴った。

「それぐらい、なんだってんだ。お前らトビやってんだろ。そんぐらいのものは毎日運んでんだろうが」

フックは肩を押さえたきり、なにも言わなかった。キリフダは会ってまもないというのに、早くもリーダー気取りだ。

ミンが訊いた。

「売りさばけるルートは？」

「任せておけ。塵《ちり》も積もれば山となるってコトワザもあるだろう。隅々までかき集めれば、けっこうなカネになる」

キリフダは自信たっぷりに答えた。

これもハッタリではなさそうだった。この男がけっこうな場数を踏んでいるのは、態度や気配からもうかがえる。

車の荷室に目をやると、大型の折りたたみ式の台車があった。それに使い込まれたバールやボルトクリッパーといった工具類も。キリフダは最初から現金だけではなく、カネになりそうなものはなんでも盗んでいくつもりのようだった。工具類のなかには万能レンチや十字レンチもある。車のバッテリーやタイヤまで狙う気でいるらしい。

ワンボックスカーが『みちのくアッセンブル』の事務所に近づいた。二階建ての鉄筋のビルだ。ビルの後ろには広大な資材置き場があった。

事務所は市街地から離れた位置にある。コンビニやスーパーといった店舗もなく、農家らしい大きな日本家屋がポツポツとあるのみだ。仙台平野の平らで広々とした土地は田んぼで覆われているため、夜中の今は真っ暗だった。無数のカエルが大合唱をしている。

ミンが全員に呼びかける。

「準備しましょう」

有道たちも野球帽を目深《まぶか》にかぶった。

ワンボックスカーは会社の駐車場へと入った。三十台はゆうに停《と》められそうな駐車スペースには、社用車以外は見当たらなかった。事務所内は誰もいないようで、非常灯が小さくついているのみだ。資材置き場のほうもひっそりとしている。

ワンボックスカーが事務所の出入口近くで停まった。全員が懐中電灯を手にしながら車から降りる。

ミンが事務所のドアの前に立った。ドアの傍に設置されたカードリーダーにカードキーをかざした。テンキーで暗証番号をすばやく入力する。

電子音とともにドアのロックが解除された。ミンがドアを開けると、警報器がブザーを鳴らす。

彼は落ち着いて入ると、事務所内にも設置されたカードリーダーにカードキーをかざし、〝解除〟と記されたボタンを押した。ブザーが止んで、防犯監視機能の警戒が解かれる。ミンの一連の動作は手慣れている。

この会社では一部の従業員を当番制で早く出社させて、技能実習生にも早出出勤を半ば強制していた。朝一番に出勤した従業員がセキュリティを解除する様子は、約一ヶ月しか働いていない有道でも散々目撃している。

キリフダが台車を転がしながら入ってきた。台車のうえには段ボールがあり、事務所を物色する気マンマンで入室する。

一階は作業員や営業マン用のフロアで、雑多な雰囲気に包まれていた。壁は注意書きや連絡事項などの貼り紙で埋め尽くされている。巨大なスケジュールボードは、ペンで真っ黒に書き込みがなされていた。

床には収納代わりに使われている一斗缶があり、それにヘルメットや安全帯といった道具が無造作に入れられている。灯《あか》りをつけるわけにはいかない。足元はとくに注意が必要だった。電動工具類の充電器やパソコン関係の配線で、昼間でもうっかり引っかかりそうになる。

キリフダが指示を出した。

「ミン、金庫に案内しろ。田舎者とチャイニーズはとにかくカネになりそうなモノを段ボールに放り込め」

ミンとキリフダは金庫が置かれている二階に向かった。フックが小声でグチる。

「あの野郎、偉そうにしやがって」

「でも、かなり慣れてるみたい。頼りになりそうね」

有道がなだめると、フックは不服そうに口を尖らせた。

「バカ言うな。分け前奪われて、お前悔しくないのか。ここまで来たんだ。本音でいけよ」

フックはワンボックスカーからボルトクリッパーを持って来ていた。

パソコンのモニターやハードディスクには盗難防止用のワイヤーがくくりつけられている。フックはキリフダへの怒りをそちらにぶつけた。全長五十センチにもなりそうな切断機を使って、ワイヤーをバチンと切断した。

「あなたの言うとおりかもね」

有道はモニターとハードディスクを段ボールに入れた。

正体はごく近いうちにぶちまけるつもりでいた。その相手はキリフダだけではない。ミンとフックにもだ。

トランシーバーやインカム、営業がプレゼン用に使うタブレット端末などを段ボールに入れる。

ミンたちが予想よりも早く戻ってきた。リュックを背負ったミンは晴れやかな表情で階段を下りてくる。ひどく興奮しているようだ。

彼の手には帯封がされた札束があった。ご機嫌が斜めだったフックも笑顔を見せる。

「あ、あったのか?」

「八百万とちょっと。予想よりずっと多い。作業員の給料だけじゃなさそうですね。裏金《スラッシュファンド》や、倉元の個人財産も入っていたようです」

フックが台車を指さした。段ボールは通信機器やパソコンなどでいっぱいだ。

「こっちもたくさんだ。充分集めた」

キリフダが手を振った。

「まだだ。お前らはどこまでお人好しだ。あの日本人どもが商売できなくなるほど、徹底的に盗み尽くせ。お宝はまだ眠ってるぞ。その複合機もだ」

「そ、そうだな」

フックの目が輝きだした。

キリフダに煽《あお》られて、彼も発奮したようだ。オフィスの一角を占める複合機にしがみついた。有道もそれを手伝う。

キリフダは他人のケツを掻く方法も心得ていた。及び腰になりそうな素人集団を鼓舞する。

重さ百キロ以上はありそうな複合機をワンボックスカーの荷室に運び入れると、有道たちは資材置き場へと向かった。塀のうえでは大きな防犯カメラが睨みを利かせていたが、ただの張り子の虎と化していた。映像データを保存するためのパソコンは盗み出されているからだ。

キリフダは四トントラックに狙いを定めていた。手慣れた様子で万能レンチを駆使し、バッテリーを外しにかかっていた。

資材置き場には三台のトラックが停まっていた。奇《く》しくもキリフダが物色しているのは、ドゥックが荷台から落とされたトラックだ。

ミンやフックも工具を手にした。フォークリフトのレバーを操作し、エンジンルームのカバーを外す。

有道はキリフダが外したバッテリーを担ぎ、ワンボックスカーの荷室に運んだ。複合機ほどではないにしろ、鉛の塊のようなもので重量があり、腰を痛めないように運ぶ必要があった。ワンボックスカーは重量のある荷物を次々に持ちこまれ、徐々に沈みつつある。

キリフダはフォークリフトのバッテリーもテキパキと外した。マイナス端子とプラス端子を外し、固定しているフレームもスパナで取り除く。それらのバッテリーを運びこむと、ワンボックスカーの荷室がいっぱいになった。

キリフダはトラックを懐中電灯で照らした。

「タイヤはガラクタだな。どれもこれもすり減ってる」

有道はワンボックスカーのほうを指さした。

「もう車もいっぱいです。これ以上載せたら、あっちのタイヤがパンクします」

フックが資材置き場を見渡した。

「ざまあみろ。ここのやつら、小便漏らすほど驚くぞ」

「驚くところを見られないのが残念だな」

ミンも満足そうにうなずいた。

「さてと」

キリフダがオイルや埃《ほこり》で黒く汚れた軍手を外した。

彼はポケットに手を突っこむと、工具とは違うブツを取り出した。パチンと音が鳴り、銀色の刃が現れた。フォールディングナイフだ。

ミンたちが目を見開いた。

「一体、なにを――」

キリフダはミンに刃先を向けた。ベトナム語でなにかを告げる。相変わらず意味はわからないが、だいたいは理解できた。今度は同胞に対して恐喝《ガジ》り始めたようだ。おおかた、現金の半分以上をよこせとでも迫っているのだろう。

ミンが後じさった。

「バカを言うな！　この悪党が。どういうつもりだ」

キリフダがミンに迫り、左手で彼のリュックを摑んだ。

「どうもこうもねえ。さっさとよこしやがれ。プロを雇うってのはこういうことだ」

有道は素早く動いた。正体を現す時間が来たらしい。

フックから万能レンチを奪い取り、キリフダのフォールディングナイフ目がけて振った。甲高い金属音とともに、刃が根元からへし折れる。

有道は万能レンチをキリフダに突きつけた。

「てめえにやるカネなんかありゃしねえよ。欲の皮を突っ張らせるのも大概にしろ、クソヤクザ者《もん》が」

有道は訛りを捨てて啖呵《たんか》を切った。

ミンとフックが息を呑みこんだ。目を丸くして有道を凝視する。

仰天しているのはキリフダも同じだ。彼は顔を凍てつかせた。

「お、お前、日本人じゃねえか！　どういうことだ。この会社のスパイか」

「んなわけねえだろう」

キリフダが柄だけになったフォールディングナイフを投げつけてきた。

有道は頭を振ってかわした。右手で万能レンチを握ったまま、両腕を上げてガードを固める。

キリフダは有道の顔面めがけて拳を突き出してきた。空手風の正拳突きとボクシングのジャブを組み合わせたようなパンチだ。資材置き場は暗闇に包まれており、目が暗さに慣れたとはいえ、素早いパンチをかわすのは容易ではない。

キリフダは顔面への連打を続け、有道は手で弾《はじ》くなどしてかわすが、やつの拳がガードの隙間を突き抜けてきた。額や側頭部をかすめる。皮膚が熱い痛みを訴える。

「こんちくしょう！」

有道は大げさに吠え、万能レンチを力任せに振った。

エサを撒いてみると、キリフダが誘いに乗ってきた。地面を蹴って、有道に飛びかかり、大技を繰り出してくる。両足で有道の太腿《ふともも》をガッチリと挟む。柔道における蟹挟《かにばさ》みのような技で、ドンチャンと呼ばれる足技だ。

ボビナムのなかでも特徴的なのがこのドンチャンだ。華麗な跳び蹴りや蟹挟み、プロレス技のヘッドシザースのように両足で頭を挟んで倒すといった技まである。相手を殺しかねないアクロバティックな武術だ。

キリフダがジャブのようなパンチで有道を攪乱《かくらん》し、ドンチャンで仕留めてやろうというのが、戦いのなかで感じ取れた。

この手の蟹挟みは、柔道で禁止技にもなるほどの危険技だ。掛けられた者が倒れるのを拒んで踏ん張り、膝関節や靭帯《じんたい》を損傷する例が後を絶たないからだ。キリフダは両足で有道を挟むと、左腕を伸ばしてシャツの襟首を摑んだ。有道を後ろに倒そうとする。

有道はヘタに踏ん張ることなく、砂利の地面に受身を取って倒れた。キリフダの手の内がわからぬままであったら、苦戦を強いられたかもしれない。しかし——。

キリフダは有道を背中から地面に倒すと、すばやく腕を取って関節技を仕掛けようとした。有道はそれよりも早く、キリフダの左足の甲を万能レンチで叩いた。

キリフダが苦痛のうめき声を漏らした。武術家の脛はバットのように鍛え上げられているものだが、足の甲には限界がある。小さな骨が複雑に組み合わさっているため、空手家やキックボクサーでもケガをしやすい。

キリフダは有道の腕を放した。五百グラムはある金属の工具で殴られ、関節技をかけるどころではないようだった。地面を転がり、有道と距離を取ろうとする。

有道がすぐに立ち上がると、キリフダも起き上がろうとした。しかし、足の甲の骨が折れたらしく、キリフダはバランスを崩した。今度は有道の番だった。

キリフダの左膝めがけて蹴りを繰り出す。ただのローキックではない。沖縄の老空手家から習った一種の殺人技だ。

斜めうえから踏んづけるように膝関節を蹴った。やつの膝がミシリときしむのが足の裏を通じて感じ取れた。キリフダは田んぼのカエルも黙りこむほどの音量でわめいた。

膝関節を砕かれ、背中から倒れる。

「同胞まで騙すやつはプロでも切り札でもねえ。ただの外道《げどう》だ」

有道はポケットからワイヤーを取り出した。キリフダの両腕をそれで縛る。

冷たい視線をひしひしと感じていた。キリフダの自由を奪い、ミンたちと向き合う。

彼らの表情は強《こわ》ばっていた。警戒と恐怖が入り交じった目で有道を見つめる。敵意がないのを示すため、有道は万能レンチを地面に放り、掌を彼らに向けても変わらない。

ミンは猛獣にでも出くわしたように、じりじりと後じさりをした。フックもファイティングポーズを取る。

「劉さん……あなたも騙したでしょう。中国人じゃない。会社に雇われたスパイですか」

「そんなんじゃねえよ。ここの従業員どものケダモノぶりを見ただろう。おれだって危うくドゥックみてえな目に遭うところだった」

「何者ですか」

「察しがつくだろう。トン・バン・ミンさん。あんただって、本来なら、こんなところで奴隷みたいに働くご身分の人じゃねえ。騙したのはお互いさまさ」

ミンはガックリと肩を落とした。

「やはり、そうでしたか。父の……」

フックが不安そうに有道らの顔を見つめた。

「ど、どういうことだよ」

会社の駐車場に一台の車が入ってきた。

車はV8エンジンの野太い排気音を轟《とどろ》かせていた。野宮の愛車のベントレーフライングスパーだ。事務所荒らしの現場なんかに最高級車でやって来るのが、いかにも野宮らしくもあった。

フックが怖《お》じ気《け》づいて、ミンの肩を揺さぶった。

「に、逃げろ！　ヤクザだ。殺される」

有道はなだめるように声をかけた。

「ヤクザじゃねえよ。悪いようにはしねえ」

「日本人の言うこと、信じられるわけない！」

有道は曖昧に相槌《あいづち》を打った。

「そりゃそうだよな……」

「ミン！」

フックがミンに必死で呼びかけた。しかし、ミンは諦めたように動かない。

ベントレーの運転席と後部座席から、柴と野宮が降り立った。どちらもびしっとしたスーツ姿で、埃と金属の臭いのする資材置き場には場違いな格好だ。

野宮はニコニコと笑みを湛《たた》えて有道たちに近づいた。彼女はミンに恭しく一礼した。

「若様《ヤングマスター》、お迎えに上がりました」

「私は……」

「もうこのへんでよろしいでしょう。さすがのお父上でも、息子が異国で窃盗にまで手を染めてしまえば、簡単には助けられないうえに、ご自身の立場も危うくなってしまう」

フックが目を白黒させた。

「ミン、なに。どうなってる」

野宮がミンのリュックを指さした。

「そのおカネは、仲間のフックさんとケガをしたドゥックさんとに分け与えましょう。あなたにとっては鼻紙程度の価値にすぎない」

「私は……戻る気はありません」

「そうですか」

野宮は笑顔のまま近づくと、すばやく右手を動かした。ムチのような速さでミンの頬を平手打ちした。

彼女はミンの肩に腕を回した。一転してヤクザみたいにガラが悪くなる。

「おいおい、あんちゃん。あたしらがいなかったら、あんたや仲間たちがどうなってたと思うよ。あんたは策士気取りで計画を練りに練ったつもりだったでしょうけど、仲介した人間自体、同胞を平気で売り飛ばすような悪党だったんだよ。そこに転がってるボドイにケツの毛までむしられて、豚泥棒でもさせられていたでしょうよ。いい勉強になったでしょうが」

ミンは拳をきつく握り締めた。悔しさを露《あらわ》にしながら、身体を震わせる。

「私が戻れば、フックもドゥックも助けてくれますか？」

「もちろん。念のためお父様に確認する？　ひどい裏切りに遭ってばかりで人間不信に陥りそうだもんね」

野宮はスーツのポケットからスマホを取り出した。ミンはそれを遮った。

「その必要はありません」

フックが有道に近づいて訊いてきた。

「な、何者なんだよ。ミンもあんたも」

有道は答えてやった。

「あんたも『ラムラム』をよく食べてたな。あそこの御曹司《おんぞうし》さ。御曹司って言葉は難しいか。要するにプリンスだよ」

「なんだと……」

フックは悪い冗談を耳にしたかのように口を大きく開ける。有道にしても、最初に聞かされたときはたまげたものだった。

『ラムラム』は、ベトナムのインスタントラーメンの有名ブランドだ。

ベトナムでは、インスタントラーメンが日本と同じくらい愛好されている。ミンたちと一緒に寝食をともにし、今では一種の故郷の味となっているのを知った。

ミンたちはたまの休日を買い出しに費やしていた。一日数本しか走らない公共バスに乗り、仙台のショッピングモールまで繰り出して、故郷の調味料や食材を大量に買い込んでいた。そのなかには必ず『ラムラム』の袋麺《ふくろめん》があった。

「『ラムラム』といや、ガラングループじゃないか。なんでそんなやつが、こんなところで」

フックは宇宙人でも見るような目をミンに向けた。

「いろいろあるのさ」

ベトナムの国民的即席麺を扱うガラングループは、今やただの食品会社ではない。父親のトン・ダン・アンは、ガラングループの総帥だ。ベトナム経済界では知らぬ者はいない。一代で莫大《ばくだい》な財を築いた立志伝中の人物だ。

アンはベトナム戦争末期に生まれ、ロシアの経済大学に留学して経営学を学ぶと、故国に戻ってロシアへの出稼ぎ労働者向けにインスタントラーメンを販売。その後はチリソースや魚醤といった調味料の製造を手がけながら、投資銀行の経営を同時に行った。

現在は食品加工を中心に、スーパーマーケットやコンビニといった小売業をも手がけるコングロマリットにまで成長。有名な経済誌の長者番付によれば、アンは世界でも二千位内に入り、保有している純資産は約二十億ドルにもなるという。

父親の莫大な資産に比べれば、リュックに入ったカネなど確かに鼻紙程度のものだ。ミンの兄である長男も、投資銀行の役員を務めており、若くして億万長者の仲間入りを果たしている。

ミンも長男同様に期待されながら育った。ハノイのトップクラスの高校を優秀な成績で卒業。最高学府と目されるベトナム国家大学ハノイ校を目指し、父や兄とともにファミリーを盛り立てる後継者と目されていた。

ベトナムはアジアの汚職度ランキングで最上位クラスに入るほど、汚職が蔓延《まんえん》していた。父親のアンが清廉でいられたはずもなく、ビジネスを拡大させるために、かなりダーティな手法を駆使してきたようだ。国営企業の民営化のさいには、多くの政治家や役人へ賄賂を配って買収に成功し、合理化と称して労働者のクビを切って収益を上げた。また、子会社のスーパーやレストランを繁盛させるため、警察に路上店舗や屋台の取り締まりを強化させ、ガラングループが扱う食品の安全性をアピールするため、他社の商品への健康被害のデマを流させるといった裏技を使ったらしい。

ミンは多感な時期に、父の汚れた手の内を見てしまい、その手段を選ばぬ経営手法に反発した。高校時代の学友のなかには、屋台式の甘味屋やパパママショップと呼ばれる伝統的な雑貨店の息子といった苦学生もいたらしい。

自分とは異なる階層の同級生の苦しい暮らしを知り、彼らの商売を巨大資本力と政治力で潰す父のやり口に絶望した。高校を卒業すると家出を決行し、ホーチミンで白タクや屋台などをしていた。

ガラングループの手から逃れるため、ミンは技能実習生となって来日した。だいぶヤクザなブローカーを頼って日本に来たため、地方のこんなブラック企業で働く羽目になった。

ガラングループも手をこまぬいてはいなかった。御曹司が異国に逃亡したと知り、滞在先が日本だとわかると、『ＮＡＳ』に依頼を持ちかけた。ミンの身辺警護はもちろん、彼をなんとかガラングループに戻るよう翻意させてほしいと。

ミンの身辺警護は難しくない。問題は彼の頑固な頭をどうするかだ。そこで野宮は一計を案じた。有道は身分を偽る羽目になり、奴隷労働を強いられたというわけだ。

有道がミンの正体について聞かされたのは、彼に事務所荒らしの話を持ちかけられた直後だ。情報収集能力に長《た》けた柴が、ベトナム人コミュニティに食い込み、ミンたちの動きを逐一把握していた。

ミンが事務所荒らしの決断をしたと知り、野宮は機が熟したと判断したようだった。

有道が重労働とイジメに苦しんでいる間に、ミンをガラングループに戻す算段をつけたのだ。

ミンはリュックを肩から下ろした。ストラップを摑んで、フックにリュックを押しつける。

「君にこれを渡す。ドゥックとふたりで分けてくれ」

「い、いいのか？」

フックがおそるおそるリュックを手にした。ミンは彼と目を合わせずにうなずいた。

「みんなを騙した罰だ。せめて君たちは報われてほしい」

野宮が間に入った。リュックのジッパーを下ろし、現金の束を取り出す。

「私からドゥックさんに渡しておきましょう。それと、ベトナムへの帰国のルートも手配してあります。なにせあのガラングループからの依頼ですので、私が責任持ってあなたがたを無事に帰らせます」

野宮はハキハキとした口調で伝え、〝ガラングループ〟をことさら強調してみせた。ミンにこれ以上の逃亡を諦めるよう、プレッシャーをかける。

「車に積んだバッテリーとか複合機はどうする」

有道が野宮に訊いた。彼女はどうでもよさそうにストレッチをした。

「せっかくあなたたちが汗掻いて運んだんだし、あの車ごとどっかに売り飛ばしましょう」

「社長、そう簡単にはいかないようです」

柴がポケットから赤外線双眼鏡を取り出した。外の公道をそれで覗く。

二台の車が猛スピードで向かってきた。車種で誰が乗っているのかは見当がつく。先頭を走るレクサスの大型ＳＵＶは社長の倉元で、もう一台は大貫が乗るホンダのミニバンだ。

「ヤ、ヤバい！　見つかった」

フックはリュックを担いだ。鋼材の陰に隠れようとする。

見つかるのは当然だ。さっさとカネだけ奪っていれば、連中の目を悠々とかわせただろうが、欲の皮を突っ張らせてバッテリーだのＰＣ機器にまで手をつけ、挙句の果てに仲間割れまでやらかしたのだ。キリフダは膝関節を壊され、叫び声を力一杯張り上げてさえいた。

おまけに野宮たちはＶ８エンジンを轟かせてやって来た。注目してくれといわんばかりの行動の連続だ。

ＳＵＶとミニバンが駐車場に入り、倉元が鬼の形相でＳＵＶから降り立った。ミニバンからは大貫だけでなく、板橋と子分のふたりが降りてきた。板橋はすでに臨戦態勢で、手に金属バットを握りしめている。

血相を変えてやって来る男たちに、ミンも後じさってたじろぐ。

「まずいことになってしまったのでは……」

野宮が軽く肩をすくめた。

「ご安心を。むしろ、こちらにとっては好都合。どのみち話をつける必要がありましたから。手間が省けるというものです」

「なぬやこいづは！」

倉元が吠えながら資材置き場に入ってきた。頭から湯気が出そうなほど激怒しているのが、暗闇のなかでもわかった。

貴重な財産であるトラックなどからバッテリーを盗まれただけでなく、野宮は現金の束を摑んでいる。金庫まで荒らされたと悟ったらしい。

有道が野宮に囁《ささや》いた。

「止めんなよ」

「もちろん」

歩み寄ってくる倉元に、有道がずかずかと大股で近づいた。

「コラ、チャイナ。おめも一枚嚙んでらったのが。恩ば仇《あだ》で返しやがって。死ね！」

板橋が金属バットを振り上げた。

この男も屈強ではあったが、急に呼び出しを喰《く》らったのだろう。アルコールの臭いがした。隙も大きい。

有道は事前に砂利を握り込んでいた。板橋の顔に投げつけると、彼はそれをまともに顔に浴びて目をつむった。

板橋の腹ががら空きになったのを見逃さず、有道は左脚を振り上げて三日月蹴りを放った。これも沖縄の空手家から習った危険な技だ。足の親指の付け根で、肝臓をピンポイントで蹴り上げた。足先が板橋の右脇腹に突き刺さる。

板橋の手から金属バットが離れ、その場で崩れ落ちた。反吐《へど》をまき散らしながら、顔を苦痛に歪めた。肝臓を蹴られると、内臓全体を手で鷲掴《わしづか》みされたような激痛が走る。

これでも加減はしている。格闘家でもない人間に、本気の三日月蹴りなどすれば、内臓を破裂させせかねない。

「はだぎ殺してやる」

大貫が躍りかかってきた。元相撲取りらしく張り手をかましてくる。

有道は膝のバネを活《い》かしてしゃがんだ。やつの掌が頭頂部をかすめる。頭皮をこそぎ取られるような熱い痛みがした。

やつの掌は重く硬かった。相撲と職場で鍛えられてレンガのようだ。まともに浴びていたら、脳しんとうを起こしておネンネだ。

会社の荒くれ者たちを従わせていただけあって、大貫の腕力には目を見張るものがある。体格も有道より二回りはでかい。

大貫がさらに張り手をかましてきた。それをバックステップでなんとかかわす。

「やっつまえ！　ここから生ぎで出すな」

倉元が傍で吠えまくった。

その言葉、てめえにそっくり返してやる。有道は言い返したかったが、大貫の相手で精一杯だ。有道は戦法を変えた。ボクサーのようにステップを踏み、身体を脱力させる。大貫の突進をいなして距離を取り、横からジャブを放った。

パチンと肉を打つ音がし、大貫が顔を大きく歪ませた。大貫は力任せに張り手や鉄拳を繰り出すが、スウェーバックとヘッドスリップでかわし続ける。

有道は攻撃を避けながら、二度三度と左ジャブを打つ。大貫の右目が充血し、瞼《まぶた》が切れて出血しだしていた。拳を握ってはいない。指先で眼球をムチのように弾き続けた。暗闇に包まれたなかで、最速のパンチを心がけた。一撃必殺とはいかないが、大貫への報復にはもってこいの戦い方だ。

「野郎！　チョロチョロすやがって」

執拗《しつよう》に右目を痛めつけられ、大貫の張り手が雑になる。顔半分が血にまみれて、視界もかなり狭まっているのだろう。有道の動きについてこれない。ハアハアと酒臭い息が届く。

有道は一転して前進した。大貫の懐に潜り込むと、全力で右フックを放った。大貫の顎に拳ではなく、尖った肘を叩きこんだ。肘が痺《しび》れるほどの威力が伝わる。大貫の目が遠くなった。口のなかから大量の血を吐き出すと、伐採された大木のように倒れた。

この男にはだいぶ執拗にかわいがられた。まだ鬱憤は収まらない。有道は足を振り上げた。深く息を整えて、ゆっくりと足を地に下ろす。

大貫の顎がみるみる腫れていく。下顎骨《かがくこつ》が折れているのかもしれない。当分は流動食しか食えなくなるだろう。それで充分のように思えた。この男にも家族がいる。働く環境がもっとマシであったのなら、これほど残酷な男にはなっていなかった気がする。

倉元に目をやった。彼は頼みの大貫を倒され、泡を食ったようにスマホを取り出していた。

柴が腰から自動拳銃を抜き出した。

「ケータイはしまってもらおうか」

「なっ」

倉元はスマホを取り落とした。至近距離から銃口を向けられ、全身を震わせる。

「なんなのや！　お前らただの泥棒でねえべ。何者《なにもん》なんだよ」

野宮は口に人差し指をあてた。

「静かに。そんな大声出してたら警察来ちゃうじゃない。当局に目をつけられて困るのはそっちも同じでしょ」

「な、なぬ喋ってやがる。おれらはなぬもやってねえべや」

「へえ、なぬもやってねえのね。めでたい頭してる」

野宮が倉元の口調を真似ながらスマホを取り出した。液晶画面を突きつける。

「こんだけ派手にやってるくせに、今さらとぼけても無駄。会社の名前はこれで全国区ね。マスコミも飛びつくでしょう」

「そいづは――」

有道もしゃがみ込んで液晶画面に目をやった。

大貫や板橋による虐待の動画だった。有道ら技能実習生が従業員に殴打され、差別的な暴言が吐かれている様子がはっきりと映し出されている。そればかりか、しっかり編集までされており、板橋によるイタズラで、ドゥックがトラックの荷台から落下する様まで収められていた。

「こりゃまたよく撮《と》れてやがるな」

「でしょう?」

有道が肉体労働に耐えている間、野宮は粛々と外堀を埋めていたらしい。

日雇いのなかに、『NAS』の人間がひそかに入りこんでいたのだろう。小型のスパイカメラをつけて、何食わぬ顔で働いていたに違いない。

　ネットの動画サイトにでも公開されれば、間違いなく火がつくほどのインパクトがある。野宮ならあの手この手で放火する術《すべ》も知っているだろう。技能実習生の受け入れ停止はもちろん、人種差別が横行する悪質なリンチ企業として知られ、自治体から指名停止処分を喰らうなどして、取引先もかなり失うはずだ。

　倉元の顔が青くなっていた。

「あんだら何者《なにもん》なんだ。ヤ、ヤクザか」

「あんな連中と一緒にしないでよ」

　野宮は不快そうに顔をしかめて続けた。

「ヤクザなんかと違って、私はとっても慈悲深いの。この現金《ゲンナマ》だけで勘弁してあげるし、これをネタに何度も嚙んだりはしない。バッテリーや複合機も返してあげる。こんなに優しい人間、そうそういないでしょう。じゃあ、そういうことだから」

　倉元は急に態度を変えて正座をした。砂利の地面に額をつけて土下座をする。

「ま、待ってけさい。そのカネば全部盗らったら、作業員どもさ給料ば払えねぐなっつまいます。仕事さ支障が出まぐります。勘弁すてけらいん！」

　野宮が倉元の背中をなでた。

「大丈夫、大丈夫。あのレクサスを売ればいいじゃない。高く買ってもらえるところに持っていくから。ローンの支払いは先々月で終わってるでしょう」

「な、なじょすてそいづを」

倉元が口を大きく開けた。

「それと仙台の泉中央に住まわせてる愛人とも手を切って節約するとか、いろいろやり方あるじゃない。接待と称して国分町のクラブに行くのを控えるとか。なんなら、今からご自宅に行って、ご家族も交えて話しましょうか」

「わがりますた！　勘弁すてけらいん」

倉元は再び額を地面に押しつけた。彼の涙と洟で地面の砂利が濡れる。

野宮はすでに倉元のケツの穴まで調べているようだった。

倉元の義父は同社の創業者だ。今は会社にほとんど顔を見せないが、未だに相談役の肩書を持ち、倉元も頭が上がらないほどの影響力を持っている。かわいい娘を裏切り、愛人に大金を貢いでいたと知られれば、会社から追い出されるのは火を見るよりも明らかだ。従業員らの虐待動画まで押さえていたくらいだ。きっと倉元と愛人の関係も週刊誌顔負けに調べているのだろう。

野宮が倉元の肩に手を置いた。

「納得いただけたようね。会社の都合により、今日付けで技能実習生は全員解雇。誰も事務所を荒らしてなんかいなければ、私たちもここには来ていない。あなたの社員は酔っ払って転んでケガをしただけ。　現金は車を売るなり、サラ金から借りるなり、どうにかすることね。わかりました？」

「は、はい」

ミンとフックがその様子を呆然と見下ろしていた。

力自慢の男たちが地面に伸び、暴君だった社長の倉元が恥も外聞もなく土下座してい

る。こんな連中に虐げられていたのかと、呆《あき》れ返っているように見えた。

「話も済んだし、行きましょうか」

有道は柴から拳銃を奪い取った。

「済んじゃいねえよ」

グリップを握り締め、倉元の頭に銃口を押しつける。有道の殺気が伝わったのか、倉

元のズボンが小便で濡れそぼる。

「耳の穴かっぽじって聞け。こいつは始まりでしかねえ。ずっと、てめえを見張ってる

からな」

「わがりますた。すんませんでした」

有道は自動拳銃を柴に手渡した。自分が持っていると、トリガーを引きかねない。

憤怒はなかなか収まらない。だが、約一ヶ月にわたる労苦が、少しは報われた気がし

た。

7

ワンボックスカーで東北道を南下しながら、時々バックミラーで車内をチェックした。

もともとはキリフダが乗っていた車だ。そのキリフダは手足をワイヤーで縛られて荷室に押し込まれていた。膝関節と足の甲を有道に砕かれ、痛みで悲鳴を上げていたが、柴に鎮痛剤をしこたま注射され、今はグッタリと静かになって転がっている。

積んでいたバッテリーや複合機はすべて倉元に返した。強欲な野宮にしては珍しい温情だったが、売りさばいたところで大したカネにはならない。依頼主はベトナム最大級のコングロマリットで、そちらから途方もない金額で請け負ったのだろう。

わざわざ有道を別人に仕立てて潜らせたり、『みちのくアッセンブル』やベトナム人コミュニティを調べ上げたりと、やたらと手の込んだ戦略を取っていたほどだ。

その野宮はいつにも増して上機嫌だった。彼女自身がベントレーを運転し、ワンボックスカーの先導役を買って出ている。

野宮とは対照的に、車内は沈んだ空気に包まれていた。助手席のミンは一言も口を利かず、フックは虎の子のカネを奪われまいと、リュックを大事そうに抱きかかえていた。ふたりとも有道を見る目はこれまでとはまったく違っている。視線が痛かった。

ハンドルを握る有道も同じだ。野宮の意図を知ったときから、後味の悪い結末が待っているだろうと予期していた。同じ釜のメシを食った仲間を騙したのだ。これが仕事とはいえ、なにくれと世話をしてくれたミンを裏切るのは、キリフダのドンチャンや大貫の張り手よりもきつかった。

過酷な重労働やイジメから解放されたというのに、高揚感はまったくなく、苦い後味を噛みしめながら車を運転していた。

福島《ふくしま》との県境を示す看板を通り過ぎた。目的地は県境の町である福島の国見町《くにみまち》だ。念のために地元県警の縄張りから出て、隣県に用意されたセーフハウスにミンたちを送り届ける。それが有道の最後の仕事だった。

福島県の国見ICで東北自動車道を下りた。県道46号線を北西に走る。平野が広がる仙台と違って、周囲は山々に囲まれていた。街灯の少ない田舎道を進む。

有道はミンたちに告げた。

「じきに目的地だ。あの寮と違って快適な場所らしい。もう二段ベッドで狭苦しい思いをしなくて済む。専門のコックが腕を振るうってところまでは行かねえが、まともでうまい食事が一日三回用意されるはずだ」

「そうですか」

ミンがポツリと答えた。フックは口を真一文字に結んで無言を貫いている。

県道を十分ほど走ったところに立派な日本家屋があった。二階建ての大きな家で、都会なら豪邸の部類に入るだろう。頑丈そうなガレージだけで車三台分はある。松の木や灯籠《とうろう》がある庭園も手入れがなされている。

ベントレーがガレージに入った。有道もワンボックスカーを隣に停め、シフトレバーをパーキングに入れる。

「じゃあな。これでお別れだ」

「劉さん。いや、有道さんでしたか」

ミンに顔を見つめられた。彼の目は沈んだままだった。

「ああ、有道了慈という」

「私は怒っています」

「だろうな」

「あなたにじゃありません。私自身に怒っているんです。私は世間知らずだった。おまけに力も知恵もない」

有道は笑い飛ばしてみせた。

「しみったれた顔するなよ。おれだってひどいもんだったさ。これから学んでいきゃいい」

有道はセカンドシートに手を伸ばした。

ボストンバッグを摑んで膝に置いた。ボストンバッグのなかから贈答用の箱を取り出す。渡せる機会があればと、前日に買っておいたものだった。箱をミンに差し出す。

ミンが箱を受け取りながら訊いた。

「これは？」

「宮城産の金目鯛《きんめだい》と金華さばの干物だ。けっこう高いんだぜ」

ミンがつられたように笑った。彼の笑顔を見るのは久しぶりだった。

「貴重なオカズをありがとう」

「ああ、パスタだけじゃ健康によくねえ《ノット・グッド・フォー・ヘルス》」

ミンと固い握手を交わした。彼の力は強い。

「なんだか……吹っ切れたような気がします」

野宮がベントレーを降り、ワンボックスカーの窓をノックした。

「重労働から解放されたお祝いに、故郷のお酒も用意しました。ビールの『333《バーバーバー》』にダラットワイン。ああ、それとネプモイも」

フックがすがるようにミンを見やった。

「おれたち……また騙されないか？」

「心配はいりません。あなたもドゥックも私が責任持って守ります」

ミンはきっぱりと告げて、ワンボックスカーから降りた。

彼の背中がひと回り大きく見えた。服装こそオイルや埃にまみれた作業服だが、高級スーツをびしっと着ているかのような気品を滲《にじ》ませた。所作に迷いが感じられない。

ミンは野宮に一礼した。

「野宮さん、ありがとうございます。改めてお礼を言わせてください。あなたがたのおかげで、進むべき道を見つけることができた」

「それはなにより」

ミンは空を見上げた。

「自分の力で道を切り開きたかった。誤った方角であるのに気づかぬまま、危うく犯罪者にまで落ちてしまうところでした」

「誤ったからこそ見えてきたものもあるでしょう？」

「これからはひとりでも多くの同胞を救います。そのためにガラングループに進みます」

ミンはワンボックスカーを指した。

「あのキリフダという男にも寛大な処置をお願いします。彼も好きであのようなならず者になったとは思えない」

「わかりました。腕のいい闇医者に診せたうえで解放します。もちろん、あなたがたの前に二度と姿を現さないよう言って聞かせます」

「なにからなにまで……ありがとうございます」

ミンは野宮とも握手を交わした。彼はフックを連れ、荷物を担いで一軒家へと向かった。有道は彼らに手を振ってみせた。

野宮に肩を叩かれた。

「お勤め、ご苦労さま。若様のハートまでガッチリ摑んだようね。ガラングループとは末永くおつきあいできそう」

「ボーナスをよこせよ。大儲《おおもう》けしたんだろう。少しは社員に還元したらどうだ」

彼女の顔が急に曇った。

「経営ってもんがわかってないのね。儲けどころか赤字寸前。巨大グループから信用を得るには、まずは思い切った投資が必要なの。あなたの偽パスポートだって、相当な手間がかかってる」

「だったら休暇だ。しばらくのんびりさせてもらう。慣れない肉体労働で身体がもうガタガタだ」

「なに言ってるの！」

「痛《いて》え！」

野宮に背中を思い切り叩かれた。乗馬用のムチみたいな音が鳴り、背中がビリビリと痺れる。大貫の張り手にも負けない強烈な威力だった。

「な、なにしやがる」

「歳月人を待たずよ。さっそく依頼が入ってる。明日の夜から、六本木のクラブに潜入して、しばらく用心棒をやってもらう。そこも面白いことになってるの」

「じょ、冗談だろ？」

野宮は真顔だった。本気らしい。

有道の視界が涙でぼやけた。ミンには早く出世してもらわなければならない。彼女への借金を完済したら、すぐに国を脱出して、ミンに救ってもらう必要がありそうだった。

Ⅱ　オール・アポロジーズ

1

柴志郎の気分は沈んでいた。

本来の仕事から外されたうえ、会いたくもない男とツラをつき合わせなければならなかった。

首に巻いたスポーツタオルで額の汗を拭い取る。トレッドミルで五十分近く走り続けており、呼吸が乱れつつあった。手足が徐々に重くなってくる。

隣の近藤憲一郎《こんどうけんいちろう》に鼻で笑われた。

「どうした。この程度のジョギングでへたばったんじゃないだろうな」

「バカにするな。これくらいで」

柴はペットボトルのミネラルウォーターを飲んだ。水分補給をしてから息を整え、背筋を伸ばしてフォームを正す。

明日はひどい筋肉痛に襲われるだろう。苦々しいことに近藤の指摘は当たっていた。ここ数ヶ月は秘書としての仕事に追われ、肉体の鍛錬をだいぶ疎かにしていたからだ。

近藤は嫌味な笑みを湛《たた》えたまま、柴とは対照的に軽快な走りを続けていた。息が乱れるどころか、汗さえ大して掻いてもいない。

「そうでなくちゃ困る。これからたっぷりと働いてもらわなきゃならないからな」

近藤は柴と同じく三十代後半で、警視庁の現役警察官だ。現在は警部という階級にあり、現場を駆けずり回るよりも、ペーパーワークに追われる管理職にあった。

それにもかかわらず、近藤の体形は二十代のころから変わっていない。モデルのようにほっそりとしており、無駄な肉はいっさいついていなかった。今も三時間半でフルマラソンを完走できるほどのスタミナと筋力を有しているのだろう。

イタリア製の高級スポーツウェアを身につけ、清潔なフィットネスクラブで颯爽《さっそう》と走る姿は堂に入っていた。前頭部が寂しくなりつつある柴と違い、ウェーブがかかった豊かな頭髪をなびかせている。

鍛錬を欠かさないのと同じく、審美歯科や美容クリニックにもマメに通っているのだろう。真っ白に輝く歯と若者のようなキメ細かな肌も相変わらずだ。警察官にはとても見えない。

深夜二時の汐留のフィットネスクラブに人気はほとんどなかった。昼間こそ多くのビジネスマンなどでごった返すエリアだが、夜中は街ごとひっそりと静まり返る。

「うっ」

柴がランニングベルトにつまずいた。身体が前につんのめり、危うく転倒しかけるが、アームにしがみついて姿勢を立て直す。

近藤が呆れ顔になった。

「まったく……そっちの女社長はお前に捜査を任せるようだが、ヘタを打って警察《カイシャ》を辞めた野郎では不安しかないな」

「随分と大きな口を叩くじゃないか、外事警察《ソトゴト》のおまわりさん。そっちこそヘタ打って尻に火がついているから、『ＮＡＳ《こっち》』に火消しを頼みにきたんだろうが。自慢の人心掌握術はどうなった」

近藤は舌打ちした。興が削《そ》がれたといわんばかりに、ストップボタンを何度も押すと、トレッドミルから離れた。

「続きはこっちだ。息も絶え絶えで会話もままならなさそうだ。仕事の前に心臓発作でも起こされたらかなわん」

「誰がだ。おれは走れるぞ」

近藤は柴の言葉を無視し、大型ミラーに顔を近づけると、ナルシスティックに髪形を整える。

柴は顔をしかめた。公安総務課時代に机を並べて働いた過去もあるため、この男の性格は嫌というほど知ってはいた。己の肉体をオカズにマスターベーションをしていそうな男で、おまけに態度はいつも尊大だった。

柴も走るのを止めた。虚勢を張ってはいたが、息も絶え絶えだったのは事実だ。近藤とともにベンチに腰かけた。

柴はスマホのスイッチを入れた。液晶画面に長い黒髪の女性が映し出される。近藤の情報提供者である松下茉莉《まつしたまり》だった。

茉莉は湯島《ゆしま》のチャイナパブ『ジャスミン』のオーナーママだ。同店を経営して十一年になり、年齢は柴たちと同じだったが、巧みなメイクや美容のおかげか十歳は若く見える。

液晶画面の茉莉は仕事中に撮影されたものらしく、白いナイトドレスを着て、パールのネックレスをつけていた。両手でウイスキーグラスを手にしながら、レンズに向けて柔らかい笑顔を向けていた。

華奢《きゃしゃ》でたおやかな身体をしているが、オーナーママらしい凛《りん》とした眼差《まなざ》しのせいか、泰然自若とした存在感があった。顔はあまり似ていないのに、社長の野宮と同じ匂いがした。

柴はあたりを見回した。夜の仕事を終えたと思《おぼ》しきホステス風の女性が、スマホに目を落としながらエアロバイクを漕《こ》いでいる。それでも注意を払って声の音量を下げた。

「彼女が消えて三日だったな」

「店で仕事を終えてから、キャストたちを連れて焼肉屋に寄った。二時間ほど飲み食いした後で解散。茉莉はそのまま帰路についた」

「徒歩で帰ったのか、それともタクシーか」

「さあな」

「さあなって、お前……きちんと捜査していないのか。大切な情報提供者《エス》が消えたんだぞ」

「するはずないだろう」

近藤はあっけらかんと答えた。

「なんだと……」

「わざわざ自分の失点を周りにひけらかすバカがどこにいる。茉莉が情報提供者《エス》だと知ってるのはおれと上司だけだ。イヌが一匹消えたのなら、また新しいイヌを飼えばいい。いくらでも見つけられるさ」

柴は再び深呼吸をした。そうでもしなければカッとなって、顔面に拳を叩きこみたくなる。

――あなたは現場で輝く男。課報関係のお仕事となったら、『NAS《うち》』ではあなた以外に考えられない。

野宮からの命令で泣く泣く引き受けたものの、やはりどうにかして回避すべきだったと後悔する。こんな冷酷な男のケツ拭き要員として働くなど我慢がならない。

近藤が結果を出す警察官なのは事実だ。そうでなければエリート部署の公安部外事二課で働けるわけもなく、係長のポストも与えられたりはしない。

近藤は若いころから情報通の警察官として知られた。公安に引っ張られる前は、万世《まんせい》橋《ばし》署の生活安全課で実績を積み上げた。秋葉原《あきはばら》でメンズエステやコンカフェの看板を掲げながら、売春の斡旋《あっせん》や未成年者を働かせている店舗を次々に見つけ出した。

メイドカフェや添い寝リフレだのといった店舗にマメに足を運んでは、モデル顔負けのルックスを活かして、そこで働く女たちをたらしこむ技術を駆使し、独特の情報網を築いていった。月収百万円以上も稼ぐ人気コンカフェ嬢が、近藤に褒めてもらうため、客や業界にまつわる情報を逐一報告していたという。

近藤の捜査手法を危うく思う者は多くいた。この男の父親もやはり警視庁の警察官であり、謹厳実直を絵に描いたような交番勤務員として、定年退職するまで赴任先の地元住民に愛され続けた。

真面目な父とはまったく正反対の警察官となり、まるで悪徳ホストのごとく情報提供者たちに対して〝竿《さお》管理〟をやり、情報を必死に集めるようけしかけたのだ。

監察係から身辺を嗅ぎ回られたことは一度や二度では済まなかったとの噂もある。女たちに上納させていたのは情報だけとは限らなかったからだ。審美歯科や美容にかかる費用も多額なうえ、衣服や交際にも惜しみなくカネを注ぎ込んでいた。情報提供者のなかには、未成年者までいたとさえ言われている。

それだけ黒い噂が絶えなかったが、圧倒的な実績が周りを黙らせた。公安総務課の課長が、近藤の色事師としての能力に目を付けたのだ。

――よその国がハニトラばんばん仕掛けてくるってのに、警視庁《うち》がそっちで対抗して問題あるか？

そううそぶく上司のもとで、近藤は水を得た魚のように新たな情報網を築いていった。柴が警察を去った後も、近藤は順調に昇進。外事二課の係長に就任した。同課は中国や東南アジアの情報収集を目的としている。

柴は言った。

「今までどれだけの女を泣かせてきた。お前に冷たく捨てられた挙句、心を病んで精神科病棟に入院した情報提供者《エス》さえいると聞くぞ。首を吊《つ》った者も」

「いっそ茉莉もそうしてくれていたらいい。後腐れがない」

「ふざけるな」

近藤の襟首を掴んだ。彼は冷ややかに柴を見つめ返すだけだった。

「柴よ、まるで自分はご清潔な警察官だったといわんばかりだな。お前だって多かれ少なかれ、手を汚してきただろうが」

「お前とは違う」

「白々しい。お前がいる『ＮＡＳ』の評判は、こっちもきちんと把握している。そこらの暴力団《マルB》とは桁違いの調査力と戦闘力を有している。ヤー公とつるめば、警察《うち》や麻取《マトリ》、政権与党とも組んで汚い仕事をあれこれ引き受けてるそうじゃないか。社長の野宮綾子は今じゃ立派な大物フィクサーだ。『死の商人』とまで陰口を叩く者もいるぞ」

　近藤としばし睨み合った。我慢ならずに手を出したが、近藤の指摘もあながち的外れではない。

　汐留にオフィスを構える『ＮＡＳヒューマンサービス』は、人材派遣の看板を掲げながらも、近藤の言うとおり犯罪絡みの仕事も引き受けている。

　近藤の目が鋭くなった。

「その汚い手をどけてもらおうか。かつての同僚だからと、でかい口叩くのを許していたが、今のお前はクソを始末する汚れた企業の一社員にすぎん。身をわきまえないでヤンチャな態度を取り続けると、公安を敵に回すことになる」

　柴は手を放した。近藤の職務倫理を問い詰めている場合ではないのは確かだ。そんなことをしても、カエルのツラに小便でしかない。

　再び液晶画面の茉莉に目を落とした。

「いつものように営業を終えると、スタッフたちに焼肉を振る舞って、そのままプッツりと姿を消してしまったわけだな。なにか予兆はなかったのか。彼女に悩み事や借金は？」

「ない。あったのなら、おれに報告していたはずだ」

　近藤は即答した。

　彼によれば『ジャスミン』の経営状態は安定しており、売上は右肩上がりにあった。日本人の常連はもちろん、中国系企業の駐在員や富裕層の常連まで抱えていた。オーナーママの茉莉は日中のミックスで、十代のころは埼玉県川口市の新中華街でも過ごしていたため、中国文化や北京語《ペキンご》にも精通しており、中国人客のハートを摑むテクニックを持っていたらしい。

　もっとも、近藤の説明が真実とは言い切れない。この男は情報提供者との間に独特の主従関係を築き上げるのを得意としていた。それだけに情報提供者は近藤に捨てられるのを避けるため、たとえのっぴきならないトラブルが起きたとしても、彼に安易に頼るのをよしとせず、ひとりで問題を抱え込んでいたのではないか。

　情報提供者が抱えるストレスは計り知れない。人や組織を裏切り、警察にいわば密告し続けるのだ。それがカルト宗教や暴力団といった反社会的な色を帯びた組織ともなれば、つねに身の危険を感じて日々を過ごさなければならない。

　だからこそ捜査官は情報提供者の身になって考え、必ず警察が盾となって身を守ると約束し、できるだけ憂いをなくすように汗を掻いて信頼関係を構築しなければならないのだ。近藤のように使い捨ての道具として扱っていれば、警察組織を信じて情報を与えてくれる者はいなくなってしまう。長期的な視点で見れば、近藤の手法は警察組織にとってマイナスでしかない。

柴は画像をスライドさせた。今度は動画を再生させる。茉莉の動く姿を確認した。

『ジャスミン』では様々なイベントを催していたらしい。先月は夏祭りを企画し、店内の天井にはいくつもの提灯《ちょうちん》をぶら下げ、ヨシズを立てていた。浴衣姿で客に枝豆やスイカを振る舞う茉莉の姿は日本情緒にあふれていた。

その一方で初夏の端午節《たんごせつ》では、七分袖の赤いチャイナドレスを上品に着こなし、長い髪をまとめてほっそりとした首元を見せている。店には若いキャストがおり、華やかさや艶《あで》やかさを売りにしていたが、気品は茉莉が頭ひとつ分抜けていた。

近藤は液晶画面の茉莉を指さした。

「健康だの体調管理だのには、とりわけ気を使っていた。なるべく夜のひとり歩きは控えるように言ってきたんだが、夜風に吹かれながら歩いて帰るのを好んだ。さらわれでもしたら、健康もへったくれもないだろうに」

「何者かに消されたのか？」

「それを突き止めるのがお前の役目だ」

近藤が高級ブランドのカードケースを取り出した。柴に一枚のカードを渡す。

「茉莉の自宅《ヤサ》の鍵だ。もしおれとのつながりを示すものがあれば、残らず回収しておいてくれ」

柴は首を力なく振ってカードキーを受け取った。近藤にとって重要なのは茉莉の消息などではない。彼女との関係を示す証拠を消し、ミスを覆い隠して幕引きを図る気でいた。

近藤はベンチから立ち上がった。話は終わりだといわんばかりにストレッチをし、再びトレッドミルに戻った。

柴もカードキーを手にし、トレーニングルームを離れた。近藤と同じ空気を吸っていたくなかった。

2

丸山《まるやま》がデスクを思い切り叩いた。

「あり得ないよ。逐電だなんて！」

『ジャスミン』のマネージャーである丸山は、茉莉や店のキャストとは違って地味な五十男だ。存在感がありすぎる近藤より、よほど公安捜査官に見えた。

丸山は店の柱であるオーナーママが失踪してから、てんやわんやの日々が続いたらしく、やつれがはっきりと見て取れる。

「本富士《もとふじ》署に行方不明届を出したらしいな」

「昨日の午前中にね。全国の警察官が一斉に捜してくれるのかと期待していたのに、書類をあれこれ書かせてそれっきりだ。おれが親族でも旦那でもないと言うと、受理するのさえ渋る有様だ。なんにもしてくれやしない」

丸山は恨みがましく柴を見上げた。

同署の対応はとくにひどいわけではない。署員は茉莉が外事警察の情報提供者なのを知るはずもない。妥当な対応といえた。

人がひとり消えたとしても、警察が積極的に動くのは、特異行方不明者と認定したときぐらいだ。子供や老人、遺書を残して自殺をほのめかしている者や、明らかに犯罪に巻き込まれたと考えられる者などの場合に限られる。

「木っ端役人どもに言ってやりたかった。『あんたらにさんざん尽くした人なんだぞ』ってね。それなのに連中ときたら、捜査するどころか、あんたみたいな探偵をひとり送ってくるだけだなんて……これじゃ茉莉ママがかわいそうだ」

丸山の手が小刻みに震えた。頰を涙が伝う。彼は『ジャスミン』の開店当初から働いていた番頭格で、茉莉が警察とつながっていたのを知る数少ない関係者だ。

柴は丸椅子に腰かけた。うめき声が出そうになる。案の定、昨夜の無理なランニングのせいで脚の筋肉が痛んだ。

昨夜遅くに依頼を受けてから、柴はさっそく動き出した。依頼人がクズであったとしても、『NAS』の看板に傷がつかないよう、任務をきっちり完遂しなければならない。

フィットネスジムを後にした柴は、汐留のオフィスで近藤から渡された資料を読みこんだ。応接室のソファで仮眠を取り、夕方になって湯島に移動。開店前の『ジャスミン』を訪れ、近藤とコネを持つ警察OBの探偵を名乗り、マネージャーの丸山と接触した。人でなしの近藤と違い、丸山からは茉莉を一刻も早く見つけ出してほしいという熱意が感じられる。

「オーナーママが消えても、店を閉めたりはしないんだな」

柴は店の出入口を指さした。ふたりがいるスタッフルームのドアは開いており、営業時間前の店内が見て取れた。バーカウンターは高級杉の一枚板が用いられ、重厚な厚みと年季の入ったツヤがあった。

バックバーに置かれた酒瓶はどれもキチンと磨かれ、中央にはダリアやキキョウといった初秋らしい切り花が鮮やかに飾られてあり、ゴージャスな非日常感が演出されている。開店前とあって灯りこそついていないが、繁盛店ならではのこだわりが感じられた。

「定休日以外はどんなことがあっても開けておくのが、茉莉ママの経営方針だったんだ。

雨が降ろうが槍《やり》が降ろうが、電車も運休するような台風の日であっても、行き場のない男たちの止まり木となってやるのが夜の蝶《ちょう》の役目だってね」

「そうは言っても、オーナーママの不在が長引けば、客も不審に思うだろうし、店をやっていくにも差し障りが出るだろう」

「もうすでに差し障りが出まくってるし、キャストも常連客もなにか起きたと薄々感づいてる。うちは茉莉ママ目当ての客で持ってるんだ。だからこそ、あの人も健康管理には気をつけていて、この店を始めてから一度も病欠はしていないんだ。みんなには風邪《かぜ》で休んだと言ってはいるが、額面どおりに受け取るやつなんかいないよ」

丸山がティッシュで洟《はな》をかんだ。ただでさえやつれた顔をしていたが、涙と鼻水でグシャグシャになり、雨でずぶ濡れになった野良犬のような悲哀を感じさせた。

茉莉が休んだのは過去に一度だけだ。母親の葬式で一週間の休暇を取り、店を臨時休業させている。

茉莉は相当な苦労人だったようだ。遼寧省《りょうねいしょう》出身の彼女の母親は、嫁不足に悩む北海道の田舎町に嫁いだ。茉莉の父親にあたる男性とその両親は、中国人の母親を温かく迎えた。タダでこき使える労働力が手に入ったのを喜んだからだ。

したがって嫁入りしてすぐに母親の待遇は一変した。朝四時から始まる重労働を三百六十五日休みなく課せられ、義父母からは暴言を浴びせられた。夫からも殴る蹴るの暴力を加えられていたという。娘の茉莉も物心ついたときから一家の労働に従事し、干し草を運んだり、牛の糞を片づけたりと、朝から晩まで牧場で働かされたという。

茉莉が十歳のときに環境は変わった。母親が夫たちの家を出て、彼女を連れて川口市へと移り住んだためだ。母親は昼間は中華料理店で、夜はスナックで身を粉にして働き、茉莉を育てあげた。茉莉も高校生になると、母親とともにスナックでバイトを始めた。そこで夜の仕事のノウハウを学び、母子で支え合いながら生きてきたという。

丸山から話をひとしきり聞いたところで、柴はスマホのメモアプリを起動させて質問した。

「それで、あんたはどこまで知ってるんだ」

「どこまでって？」

「全部だよ。茉莉ママのプライベートから警察との関係、それにこの店に出入りしていた客たちの素性、彼女に危害を加えそうな連中などだ。なにかメモやデータの類があれば、それもすべて提出してほしい」

「それは土方《ひじかた》さんに聞いてくれ。あの人が一番よく知ってる。茉莉ママはここに集まった情報を、逐一土方さんに報告していたんだ」

土方というのは、近藤が好んで使ったコードネームだ。柴は尋ねた。

「あんたは土方に会ったことがあるのか？」

「いいや。大層なイケメンとは聞いているが、この店には一度も来ちゃいない。どうせその土方って名前も本名じゃないんだろう？　おれは蚊帳《かや》の外だから、大したことなど知りはしない。関わりたいとも思わなかった」

丸山は椅子から立ち上がり、柴をＶＩＰルームという名の個室へ招いた。

個室は中国風のゴージャスな造りだった。壁には巨大な龍の彫刻が飾られ、紫色のライトで照らされた水槽には鮮やかな熱帯魚が泳いでいる。

カラオケや動画で盛り上がれるように、大画面のプロジェクターもあり、ギャザー仕上げの重厚感にあふれたソファが設置されている。窓のない密閉空間でありながら、タバコの臭いがあまりしないのは、高級な業務用空気清浄機が稼働しているからかもしれない。

ＶＩＰルームは中国の〝ＫＴＶ〟と呼ばれる施設を想《おも》わせた。ゴージャスなカラオケボックス風の個室で、女性スタッフが客に酌したり、お喋りやカラオケを盛り上げる。

「なるほどな」

柴はドアの傍でしゃがんだ。壁のコンセントに目をこらした。丸山はギョッとしたように目を見張る。

「わかるのか？」

「九九パーセントの人間は気づかないだろうが……」

柴は壁時計を指さした。ガラス製の洒落《しゃれ》たデザインのもので、精巧な赤いアートフラワーが盤面に飾られていた。「あそこにも仕掛けてあるな？　高性能マイクも備わってる」

コンセントプレートの中央には穴があった。スマホのレンズと同じくらいの小さなものだ。

コンセントの前に遮蔽物《しゃへいぶつ》はなく、自分が仕掛けるとすれば、この位置に目をつけるだろうと思ったからだ。公安刑事だったときから現在にいたるまで、この手のアイテムとは切っても切れない関係にある。

「茉莉ママとあんた以外で知る者は？」

「いない……ことになっている。客で気づいたやつはもちろん、古株のキャストだって知らないはずだった」

丸山は切なげに顔をうつむかせた。

店にとっては最高機密のはずだ。スパイカメラの存在が万が一バレようものなら、店の評判が落ちるだけでは済まない。

東京の中国人社会の間では、すでに名店として知られており、中国系企業のお偉方までが同店を利用している。国同士の諜報戦に巻き込まれ、とんでもない大火傷を負う可能性があり、現に店の経営者が謎の失踪を遂げている。

柴はコンセントプレートを指で弾いた。

「こいつを何者かに知られたのかもしれないな。他に失踪する原因があれば別だが。もう一度訊くが、客の誰かと逐電したとか、そちらの可能性は考えられないか？　この世界じゃよくあることだろう」

「あるはずがない！」

丸山がすぐに言い返してきた。

「蚊帳の外というわりには、きっぱり答えるじゃないか」

「少なくとも逐電はないといってるんだ。茉莉ママにとってはこの店が城で命でもあった。それに……あの人は土方に惚《ほ》れていたよ。そうでなきゃ、こんな客を裏切るような危なっかしいことをずっとやれるはずないだろう。あまりに高くつくみかじめ料だよ。いざとなったらこの有様だ。あんただって本当は茉莉ママを見つけるんじゃなくて、土方の尻拭いに来ただけなんじゃないのか？」

「そのとおりだ」

丸山が絶句したように顔を強ばらせた。柴は掌を向けた。

「土方からはそう頼まれてはいるが、警察組織そのものが薄情だと思われても困る。おれが茉莉ママを必ず捜し出してみせるさ。そのためには、彼女のことを一番知るあんたの協力が欠かせない」

「……まったくぬけぬけと。もし茉莉ママが戻ってきたら、警察とキッパリ関係を断つよう進言するよ」

丸山は業務用空気清浄機を稼働させ、ソファに腰を下ろしてタバコに火をつけた。柴は対面に座って向き合い、スパイカメラ内蔵の壁時計を指さす。

「嗅ぎつけたやつは本当にいないのか。茉莉ママの失踪前後に、店を辞めた者や、様子のおかしかった者はいなかったか？」

「おれはおれなりに疑ってかかったさ。うちの店にも『００７』みたいに、凄腕《すごうで》のスパイでも潜り込んだんじゃないかって。だけど、ここ数ヶ月はスタッフの入れ替わりはなかったし、誰かを雇い入れるときは決まって土方に報告して、身元をあれこれ調べさせてもいた」

丸山によれば、店内にはいくつものスパイカメラが設置されており、彼の役割はそれらの機器の保守管理だった。録画録音されたデータを茉莉が扱い、それを定期的に土方に送っていたという。

『ジャスミン』が外事二課の〝前線基地〟に変わったのは五年前だ。当時のキャストのなかで薬物に嵌《は》まり、クスリ代欲しさに同僚たちを売人に紹介しようとした不届き者がいた。

己の城が薬物汚染されていく事態を知った茉莉は、元凶となったキャストを解雇し、他の者には売人とコンタクトを取らぬよう厳しく命じた。

売人は新華僑《しんかきよう》二世の悪党で、中国人マフィアの構成員であり、薬物売買で暴力団とのコネまであった。茉莉にシノギを潰されたと因縁をつけ、法外なみかじめ料を求めてきたのだ。

当時の茉莉は脛に傷を抱えてもいた。キャストも完全に薬物と手を切れていないころであり、本来なら夜の商売に従事させてはならない留学生を働かせてもいた。入管法違反で摘発されるおそれがあり、警察にもおいそれと泣きつけない事情もあった。悪党の言うがままに従わなければならないのかと歯噛みしていたところに現れたのが近藤だったのだ。

近藤は茉莉に情報提供者になるよう取引を持ちかけ、悪党だけでなく、警察や入管からも守ってやると約束した。茉莉がそれに応じると、悪党は即座に有印私文書偽造で逮捕された。傷害罪や覚せい剤取締法違反などで何度も再逮捕され、『ジャスミン』に嫌がらせをするどころか、シャバに出ることも許されなかった。未だに塀のなかに押し込められているはずだ。

近藤が最初から悪党を利用して絵図を描いたのかもしれないが、茉莉にとっては救世主に見えたはずだ。その後の五年間、彼女は反社からも行政からも邪魔されずに経営に専念し、近藤の忠実な手下となって、情報を彼に上納し続けたのだ。

丸山が壁時計に目をやった。

「どう考えても、アレが店の人間にバレたとは思えない。言葉や国籍は違っても、ここで働いているのはふつうの連中さ。全員が茉莉ママを本気で心配しているし、それが演技だっていうのなら役者になったほうがいい。それに、おれも茉莉ママもデータの扱いには細心の注意を払っていた」

「スタッフがシロだとすれば、客のほうはどうだ。あんたの目に留まる人物はいなかったか」

「それもずっと考えていたが、裏方のおれには限界がある。会員制クラブってわけじゃないから、一見《いちげん》の客も来れば、観光のついでに寄った大陸からの旅行客だっていた。客たちの情報を摑んでいるのは茉莉ママや女たちだが、その茉莉ママはいなくなっちまったし、女たちにはなんて訊けばいい。隠しカメラを見破るようなスパイはいなかったかと言えばいいのか?」

「あんたの苦しみはわかる」

丸山は顔を上げた。彼は顔を再び涙で濡らしていた。

「……いつかはなにか起こるんじゃないかと思っていた。頼む、あの人を見つけ出してくれ」

すがるような目で見つめられたが、柴はうなずいてやるしかなかった。

3

柴は玄関前に立った。高層マンションの最上階で、外廊下からは根津《ねづ》小学校と東大の建物やグラウンドが望めた。

地下鉄の根津駅に程近く、『ジャスミン』からも徒歩約十分の距離にあった。オフィスビルやマンションが立ち並ぶエリアで、そのなかでもひときわ高級感に満ちていた。

一階はホテルのラウンジのような洒落た造りのソファとテーブルが置かれ、大理石の床は掃除がいき届いており、バリアフリーにも対応しているらしく、建物の正面玄関にはスロープが設けられ、エレベーターも車椅子兼用仕様となっていた。

腰を悪くして歩行困難となった母親のため、茉莉がだいぶ背伸びをして購入した物件だという。億を軽く超える値段はしただろう。

柴はカバンからコットン製の手袋を取り出した。それを嵌めると、カードキーでドアを解錠してなかに入った。

バラの甘い香りが鼻に届いた。玄関のシューズボックスのうえにはポプリが入ったガラスの器が置かれている。シューズカバーを靴につけ、三和土《たたき》に並んだ茉莉のものと思しき靴に目をやった。

茉莉も近藤と同じくジョギングを日課としていたらしく、使い込まれたランニングシューズがあった。それに近くのコンビニなどに行くとき履くようなラバーサンダル、プライベートで使っていそうなハイブランドのローファーもある。シューズボックスには仕事用の煌《きら》びやかなハイヒール、花の刺繍《ししゅう》があしらわれたチャイナシューズがズラッと並んでいる。

玄関ホールを抜けると、二十五畳分はありそうな広々としたリビングに出た。分厚いカーテンで日光が遮られていたが、照明をつけるとモデルルームのように整頓された空間が広がっていた。

カバンをソファに置いて、室内を改めて観察した。壁には85型テレビの巨大モニターが置かれ、それを取り囲むようにソファが並べられている。

近藤による身上調書によれば、母子揃って映画やドラマが好きだったらしく、巨大モニターの傍に置かれた収納棚には韓流や華流ドラマのＤＶＤボックスが多数あった。

ダイニングキッチンのテーブルとカウンターはぴかぴかに磨かれており、住人の几《き》帳面《ちょうめん》な性格がうかがわれた。テーブルの中央にはキクが一輪挿しで飾られてあった。観葉植物も豊富で、シーグレープやサンスベリアの鉢があちこちに置かれ、リビングを色彩豊かなものにしていた。

その一方で、部屋の主《あるじ》がもう三日も戻っていないため、初秋の陽光で温められた空気が室内にこもり、ムッとした熱気が滞留していた。一輪挿しのキクは日当たりが悪かったせいか、きれいに咲ききれず、花びらの色もくすんで見える。

キッチンの流し台にはプラスチックの洗《あら》い桶《おけ》があり、数枚の食器が水のなかに沈んでいた。冷蔵庫のなかには飲みかけのミネラルウォーターのペットボトルや豆乳の紙パック、タッパーに保存された魚や肉などが詰まっていた。ウニやスジコといった鮮度が命ともいえる食品もある。

茉莉の寝室に移動した。クイーンサイズのベッドと大きなマッサージチェアが鎮座していた。リビングよりは生活感にあふれ、ベッドのうえには脱ぎっぱなしのパジャマがあった。女性の部屋らしく化粧品や、ルームフレグランスなどが複雑に混ざった香りがした。

寝室は住んでいる人間の姿を明らかにする場でもあった。ざっと見たかぎりでは、茉莉以外の人間が使っていた様子は見られない。

隅にはアンティーク家具と思しき値の張りそうな化粧台があり、数え切れないほどの化粧品の容器がある。それらに交じって写真立てがあった。

写真立てを手に取る。納められていた写真には、茉莉と近藤が写っていた。ふたりはともに浴衣姿で、道後温泉本館の歴史的な建造物をバックに、寄り添いながら笑顔を湛えていた。『ジャスミン』で仕事に励んでいるときとは異なり、写真の茉莉はナチュラルメイクで、気負った様子はなく、十代の娘みたいに屈託なく笑っている。

近藤の表情も晴れやかだ。この男もこんな笑顔を見せるとは。柴が知るかぎり、いつも人を小馬鹿にしたような薄笑いばかり浮かべていたものだ。

写真立てを元の位置に置く。もっとも、警視庁きっての男芸者だの竿師だのと評されてきたのだ。楽しげにはしゃいでみせることなど、朝飯前だったのかもしれない。こんな男のために、茉莉がトラブルに遭遇したかと思うと、やりきれない気分になった。

ベッドの下や化粧台の棚のなかを調べると、隣のウォークインクローゼットに移った。四畳半ほどのスペースには多数の商売道具が吊《つる》され、スーツやドレスといった衣類で埋め尽くされていた。スポーツジムに定期的に通っていたらしいが、自宅でも運動を欠かさなかったようで、ヨガマットやダンベルもある。

丸山も言っていたが、茉莉は雨の日も風の日も休まず営業していた。その一方で、旅行を好んだらしく、定休日は国内のあちこちを旅していた。母親と日本各地の温泉を回り、ときには近藤も交えて三人で観光をすることもあったらしい。近藤は母親にもしっかり食い込んでいたのだ。

写真立てに納められていた道後温泉でのツーショットも、もしかしたら撮影したのは茉莉の母親かもしれない。ウォークインクローゼットの奥には、一泊旅行向けのサイズのボストンバッグや、飛行機内に持ちこみ可能な大きさのスーツケースがしまわれてある。

柴の心が重く沈む。まだすべての部屋を調べたわけではない。だが、部屋にあるのは、茉莉が事件に巻き込まれたのを示す状況証拠ばかりだった。

彼女が自発的に行方をくらましたのだとすれば、冷蔵庫の食品類をそのままにし、食器も洗わずに放置しておくとは考えにくい。

急いで姿を消さなければならない事態に陥ったとしても、旅行用のバッグやスーツケースは必須のはずだ。化粧台や洗面台には多くの化粧品がそのまま残されており、寝室の衣料ケースには下着類もぎっしり入ったままだ。

湯島でキャストたちと別れ、自宅方面へと向かったという証言があったものの、茉莉がこの住処《すみか》に戻ったとは思えない。その夜の彼女は、高さ七センチの花柄のハイヒールを履いていたという。帰宅したとすれば、その靴は玄関にあるはずだ。しかし、それも見つかってはいない。

柴はスマホで近藤に電話をかけた。呼び出し音が数回し、電話には出られないというアナウンスが流れてきた。

柴が最後の部屋を調べていたときに、電話がかかってきた。液晶画面には〝公衆電話〟と表示されていた。

〈なんだ〉

声の主は近藤だった。

「用心深いな。わざわざ電話ボックスにでも駆け込んだのか？」

〈当然だ。スジ悪の業者とつるんでいたと知られたら、それこそ命取りになりかねない。おれは多くの嫉妬を買っている。無能な同僚ほど仕事そっちのけで、他人の足を引っ張りたがるものだ〉

近藤の不遜な態度は相変わらずだった。

〈それで？〉

「情報提供者《エス》の住処《ヤサ》に来ている。これは自発的な逐電じゃない。事件に巻き込まれたと見ていいだろう」

柴は丸山の証言と部屋の状況を簡潔に伝えた。

依頼主に途中経過を報告しながら、徐々に緊張していくのがわかった。茉莉が事件に巻き込まれたとするなら、彼女の行方を追う柴にも危険が迫るおそれがある。

「寝室には写真立てがあった。お前と情報提供者《エス》が仲良く写っていた。他に男の影は見当たらない」

〈そんなものがあるのか。始末しろ〉

「ああ、わかった」

近藤に冷たく言い放たれたが、柴はもうなにも言い返す気にはならなかった。

柴がいるのは、茉莉の書斎兼仕事部屋だった。壁に設けられた大きな書棚には日本語と中国語の書籍がぎっしり詰めこまれてあった。税務や会計といった実務的なビジネス書から、中国文化史や世界情勢といった学術的な本も大量に並ぶ。彼女の勉強家としての一面を見ることができた。

書棚の隣には、母親の遺影。仏壇こそ置かれてはいないが、中国風の祭壇が設けられてあり、紫檀《したん》の四方卓のうえに金色の香炉や銅製の燭台《しよくだい》が飾られてあった。四方卓の中央には故人が好んだと思しき月餅や煎餅が菓子鉢に盛られてある。

〈おっと〉

スピーカーを通じて、指を鳴らす音が聞こえた。近藤が思い出したように言う。

〈おれの写真はもちろんだが、『ジャスミン』の映像データのコピーがあるはずだ。それも合わせて、きれいさっぱり回収してくれ。ひとつも漏らすな〉

「なんだと。コピーがあるのか?」

〈茉莉は他の女に比べればスマートな部類に入る。おれのためならなんでもするといってもカルト宗教の信者みたいに妄信するほど愚かでもなかった。自分の店を守るための安全保障がいると〉

「どこにある」

〈眠たいことを。それを捜すのがお前の仕事だ〉

近藤が『NAS』を頼った理由がよりはっきりとした。

『ジャスミン』が記録し続けた映像データは、映っている内容にもよるが、取り扱い注意の危険物だ。他国の手に渡るのはもちろん、不用意に漏れてしまえば、近藤の手に余る事態が起きかねない。

「しかし、肝心なパソコンが消えてるぞ」

〈まあ、そうだろうな〉

身上調書によれば、茉莉は二台のスマホとノートパソコン、タブレット端末を所有していたはずだった。だが、彼女の店にも自宅にもない。

書斎の窓際には、シンプルなオフィスデスクがあった。プリンターやルーター、マウスパッドといった周辺機器は揃っているものの、ノートパソコンが置かれるべき位置にはなにもない。

「眠たいことを言ってるのはお前だ。このままじゃケツに火がつきかねないぞ。映像データが誰かの手に落ちて、マスコミを騒がせかねない。動画サイトにいきなりアップされでもしたら、いくら知らんぷりを決めこんだところで、お前の責任は免れやしないぞ。本当に心当たりはないのか」

柴は苛立《いらだ》ちをこめて尋ねた。

事態はとても楽観視できる状況ではない。このまま突き進めば、近藤も危険な目に遭うかもしれないのだ。自分の実力にうぬぼれ、情報提供者の身にトラブルが発生しても、事態の収拾も満足にできない。公安刑事の仕事をナメていたとしか思えなかった。

　近藤が鼻を鳴らした。柴の警告などどこ吹く風だ。

〈警戒心の強い女ではあった。パソコンや携帯端末なんかに映像データを保存してはいないはずだ。自宅にはないだろう〉

「ネットのクラウドサービスか？」

『ジャスミン』では、毎日のように隠しカメラが稼働し続けた。それらが録画録音した映像や音声データは膨大な量になるはずだ。それらを日々管理するとなれば、ネットのクラウドサービスを使うのが主流といえた。ネットの海に隠すのがもっとも簡便で、IDとパスワードで機密も保持できる。

〈それはない〉

「やけにきっぱりと言うじゃないか」

〈おれのためにはなんでもやる女だが、コピーの在処《ありか》は徹底して秘密にしていた。聞き出せたのは、その手のオンラインストレージではないってことだ。相手はサイバー部隊も持つ大国だ。ハッキングを恐れていた〉

「まったく、大した飼い主様だよ」

　柴はあからさまにため息をついて電話を切った。

近藤と茉莉の関係が実際どのようなものだったかはわからないが、茉莉が彼のために身体を張っていたのは事実だった。それほど尽くした女を助け出すどころか、つきあいのあった過去を消そうと動くのだから開いた口が塞がらない。

柴はリビングに戻ると、カバンから指紋採取キットを取り出した。玄関まで戻ると、刷毛《はけ》に鑑識用アルミパウダーをつけ、ドアノブについた指紋を採取しようとした。

アルミパウダーを付着させ、刷毛やタンポではくと、指紋が浮かび上がるはずだが、ドアノブには一切の指紋が浮かび上がってはこなかった。

柴は寝室やリビングのドアでも指紋採取を試みた。しかし、同じく指紋は出てこない。どのドアノブも凹凸のない金属製で、指紋を採取しやすい部類に入る。

空気の淀《よど》んだ室内を見回した。おそらく冷蔵庫や抽斗《ひきだし》からも指紋は出ないだろう。茉莉が消えてから放置されているように見える室内だが、すでに何者かが侵入した挙句、指紋をきれいに拭き取っていったようだった。

4

柴はハンドルを握りながら待った。

朝比奈美桜《あさひなみお》がフィットネスクラブの玄関を出てきた。彼女の渋い顔を見て、収獲はなさそうだと悟った。

美桜はハイエースの助手席に乗りこむなり言った。

「空振り。ロッカーにあったのはこんだけ」

彼女はスポーツ用のポシェットを掲げた。

柴たちは上野七丁目の入谷口《いりやぐち》通りにいた。そこには茉莉が通う高級フィットネスクラブがあった。プールやサウナ、岩盤浴も利用できるとあって、茉莉は足繁く通っていたという。

彼女はプライベートロッカーを契約しており、美桜に体験入会させてロッカーを開けさせたのだ。

柴は尋ねた。

「中身は？」

「シャンプーにジムシューズ。スポーツブラに替えの下着。あとは日焼け止めとボディローション、それと化粧水」

「シャンプーのボトルとシューズをよく確かめてくれ。マイクロSDカードだのナノメモリーカードが隠されてるかもしれない」

「とっくにやったよ。だから空振りと言っただろ」

美桜はポシェットを足元に放った。粒ガムをいくつも口に放って、かったるそうに噛みだした。

どいつもこいつも。柴は罵声を呑みこんで、スマホの地図アプリを起動させた。茉莉が行きつけとしている美容院や痩身エステ、レストランが表示される。地を這いずるような聞き込みをし始めたが、今のところはカスリもしない。

捜査の進展が思わしくないときに限って、柴の癇《かん》にさわる人間ばかり派遣される。美桜もそのひとりだ。

彼女は大物政治家の娘で、名門大学に通う上流階級のお嬢さんだ。ふだんは長い黒髪をリボンで結び、フリルつきの日傘を差して、虫も殺さないようなツラをして学校に通っている。

しかし、彼女の正体はとんでもないものだ。中学のころからひそかに窃盗や詐欺を繰り返し、ヤクザの喧嘩《けんか》師《し》から戦い方を学んだじゃじゃ馬だ。『NAS』の契約社員となって一年経つが、素行不良でチームプレイに向くタイプではない。

柴のスマホが鳴った。『NAS』の社員の久保《くぼ》からだった。

〈柴さん〉

「そちらはどうですか」

〈率直に言うと、今のところ感触はまるでありません〉

久保には『ジャスミン』のキャストやスタッフに聞き込みをさせた。病欠だのとごまかし続けるのには限界がある。彼女の失踪から四日目の時点で、丸山からキャストに向けて説明させ、オーナーママの消息について情報を集めさせた。

　久保は優れた元保険調査員で、そこいらの刑事よりも高い能力を有していたが、それでも動揺が走ったキャストたちから話を訊くのは容易ではなかったようだ。なぜもっと早く教えないんだと、涙ながらに食ってかかる者もいたという。

　最後に茉莉を見たキャストたちを中心に聞き込みをしたが、有力な手がかりは未だ得られていないとのことだった。

　柴は通話を終えて息を吐いた。

「久保のおっさんも空振りみたいね」

　美桜は退屈そうにあくびをした。嚙んでいたガムが口からこぼれる。彼女は気にする様子もなく、膝に落ちたガムを拾って口に放る。

　柴は顔をしかめた。

「おい、真面目にやれ」

「真面目にやってないのは、依頼人の公安《ハム》野郎でしょう。あいつらが本気出せば、すぐに消息なんて摑めるでしょうに。警察《サツ》ってのは、さんざん尽くした情報提供者《エス》を見捨てる外道どもの集まりだってよくわかったよ」

「そんなことは――」

柴は言いかけてから押し黙った。近藤の消極的な態度を見れば、とても反論などできない。

昨日、柴は茉莉の住処を調べ、すでに何者かが先に入った痕跡があると気づいた。『NAS』に所属する元警察官を動員し、改めて家捜しを試みたところ、やはりノートパソコンや携帯端末は何者かに奪われた可能性が高いとわかった。指紋が拭き取られているのはドアノブだけでなく、リビングや他の部屋からも指紋は出てこなかった。足跡も一切採取できなかった。

柴は近藤に連絡を取り、マンション内に設置されている防犯カメラの映像データを調べるように忠告した。近藤は茉莉を切り捨てることしか頭にないのか、『NAS』に捜査を押しつけるばかりで、その動きは鈍かった。

翌日の今日になって、若手刑事ひとりを派遣させ、マンションの管理会社から防犯カメラの映像データを回収させた。茉莉の部屋に侵入した連中の正体を割り出させている。

家捜しによる収獲もあった。クローゼットに吊された数え切れないほどの衣服のポケットを丹念に探ったところ、ジャケットの内ポケットから鍵束が見つかったのだ。フィットネスクラブのプライベートロッカーの鍵もそのひとつだ。

美桜がぼやきながら鍵束をつまみ上げた。

「あたしらが捜してる映像データのコピーってやつもさ、本当は消えたパソコンかなんかにポンと保存してたんじゃないの？　近藤って刑事《デカ》の言うことだってどこまで本当なんだか。正直やる気が感じられねえしさ」

「……確かにそうだ」

「映像データのコピーなんてもんが、本当にあるのかどうかさえ疑わしいよ。情報提《エ》供《ス》者をちゃんと管理してなかったのがバレそうになってるから、あたしらにケツ拭わせるために話盛ってるんじゃねえの？　かりにコピーがあったとしても、もう先に入った侵入者の手に渡ってると思うけど」

「いや、それはまだ渡っていない」

「なんでわかるの」

「元刑事《デカ》としての勘だ」

「うわ、なんだそりゃ」

　美桜は口をひん曲げた。

　確証があるわけではなかった。このまま映像データのコピーを追い求めたところで、無駄な足掻《あが》きかもしれないが、まだ匙《さじ》を投げるのは早かった。

　侵入者は茉莉の失踪と関係のある人物だろう。指紋や足跡を拭い去っていくような周到な連中ではあり、まんまとパソコン類の押収にも成功したが、侵入者は鍵束を見落とすというミスを犯した。

鍵束はクローゼットの衣類のポケットから見つかったが、茉莉の几帳面な性格から考えると、うっかり取り出すのを忘れていたとは思えない。たくさんの衣類にまぎれこませて隠していたと見るべきだった。

鍵束には『ジャスミン』のロッカー、手提げ金庫やデスクの鍵などがついていたが、用途のわからないものもあった。大々的な家捜しの末に、フィットネスクラブのプライベートロッカーの契約書を発見したときは、ここだとばかりに興奮したものの、一筋縄ではいかないようだった。今のところ茉莉が貸し金庫などを利用していたという形跡は見つかっていない。

美桜に腕を突かれた。

「それで？　刑事さん、今度はどちらに？　抜群の勘を働かせて当たりくじを引いてみせてよ」

「言われるまでもない」

柴はスマホの液晶画面を睨んだ。都内の地図と茉莉の行きつけの店舗が表示されている。

彼女の日々を思った。近藤の証言を信じるとすれば、彼女は映像データのコピーを自宅でもなく、ネットの海でもなく、どこかに隠していたことになる。

店が定休日のときこそ、彼女はあちこち旅行に出かけていたが、それ以外ではシンプルな毎日を送っている。午前中はジョギングで汗を流し、午後は自宅で読書をするか、デスクワークをこなす。週に三日ほどフィットネスクラブでプールやホットヨガをやり、出勤前に行きつけの美容院で髪をセットして、湯島の『ジャスミン』へと向かう。それがおもな日課だった。

毎日のように溜まっていく映像データを記録装置に保存させ、誰かに運ばせていた可能性もなくはなかった。しかし、それは考えにくい。店の秘密を共有していた番頭格の丸山や、彼女が惚れていた近藤にも隠し通していたのだ。それほどの危険物を、他の誰かに預けるとは思えない。

じっさい、今日は茉莉が常連としていた店や彼女の友人宅を訪れて、聞き込みをしてみたものの、彼女の失踪を初めて知り、驚いてうろたえる者ばかりだった。映像データ云々《うんぬん》どころではなく、彼女が警察の協力者であることも知らない様子だった。

映像データのコピーを隠すのも、彼女の日常のひとつと化していたはずだ。そう踏んでフィットネスクラブに向かったのだが……。

ハンドルを掌で叩いた。

「そうか、ジョギングか」

「はあ？　どこ行くつもり？」

美桜の抗議を無視してエンジンをかけた。アクセルペダルを踏んでハイエースを走らせた。

茉莉はおおむね決まったコースを走っていた。根津の自宅から白山《はくさん》神社へと向かい、文京区《ぶんきょうく》界隈を一周するのだ。小石川《こいしかわ》植物園を南下して、茗荷谷《みょうがだに》から後楽園《こうらくえん》を経由、赤門の前を通過して自宅へと戻る。約十キロにもなる距離だ。

彼女のランニングコースの途中には、死亡した母親が眠る寺院と屋内納骨堂があった。いつでも墓参りができるようにと、母親の遺骨は自宅からそう遠くない場所に納められてあった。

上野から小石川の寺院に向かった。寺院の駐車スペースにハイエースを停めた。グローブボックスを開け、なかから数珠《じゅず》と葬祭用の黒ネクタイを取り出しながら降車した。

美桜は木々に覆われた境内を見回した。

「ハズレのほうに一万円」

「吐いた唾呑むなよ」

黒ネクタイを締めながら、境内のほうへと歩いた。

歴史を感じさせる瓦屋根の本堂の傍には、近代的な鉄筋ビルが建っている。高級旅館のような建物で、茉莉の母親が眠る納骨堂だ。

開館時間は午前十時から午後六時までで、日が暮れようとしている現在は、人の姿はまばらだった。係員がスタンド看板を片づけるなど、閉館に向けた支度を始めている。

受付カウンターで適当な名前を書きつつ、女性係員に茉莉の名前を出し、彼女の母親が眠る納骨棚の場所を訊いた。

「ああ、松下さんのお知り合いの方ですか？」

女性係員が訊き返してきた。柴は笑いかけながら答えた。

「ええ。娘の茉莉さんに代わって、私たちが」

「あら、茉莉さん。どうかされたんですか？」

「ちょっと風邪をこじらせたみたいで」

柴はしれっと嘘をついたが、女性係員は疑う様子を見せなかった。

「やっぱり、そうでしたか。ここ数日、お見えになってないから、どうしたのかと思ってました」

柴と美桜は顔を見合わせた。柴は女性係員に訊いた。

「茉莉さんはよくここにお見えになっていたんですか？」

「ほぼ毎日……週に四、五日はお参りに来てたんじゃないかしら。ジョギングでこのあたりを走って、その途中にここへよく立ち寄っていたようですから」

「やばっ」

美桜が小声で呟いた。女性係員が不安げに尋ねてきた。

「茉莉さんの風邪は重いんですか？」

「熱がひどかったようですが、今はもうすっかり」

柴は笑顔で嘘をつき通すと、納骨堂の二階へと向かった。

二階は厳かで豪奢な雰囲気に包まれていた。ワイン色のカーペットが敷きつめられ、ズラッと並んだ納骨棚は漆塗りの重箱のように黒い光沢を放ち、蓮《はす》や菖蒲《しょうぶ》、桜や椿《つばき》といった花々が金色で描かれている。奥には礼拝スペースがあり、黄金の釈迦如来像《しゃかにょらいぞう》が安置されていた。

茉莉の母親が眠る納骨棚の前に立った。仏壇型と呼ばれるタイプのもので、上段は仏壇スペースとなっていた。

観音扉を開けると、金色の仏像と母親の遺影が飾られており、おりんと電池式線香、LEDのロウソクといった一式が揃っていた。電池式線香とロウソクのスイッチを入れた。柴たちは神妙な顔をして両手を合わせてから、骨壺《こつつぼ》が納められている下段の扉に触れた。施錠された扉の鍵穴に、鍵束のなかのひとつを挿して開錠する。

下段の納骨スペースには、有田焼《ありたやき》の骨壺の隣に、小物入れと思しき小さな木箱がある。柴は何食わぬ顔をして木箱を手に取った。

フタをゆっくり開けてみると、なかにはSDカードがぎっしりと詰まっている。

「当たりだ」

「マジかよ」

美桜がクシャクシャの一万円札を柴のジャケットのポケットに突っこんだ。

柴はSDカードを残らず内ポケットにしまい、遺影に向かって掌を合わせた。信心などろくに持ち合わせてはいないが、故人に感謝の意を示さずにはいられなかった。

茉莉を思った。警察組織をケツモチにしながら、ナイトビジネスの成功者としてのし上がりつつも、心労や不安と戦い続けていたのだろう。母親が眠るお堂をこんな形で利用するとは。ひどく大胆かつ罰当たりな行為に見えるが、仏になった母親に身の安全を毎日祈っていたのかもしれない。

納骨棚の扉を閉めて、女性係員に礼を述べてから建物を後にした。

美桜に内ポケットを軽く叩かれた。

「エナジードリンクとコーヒー、大量に用意する必要がありそう」

「ああ。目を皿にして調べるぞ」

5

近藤が指定した場所は下町だった。

荒川区《あらかわく》の三河島《みかわしま》駅近くのせせこましい路地に、モツ焼き店や焼肉店、韓国料理店が並んでおり、焼けた肉の煙で視界が白く濁っている。サラリーマンや職人風の男たちが肉を食らいながら、チューハイやホッピーをあおっていた。

韓国料理店の向かいに、三階建ての古い鉄筋ビルがあった。一階は空手道場だ。夜十時を回っており、すでに空手道場は閉まっているのか、室内の灯《ひ》は消えている。

柴は空手道場のドアノブに触れた。施錠はされておらず、ドアはあっさりと開いた。なかに入ると、合成皮革と汗が混じった道場特有の臭いがした。壁際にはサンドバッグが何本も吊され、棚にはキックミットやヘッドギアなどが積まれている。

靴を脱いで上がりこむと、奥のスタッフルームから近藤が姿を現した。名前入りの空手着を着こんでいる。帯は黒い。

柴は思わず目を剝いた。近藤が腹を叩いて微笑む。

「驚いたか」

「どういうつもりだ。こんな下町で空手家のコスプレとはな。新人のころは、あれこれと理由をつけて術科訓練をサボってただろう」

「コスプレじゃない」

近藤がサンドバッグに上段回し蹴りを放った。

高々と上がった右脚がムチのようにしなり、凄《すさ》まじい打撃音が道場内に響き渡った。

「ほう」

柴は感心してみせた。

重たそうなサンドバッグが振り子のように大きく揺れた。近藤が黒帯にふさわしい実力者だとわかった。よほどの稽古を積まないかぎり、これほど美しいフォームと威力は身につかない。

「これでも硬派な学生時代を送ってきた。女のケツに目もくれず、この道場で血ヘド吐きながら猛稽古に励んだ」

「意外性に富むエピソードだが、例の映像データも意外性に満ちあふれていたぞ」

近藤は板張りの床にあぐらを掻いた。

「目が血走っているな。ぶっ通しでチェックしたのか」

「久々に二徹だ。それに見合う成果もあった」

柴も床に座った。道場内は灯りをつけずにいたが、窓から入る焼肉店や韓国料理店の看板のネオンで、それなりに明るくはあった。目が慣れてくるにつれて、近藤の顔のやつれ具合もわかってきた。

柴から切り出した。

「たまげたよ。『ジャスミン』が諜報の要所となっていたのはわかっていたが、まさかあれほどだとは。中国人留学生だの国際交流員に化けたスパイがウヨウヨしていた」

ＳＤカードを納骨堂から持ち帰り、柴は『ＮＡＳ』に所属する元警察官に声をかけ、美桜らとチームを編成し、手分けして中身のデータを確認した。総勢十名を超える人数で挑んだとはいえ、五年分に及ぶ映像を確かめるのは容易な作業ではなかった。

しかし、それだけの価値はあった。個室に仕掛けられた隠しカメラが捉えた映像と音声は、ときに犯罪の現場をも捉えていた。

中国系企業に雇われたヘッドハンターが、日本の電子機器メーカーの技術者を引き抜くさい、企業秘密にあたる技術情報を持ち出すよう促すなど、産業スパイによる不正競争防止法違反にあたる行為を一部始終納めたものまであった。

柴はカバンからタブレット端末を取り出した。

「お前がなぜ『NAS《うち》』に仕事を振ったのかも、こいつを見てようやく腑《ふ》に落ちた」

タブレット端末のスイッチを入れると、液晶画面に動画が映し出された。

『ジャスミン』の個室を隠し撮りしたもので、その場には三人の中年男たちがいた。二週間前に撮られたものだ。

テーブルにはウイスキーと紹興酒《しょうこうしゅ》のボトルなどが何本も並んでいた。二人組が眼鏡の男を接待しているようで、さかんにカラオケを勧めては、たいしてうまくもない歌に熱心に聴き入り、歌い終わった後は掌が腫れんばかりに拍手をした。

その甲斐《かい》もあって、眼鏡の男は終始上機嫌で、カラオケのマイクをなかなか放さず、席に戻れば鼻の下を伸ばしてキャストをからかった。頭髪をキッチリと七三分けにし、黒縁の眼鏡をかけるなど、いかにも国会議員の公設秘書らしい隙のなさそうな姿をしていたが、酔いも回ってだいぶリラックスした様子だった。

女たちと充分たわむれ、酒やカラオケをさんざん楽しんだ後、男たちは人払いをすると、ふいにアルコールで赤くなった顔を引き締めた。

二人組が分厚く膨らんだ茶封筒をテーブルに置いた。

〈こんにゃく五本分です〉

〈五本。ああ、長崎でやったシンポジウムの〉

〈三本は長崎での講演料という形です。残り二本は今度のオーストラリアの旅費ということで〉

眼鏡男は力士のように手刀を切り、封筒を受け取ってカバンにしまった。

〈あなたがたの誠意はもちろんオヤジにも伝えてあります。オヤジも感謝していましたよ。御社には足を向けて寝られないと。パーティ券の件でも世話になってますし〉

〈こちらも些少《さしょう》ですが〉

二人組は深々と頭を下げ、眼鏡男に〝お車代〟と称した封筒を渡していた。

柴は液晶画面に触れて映像を停止させた。

「絵に描いたような収賄の現場だな。この眼鏡男は百瀬修平《ももせしゅうへい》。内閣府副大臣を務める岩本太一郎《いわもとたいちろう》の公設第二秘書だ」

近藤がうなずいた。

「ああ。そしてこの二人組は世外桃源《ザナドゥ》グループの日本支社の連中だ。封筒を渡したのが支社長の横江芳明《よこえよしあき》、もうひとりはIR推進部の部長の文子揚《ウエンズーヤン》という」

「そのあたりも調べさせてもらった」

ザナドゥグループは、もともと中国国内でオンライン宝くじやサッカーくじで急成長を遂げた企業だ。

同社は国家ハイテク企業に認定されるなど、政府のお墨付きを得たが、当局によるサッカーくじ販売の規制が大幅に強化され、売上が激減。現在は巨大半導体グループに買収され、その後はオンラインカジノやスマホ向けのゲーム開発、仮想通貨のマイニングなどに力を入れている中国系IT企業だ。

饗応《きょうおう》を受けた百瀬の飼い主は、政権与党の民自党に所属する国会議員の岩本太一郎で、現在はIR担当の内閣府副大臣兼国土交通省副大臣として観光立国の推進を担当している。

岩本はIR推進派の筆頭格で、観光産業から多大な支援を受けている。一方のザナドゥグループも、フランスやカンボジアのカジノを矢継ぎ早に買収。日本へのカジノ参入を目論《もくろ》んでいた。

『ジャスミン』の隠しカメラは、百瀬たちの宴《うたげ》を三時間ほど捉えていた。そのときの会話とその後の調査により、ザナドゥグループが催したシンポジウムの講演料で三百万円が支払われていた事実が判明した。

　岩本がマカオのカジノを視察したさい、このザナドゥの社員から旅費の名目で二百万円もの博奕《ばくち》の種銭を受け取っていたことも。

　柴は二人組を指さした。

「ザナドゥグループなんて企業は、今回の調査で初めて知った。宝くじだのオンラインカジノだので、多少は知名度があるからといっても、ラスベガスやマカオの大手とは雲泥の差だ。統合型リゾートとしての実績があるわけでもない。いくら副大臣にお近づきになれたとしても、ザナドゥグループが我が国でカジノを取り仕切れる可能性は限りなく低いはずで、書類選考の段階で落とされるのがオチだ。ザナドゥも本気で選ばれるとは思っていないだろう。さしずめ今回のカジノ事業をきっかけに、日本の政界に浸透するための糸口として接近したのかもしれない」

　近藤が顎に手をやりながら、しげしげと柴を見つめた。

「なるほど。『NAS』が繁盛する理由がわかった。たった数日でそこまで調べ上げたか」

「まだある。なぜお前が『NAS《うち》』を頼ったのかも、これでようやく理解できた」

「聞かせてもらおうか」

「政治家絡みの案件だ。これだけの情報《ネタ》を入手しながら、お前は上層部からこれ以上の捜査を止められた。違うか？」

　近藤は表情を変えなかった。ただ暗い目を向けてくるだけだ。柴は続けた。

「おれも公安《ハム》だったんだ。何ヶ月もかけて内偵を進めていたってのに、大物政治家の鶴の一声でダメにされたのは一度や二度じゃない。上が政治家へのご機嫌取り《ズケトリ》のため、捜査の芽を自ら摘むのを何度も目にした。岩本は落選経験もある中堅どころだが、最大派閥の新和会に属し、今じゃ立派な副大臣様だ。その岩本があろうことか中国系企業から汚いカネを受け取っていたと世間に知られりゃ、ＩＲ政策そのものが大きく揺らぎかねない」

　柴は近藤としばし見つめ合った。

　近藤の顔色は悪く、目は落ちくぼんでいた。ここ数日はまともに食事を摂っていないのかもしれない。汐留のフィットネスクラブではうまくごまかされたが、体調の悪さは隠しきれなかった。近藤に訊かれた。

「それで？」

「上から捜査を止められ、情報提供者《エス》の松下茉莉までが消えたんだ。お前は上の意向に逆らい、『ＮＡＳ《うち》』に話を持ちかけ、茉莉ママを切るフリをしながら、彼女の消息を突き止めようと画策した。おれたちに映像データを見つけさせたのもそのためだ。まったく……とんでもない真似をしてくれたな」

近藤は苦笑した。

「まるでこのおれが、上層部や政治家にまで逆らう反骨の刑事《デカ》みたいじゃないか。あいにく、おれはそんなロマンチストじゃない」

「知ってるよ。消えたのが茉莉ママじゃなけりゃ、お前は上のケツを喜んで舐めてただろう」

「ひどい言われようだ」

「腹を割れよ。茉莉ママが隠し持っていた記録媒体には、彼女とその母親、そしてお前の写真や動画も山ほど出てきた。三人で仲良く北海道の阿寒湖《あかんこ》温泉に浸《つ》かり、鹿児島の郷土料理店でキビナゴの刺身を味わってるところもな」

茉莉の部屋を調べていたときは、近藤が彼女の母親までたらしこみ、母娘を巧みに籠絡していたと思っていた。

茉莉の母親は昨年、誤嚥性《ごえんせい》肺炎でこの世を去っている。二年前に脳梗塞《のうこうそく》を起こし、半身不随となったのをきっかけに、急速に体力を失っていった。認知機能にも衰えが見られたという。

記録媒体には、伊豆の有料老人ホームで過ごす茉莉の母親にしょっちゅう会いに行く近藤の姿が納まっていた。車椅子に乗った母親とともに散歩をし、レクリエーションを楽しんでいた。

母親の最後の誕生日会では、茉莉や介護施設のスタッフに交じって芝居まで披露。そこには柴の知らない近藤がいた。

柴はタブレット端末に触れた。百瀬たちの宴会から、老人たちの前で芝居を演じる近藤へと切り替える。

演目は長谷川伸《はせがわしん》の『一本刀土俵入《いっぽんがたなどひょういり》』で、近藤はチョンマゲのカツラをかぶり、元相撲取りで俠客《きょうかく》の駒形茂兵衛《こまがたもへえ》を堂々と演じていた。三波春夫《みなみはるお》の歌をバックに四股を踏み、老人たちを楽しませている。

公安部の同僚がこの格好を見たら、フェイク動画ではないかと疑いさえしただろう。公安部きってのキザな女たらしが、老人のために股旅物の大衆演劇をやるとは。柴も熱演する近藤を見て、椅子から転げ落ちそうになったものだ。

近藤の頰が赤らんだ。

「おい、ふざけるな！　捜査となんの関係がある」

「大いにある。『NAS《うち》』を動かしたいのなら、くだらぬ嘘をつくな」

「こいつ」

近藤が正拳突きを放った。柴の顔面に右拳が迫る。

拳は眉間に当たる寸前で止まった。寸止めの突きとはいえ、右拳から激情が伝わる。

近藤は右腕をダラリと下げた。

「……おれには親がいない。初めて親の愛ってのを知った」

「どういう意味だ？」

近藤には評判の警察官の父親と、夫を陰で支えていた母親がいる。

近藤がふいに天井を見上げた。

「近藤隆一《りゆういち》警部補。退職時に警部に昇進。赴任先の交番や駐在所では地元住民に頼られ、三十年にもわたる警察人生での評価は謹厳実直。ハードな夜勤でヘトヘトになって朝を迎えても、毎日毎日立番をこなして、学校や会社に向かう市民に朝の挨拶を交わしながら街の安全を願ってた」

「親父《おやじ》さんとなにかあったのか？」

「続きがあるのさ。昼までの残業を終えて退署すると、コンビニかキオスクでチューハイとカップ酒を何本か空けながら帰途につき、女房に膝蹴りを叩きこんで酒肴《しゆこう》を作らせる。おれが小学校から戻ってきたころには、すっかりできあがっていて、酒の臭いをプンプンさせながら、おれに柔道や逮捕術を一方的に教えた。関節技や絞め技はもちろん、腹やみぞおちに当て身を喰らわせてきた。それも毎日だ」

「本当か……」

「嘘をつくなと言ったのはお前だ」

近藤は苦い薬でも含んだように顔をしかめた。

近藤隆一は警視庁管内でも職人中の職人として知られていた。柴も隆一を見かけている。柴が荒川署の交番に卒配されたころだ。すでに隆一は定年退職しており、交番相談員として再雇用されていた。

警察官のわりには柔和なエビス顔で、体格も着ぐるみみたいにポッチャリとしていた。すでに六十を超えていたにもかかわらず、立番をこなして市民と気軽に挨拶し、優しい顔立ちや好々爺《こうこうや》然とした雰囲気も相まって児童や学生からも愛されていた。その息子が多くの女たちからモテたのと同じように。

頑健と思われた隆一は、肝硬変により六十二歳の若さでこの世を去っている。かなりの左党だったとの噂を耳にはしていたが……。

警察官の仕事は言うまでもなく激務だ。とくに交番勤務は二十四時間の三交替制で、交替時間を迎えたからといって、すぐに仕事から解放されることはない。朝の交通ラッシュ時に起こった事故の処理や書類仕事に追われ、三十時間ぶっ続けの労働もザラだ。

長時間勤務と休日返上が当たり前であり、それに耐えきれなくなってケツを割る者もいれば、心を病んで休職する者もいた。離婚や家庭崩壊にいたった同僚も。

近藤がサンドバッグを見上げた。

「おれが空手をやり出したのも、近藤隆一をイヌにするためだ。腕力で押さえつけるためにな。中三のときに実行に移した。酔っ払いながら母を犯そうとする親父の肝臓に全力で足刀をぶちこんだ。それから顔面に正拳突きを何発も。やらなきゃ、こっちがやられる。叩き折った歯が何本もおれの手に突き刺さった」

近藤の拳に目をやった。彼の手の甲には縫合の痕がいくつもある。手ひどく振った女に噛まれた傷痕だとか、刃物で切られたとも噂されていた。

近藤は傷だらけの拳をなでた。

「もう母ちゃんを殴るなと、血まみれの親父にクンロクかましてる最中に、なんと母ちゃんが文化包丁持ち出して、息子のおれに斬りかかってきやがった。おれは母ちゃんのために立ち上がったってのによ。『父親に向かってなんてことをするの!』ときたもんだ。親父だけじゃなく、その女房もいかれてやがったのさ。心まで奴隷に成り下がってやがった」

近藤は父と同じ職業を選んだ理由も打ち明けた。優秀な成績を収めて警務部に進み、ゆくゆくは監察係に配属され、父のような忌まわしいDV野郎を一匹残らず駆除するつもりだったと。身内を洗う監察係に行くには、まずは公安部に取り立ててもらわなければならない。

そんな青雲の志も激務にもまれているうちに忘れてしまい、父と同じく人たらしの才能を発揮した。多数の情報提供者に愛される公安捜査官となっていた。

柴はタブレット端末の液晶画面を見つめた。茉莉とその母親の画像が映っている。

「茉莉ママとその母親も、北海道の牧場じゃつらい目に遭っていたな」

「親父との因縁なんぞ、今まで誰にも言わずにいた。わざわざ胸クソ悪い過去を打ち明ける趣味もない。ところが、茉莉には一目で見抜かれた。この拳の傷を見てピンときたらしい。似た者同士の匂いがしたって言っていた」

極寒の地で奴隷のように酷使されてきた母子と、ウラの顔を持った警察官の父に虐待され、母にも抵抗を理解されなかった男。茉莉も近藤も過酷な少年時代を過ごしてきた。ふたりが惹《ひ》かれ合ったのは、それが大きな理由だったようだ。

近藤の話がどこまで事実かはわからない。ただし、茉莉の母親をかいがいしく介護し、カツラまでかぶって楽しませる彼の姿にはこのうえない説得力があった。

近藤は柴に頭を下げた。

「頼む。あいつを見つけてやってくれ」

柴はうなずいてみせた。

この男を好きにはなれない。近藤もさんざん女を奴隷のように使い、情報を集めるだけ集めさせて使い捨ててきたのだ。だが、手を貸してやりたいと初めて思った。

6

公設秘書の百瀬の足取りはしっかりしていた。カバンを手にしながら急《せ》いた調子で家路につき、北区《きたく》の住宅街を早足で歩いていた。今夜は赤坂《あかさか》の高級ホテルで新和会派議員の政治資金パーティが開かれ、岩本の代理として出席。その後は六本木《ろっぽんぎ》のチェーン系居酒屋で催された秘書たちとの懇親会に参加していた。

百瀬はかなりの酒豪ではあるらしかった。若くして糖尿病を患っている岩本に代わり、酒宴の席では杯を重ねて場を盛り上げる存在だった。アルコールが入っているとはとても思えない歩きっぷりだ。

しかし、六本木から尾行している柴にはまったく気づいていない様子だ。地下鉄とJRを乗り継ぎながら、美桜と交替しつつ百瀬の後をつけた。

百瀬はさかんに腕時計をチェックしていた。大物政治家の公設秘書といえども、いい給料を手にできるわけではないようで、住処は田端《たばた》駅から徒歩十分以上も離れた古いマンションの低層階にあった。家ではパートで働く妻と五歳の息子が待っており、妻の手料理を肴《さかな》に飲み直すのを日課としていた。

彼には家族想いの一面もあるようで、残業や休日返上が常態化している今の仕事に疑問も抱いているという。元保険調査員の久保が妻のママ友から聞き出していた。

百瀬が田端高台通りを外れ、マンションやアパートだらけの暗い路地に入った。

「始めてくれ」

柴はイヤホンマイクで美桜と久保に伝えた。

狙う相手はヤクザや元軍人といった面倒な人物ではない。かといって、細心の注意を払う必要があることには変わりなかった。

柴は小走りになって百瀬を追った。彼が入った路地へと続く。

美桜が百瀬の行く手を阻んでいた。家路を急いでいた彼に、地理が苦手な女子大生を装って道を尋ねている。美桜はありもしないアパート名を口にしていたが、百瀬は足を止め、親身になってスマホの地図アプリを開いていた。美桜と一緒になって悩んでいる。

柴が他人を装って近づいた。

「どうかしましたか」

「いや……この方に道を尋ねられましてね」

百瀬はスマホに目を落としたまま、柴のほうを見ようともしなかった。

柴はベルトホルスターからサバイバルナイフを抜いた。ランボーが使いそうな全長約三十五センチの長大な刃物だ。刃渡りだけでも約二十センチにもなり、背の部分には鋸《のこぎり》の役割を果たすギザギザもついている。いかにもマッチョで獰猛《どうもう》な見た目だ。

「こちらも尋ねたいことがある、百瀬修平さん」

長大な刃で液晶画面を隠すと、百瀬は短く悲鳴をあげてスマホを取り落とす。

「えっ、ちょっと――」

百瀬が目を丸くして柴を見やった。

美桜からもフォールディングナイフを喉に突きつけられ、百瀬は顔を凍てつかせた。

「な、なんですか。あんたらは」

久保が運転するハイエースがタイミングよく路地に入ってきた。

美桜に落ちたスマホを拾わせると、柴はサバイバルナイフを百瀬の顔面に突きつけながら、スライドドアを開け放った。柴が先に乗りこみ、百瀬の襟首を摑んで車内に引っ張りこむ。

山やジャングルにでも入らないかぎり、実用的とはいえないサバイバルナイフだが、脅迫用としてはわかりやすいほどの威力を発揮する。

百瀬を真ん中に座らせ、柴と美桜で脇を固めた。美桜がスライドドアを閉めると、久保がアクセルを踏んで、その場から離れる。

美桜がスマホの電源を切り、後ろの荷室に放り投げた。百瀬の喉が大きく動く。

「あ、あんたら、強盗か。内ポケットに財布が入ってる。それで勘弁――」

「ただの路上強盗だったら、あんたの名前を把握していない。百瀬修平さん。あんたは民自党の岩本副大臣の公設第二秘書で、北区中里《なかざと》三丁目のマンション『ヒルトップ岡田』の二階で妻子と暮らしている。妻の名は郁子《いくこ》、息子は大地《だいち》。郁子は『スーパーエッチュウ田端店』の総菜コーナーを担当、大地君は『田端新町幼稚園』に通っている」

百瀬とその家族の経歴をすらすら語ってみせると、彼は身体を小刻みに震わせた。

「わ、私をどうするつもりだ。なにがしたいんだ。頼む、妻や子供にだけは手を出さないでくれ」

「その口ぶりだと身に覚えがありそうだな」

「あるわけがない！　私は政治家の秘書でしかない。なんでこんな目に遭わなきゃならない。あんたらは一体なんだ」

美桜がフォールディングナイフを軽く振り、百瀬のワイシャツの第二ボタンを切り落とす。

柴は百瀬の鼻にサバイバルナイフをあてがった。

「せいぜい言葉に気をつけろ。おれたちは知っている。身に覚えがないだと。もう一度口にしてみろ。その鼻をそぎ落とすぞ」

「や、止めてくれ！　止めてくれ」

柴が怒気を露にすると、百瀬は目を固くつむって叫んだ。きっちりと固めていた頭髪が大量の汗でびしょ濡れになる。

美桜がさらにワイシャツのボタンを切り落とした。

「ザナドゥ。これで思い出せただろ。オラ、とっとと吐けよ」

百瀬が息を呑みこんだ。

まだ本格的に殴打したわけでもないが、彼の顔色が白く変わり、胃袋でも殴られたように身体をふたつに折った。

「うわっ」

柴はとっさに後ろの荷室から麻袋を取り出した。もともとは百瀬の頭にかぶせるために用意したものだが、使い道を変更せざるを得なかった。あわてて百瀬の口に麻袋をあてがう。

百瀬は身体をくねらせて嘔吐《おうと》した。アルコールと胃液に混じり、未消化の麺類だの短冊切りのニンジンだのが見えた。麻袋が大量の嘔吐物でずっしりと重たくなる。

「そっちを吐いてどうすんだよ、このバカ」

美桜が百瀬の頭を平手で叩いた。

彼女の黒髪やワンピースにも嘔吐物が飛び散っていた。フォールディングナイフを手にしたまま、顔をしかめてハンカチで拭い取る。柴の判断のおかげで、車内がゲロまみれになるのは免れたが、それでもあちこちに嘔吐物の飛沫《ひまつ》が飛んだ。鼻が曲がりそうなすっぱい悪臭に、久保も顔をしかめて運転席の窓を開ける。

柴は嘔吐物でたわんだ麻袋の口を固く縛り、それをビニールシートで包んだ。美桜が口を歪める。

「んなもん、外に放り捨てなよ」

「ダメだ。警察の捜査力を甘く見るな。証拠は少ないほどいい」

柴はシートに座り直した。

百瀬の口元をタオルで拭いてやった。酒豪と名高い百瀬ではあったが、さほど肝の大きな男ではなさそうだ。

柴は百瀬の肩に腕を回した。

「〝お車代〟はなにに使った。酒かギャンブルにでも費やしたか」

『ジャスミン』の個室でのやり取りを、すべて知っているぞと匂わせた。

百瀬はしきりに瞬《まばた》きを繰り返しながら目を泳がせた。事実を話すべきか、嘘をついておくべきか、とぼけるべきか。取調室で被疑者がよく見せる顔だ。

「もう一度、警告しておく。言葉には気をつけることだ。つまらない嘘をつけば、次は大地君をさらう。それとも郁子さんのほうがいいか。どっちにしても、次々に家族が蒸発するんだ。残された者はたまったもんじゃないだろう」

柴は釘を刺した。〝蒸発〟という言葉を強調すると、百瀬の表情がかすかに強ばる。

この男は茉莉の件もおそらく知っている。

「……使っていない。子供のランドセル代にあてる気だったんだ」

「そりゃ偉いな。家族想いという評判は本当のようだ。では、本題に入ろう。松下茉莉はどうして蒸発した」

「それは……」

百瀬の顔はすでに〝完落ち〟した者のそれだった。おそらく、〝お車代〟の使い道も事実を話しているのだろう。追いつめられた人間特有のきつい体臭がする。だが、モゴモゴ言うだけで、なかなか話そうとしない。

美桜の視線が鋭利になった。フォールディングナイフを逆手に握り直し、刃先を百瀬の胸にピタリとあてる。ちょうど心臓のある位置だ。冷えた口調で柴に語りかける。

「今からこいつの住処《ヤサ》に戻って、こいつの女房子供もさらっちまおうよ。あたし、ガキ嫌いだから、わりと気楽に殺《や》れるからさ」

「やめてくれ！」

柴がサバイバルナイフを百瀬の鼻に近づけた。

「松下茉莉もそう叫んだのかもな。口ごもってる場合じゃない。大地君のランドセル姿を拝むことなく、あんたら一家を蒸発させるぞ」

百瀬が身体を縮ませた。抵抗する気をなくし、唇を震わせながら吐いた。

「な、内調……内調だ」

美桜が眉をひそめた。

「ナイチョウ？」

「内閣情報調査室だ」

柴が美桜に告げてやった。厄介な組織の名を聞かされ、頭を抱えたくなる。

内閣情報調査室は、内閣官房に設置された組織のひとつで、官邸直轄の情報機関だ。内閣の重要政策に関する情報の収集や分析などを行っている。近年は官邸の機能が強化され、権限を急速に拡大させて存在感が増している。

現在は約二百五十人もの職員が官邸の手足となり、米国のＣＩＡや英国情報局秘密情報部《SIS》といった世界の諜報機関とも密接に連携していることから、〝日本版ＣＩＡ〟とも言われている。

百瀬は涙を流しながら打ち明けた。

「そ、そいつは……内調の有定《ありさだ》といった。国際部門の参事官らしい。有定は岩本《オヤジ》に挨拶と称して、議員会館までやって来ちゃ、おれがザナドゥとやり取りをした動画を見せた。あの店が警視庁の息がかかった店だなんて知らなかった」

「参事官の有定……有定鉄男《てつお》か」

記憶のリストを漁った。外事畑を歩んできた警察官僚だ。若くして国際刑事警察機構《ICPO》に出向し、警察庁組織犯罪対策部内の国際捜査管理官となり、海外の捜査機関との連携や調整を担ってきた。公安警察の総本山である警察庁警備局で、国際テロリズム対策課長も務めてきた。四十代半ばで海外通のエリートだ。

内閣情報調査室が権限を拡大させているとはいえ、その職制上、警察庁、公安調査庁、防衛省、外務省といったインテリジェンスコミュニティからの出向者で成り立っている。とりわけ警察からの出向派遣者は数十人にもなり、霞《かすみ》が関界隈《せき》では警察組織の出先機関と見なされてもいる。トップを務める歴代の内閣情報官は警察官僚で占められているからだ。

柴は百瀬を肘で軽く突いた。

「それで、あんたの岩本《オヤジ》はどうしたんだ」

「どうもこうもない。岩本《オヤジ》からはザナドゥとの関係を即刻見直すように指示された。IRの実績なんてまるでない中国のくじ屋だってのは知っていたが、カジノ視察では下にも置かぬもてなしを受けたし、パーティ券を買ってくれる有力なタニマチだったんだ。無下にはできなかった。あんな動画がマスコミに嗅ぎつけられたら、岩本《オヤジ》もおれも終わりだ」

「岩本は未だに副大臣で、秘書のあんたも今夜は六本木で平然と飲んだくれていたじゃないか」

百瀬が柴を睨み返してきた。

「平然なわけがない。気が気でなかった。今夜の懇親会にしても、永田町でこの件が噂にでもなっていないか、必死に情報を集めていたんだ。岩本《オヤジ》からも痛めつけられてこのザマだ」

百瀬はワイシャツの襟元をはだけた。

美桜にボタンを切り落とされていたため、肩や胸までが露になった。百瀬の肌には青黒い痣《あざ》がいくつもあった。

美桜が彼の脛を蹴飛ばした。

「知らねえよ。身から出たサビだろうが、このタコ」

百瀬が苦痛に顔を歪めた。柴は百瀬に言った。

「噂なんか立ってはいなかっただろう。有定になんとかするとでも言われて、恩を売りつけられた。そんなところじゃないか」

百瀬が無念そうに涙をこぼした。

「そうみたいだ……有定が言っていた。表に出ることはないから安心しろと。破滅せずには済んだかもしれないが、おれも岩本《オヤジ》もいい気分はしていない。やつらにキンタマを握られたんだ」

柴は息を吐いた。

茉莉の失踪の原因をあらゆる角度から考えてきた。中国を含めた他国の諜報員にさらわれたのか、あるいは茉莉自身が犬でいるのに疲れ果てて発作的に逃げ出した。また、そんな諜報戦とは関係なく、夜の商売にありがちなトラブルに巻き込まれただけではと。

映像データを発見して、そこに国会議員絡みの人物が映っているのを確認し、真相や犯人の絞り込みが一気に進んだ。近藤も上層部から捜査を止めるよう命じられ、真相をおおむねわかっていながら、柴に依頼を持ちかけたのだろう。犯人は身内の人間だったのだ。

公安捜査官が必死に集めた情報は、警察庁警備局へと送られる。同局出身で内調に出向中の有定は、その映像データを政治家に恩を売るため利用したのだろう。

近藤と茉莉が入手した映像データは、警察庁警備局と内閣情報調査室で半永久的に重要機密として保管され、あるいはきれいさっぱり消去され、政治家たちに多大な恩を売りつける道具と化した。

そもそも内閣情報調査室は、政治家のスキャンダルの調査、閣僚候補に対する身体検査、政局や世論の動向調査も行っている。他の諜報機関と比べて、政治色がきわめて強く、内閣のために働く組織だ。総理大臣が選挙で全国を回り、街頭演説をするときは、使えそうなご当地ネタを集めるために奔走するという。有定は己の任務を忠実にこなし、内閣のために見事な仕事をしたともいえる。出向元の警察組織に因果を含めて捜査を止めさせ、さらに機密保持のために情報提供者も蒸発させた。

柴はペットボトルの水でタオルを濡らした。タオルをよく絞って、百瀬に渡してやる。

百瀬はタオルで顔を拭った。

「有定がなにをしたのかは知らない。本当に知らないんだ。ただ、『ジャスミン』のママが消えたとだけ聞かされた。おれが知っているのはこれで全部だ。嘘じゃない」

百瀬は懇願した。おれや家族に手を出さないでくれと。

百瀬の言葉は真実と思われた。一介の秘書に茉莉の消息まで知らされているとは考えにくい。彼のボスである岩本もおそらくは聞かされてはいないだろう。

柴は窓に目をやった。彼らを乗せたハイエースは荒川を越え、足立区《あだちく》に入っていた。同区入谷の工場地帯には、『NAS』の子会社の倉庫がある。そこで百瀬を責め立てながら聞き出す予定だった。そこへ連れ込むまでもなかった。

久保に引き返すように命じた。

田端の自宅近くで解放してやると告げ、家族に手出しもしないと約束した。百瀬をまずはムチで痛めつけ、一転して今度はアメを与えてやると、彼は率先して話し始めた。

「どうかしていたんだ。タカ派で知られる新和会の代議士《オヤジ》が、よりにもよって、怪しげなチャイナマネーに目がくらむなんて。岩本だって、かつてはあんなに意地汚くなかった。我が国を本気でどうにかしたくて、自宅も田畑も全部売り払っただけじゃなく、親族みんなに借金までして政治家を目指した憂国の士だ。一度落選して議員バッジをなくしてからは、ただただカネを漁るだけの政治屋になった。ザナドゥなんて毒まんじゅうにまで手を出すから、こんな羽目になったんだ」

ザナドゥの親会社は巨大な半導体グループ企業だ。中国を代表する理系の円明《えんめい》大学が経営していることでも知られている。

円明大学は現国家主席を始めとして、たくさんの要人を輩出してきた名門だ。その一方、産業スパイを数多く暗躍させており、欧米各国に警戒されるなど、黒い噂も絶えなかった。

百瀬の見解では、ザナドゥの目的は、ＩＲ事業をきっかけに岩本に接近、彼のようにカネと票集めのためならなんでもやる〝リアリスト〟な国会議員を次々に籠絡することではないかとのことだった。

そちらの真相はわからない。ザナドゥが本当にＩＲ事業者として選ばれるため、なりふり構わず現ナマ攻勢をかけたのかもしれない。どちらにしろ、カネに目がくらんだ政治家と、その政治家に恩を売る防諜組織の役人のアンサンブルにより、ひとりの密偵が姿を消す羽目になったのだ。

ハイエースは扇大橋《おうぎおおはし》を渡ってから北区に入り、跨線橋《こせんきょう》の新田端大橋を経て、彼をさらった住宅街へと戻った。時間は零時を過ぎている。家々の窓の灯りは先ほどよりも消え、歩道を歩く者の姿はなかった。行き交う車もほとんどない。

百瀬の自宅から数十メートル離れた路地で停車した。スライドドアを開け、百瀬をハイエースから放り出した。

久保に急発進させ、すばやく立ち去る。道幅の広い滝野川《たきのがわ》支所前通りに出て、片側二車線の道路を走らせた。

　美桜が渋い表情で訊いてくる。

「これからどうすんの？」

「なにがだ」

「相手が内閣情報調査室ってことは、国を敵に回すようなもんじゃん」

「向こうっ気の強い美桜お嬢さまでも、相手が内調と聞いてビビったか？」

「ざけんな。殺すぞ」

「たとえ相手が内調だろうと、『NAS《うち》』はイモを引いたりしない。野宮社長を見ていればわかるだろう」

「そりゃそうだけどさ」

　柴はスマホを取り出した。

「それに内調と正面からぶつかるわけじゃない」

　近藤に電話をかけた。やはり呼び出し音がしたものの、電話には出られないというアナウンスが流れた。三十秒もしないうちに、公衆電話から折り返しの電話があった。

　柴は電話に出た。近藤の激しい息遣いが聞こえた。公衆電話まで走ってきたのだろう。

〈わかったのか？〉

　スピーカーを通じて、彼の必死さが伝わってきた。表向きは上からの命令に従い、岩本やザナドゥへの捜査を止め、茉莉が姿を消しても無関心を装い続けたのだ。

警察組織も内閣情報調査室も懐疑主義だ。国民だけではなく、身内の職員も疑ってかかる。近藤が茉莉を愛していながら、露悪的な態度を取り続けたのも、周囲の目をあざむくためだった。

「百瀬をさらって聞き出した。キーマンは内調の有定だ。お前の映像データを使って、岩本副大臣に大きな貸しを作った」

〈有定だと……あの野郎。あの野郎か……〉

近藤がうめいた。怒りで声が震えている。

「捜査を続行してかまわないな。相手が内調の参事官殿ともなれば、そう簡単に身柄《ガラ》をさらえない。多少時間がかかる」

〈いや、今度はおれが動く。明日までに白黒をはっきりさせる〉

「どうするつもりだ」

〈挨拶をしに行くのさ。やっこさんの自宅なら知っている。武蔵小杉《むさしこすぎ》の高級マンションだ。アメリカに何度も行って暮らしているから、あっちの習慣が身について、やたらとホームパーティだのを開いている。野郎の嫁さんも父親は外交官だ。けっこうなワイン通でな。おれもワイン仲間として何度か呼ばれたことがある。知らない仲じゃない〉

「なるほど」

公安捜査官のすべてが秘密主義で、現代の忍者よろしくひっそりと諜報活動に専念しているわけではない。

積極的に大使館のレセプションやパーティに出席し、世界各国の外交官に正面から顔を売って回り、いくつものチャンネルを得る役目の者もいる。外交官のごとく家族ぐるみでつきあうなどして、信頼関係を構築していくのだ。たとえば他国の外交官とその家族が日本でなにかトラブルに巻き込まれたさい、こうした公安捜査官が窓口となって巧みに解決してやって恩を売る。

また、外交官が当て逃げや窃盗といったトラブルを起こし、外交特権で知らんぷりを決めこもうとするさい、あの手この手で因果を含め、相手のメンツも立ててやりながら政治的な落としどころを探るのも、そういった公安捜査官の役割だ。

外交官との日頃からのつきあいで、大使館の人間関係や国内の政治関係や彼らの立ち位置を正確に把握する。それが海外通の有定の役目だった。

〈あいつはおれを招き入れてくれる。自分と同類だと思っているだろうからな。じっさい、おれも多くの情報提供者《エス》を駒として扱い、上司にいい顔ばかりしてきたクチだ〉

「わかった。そちらはお前に任せる」

柴はスマホを握りしめた。近藤の覚悟が伝わってきた。一線を越えるつもりなのだ。

〈あいつは……茉莉は生きていると思うか？〉

近藤がふいに訊いてきた。すがるような口調だ。

「生きているかどうかは、おれたちの動きにかかっている。山での遭難と同じだ。早期発見が生存率を高める」

柴は言葉を選んで告げた。

〈そうだな……確かにそうだ〉

近藤は洟をすすった。泣いているようだった。鼻を詰まらせながら、彼は笑って言った。

〈速さなら負けやしない。お前と違って息切れもせずに追いつめてみせる〉

7

〈もちろん続行。なんで打ち切りなんて思うの？　こんなに面白くなってきたのに〉

柴の予想どおり、野宮はあっけらかんと告げた。太陽が西から昇るわけないだろうといった口ぶりだ。

〈依頼人の要望にきっちり応えるのが我が社のモットーだし、映像データひとつ取っても巨大な宝石に値するでしょ。金銀財宝がザクザク眠ってそうだから、私も加わっちゃおうかな〉

「めっそうもない！」

　柴は思わず叫んだ。

〈そんなでかい声出さないの。鼓膜破れるところだった〉

「も、申し訳ありません」

〈いよいよ嵐が起きそうだから、いっちょ加勢しようかと思ったのに。社員の身になにかあってからじゃ遅いし。その手の腕利きを用意したいところだけど、今は海外出張で出払ってるから、集めるのには時間がかかりそうなの〉

「有道は」

〈彼は残念ながら入院中。沖縄で釣った魚を捌《さば》いて食べたら、やばいやつだったみたいで、シガテラ毒で寝込んでる。サボり癖があるから仮病だと思ってたんだけど、ひどい下痢でゲッソリやせ細ってた。しばらくお休みね〉

「あのバカ……肉体しか使い道がないのに」

　野宮が小さく笑った。

〈なんだかんだ言って、彼を必要としているみたいね〉

「冷やかさんでください。あいつを沖縄から呼び寄せれば、それだけ経費がかさみます。朝比奈と久保さんで充分対応できます。お任せください」

〈怒りに燃える公安刑事もいるものね〉

「ええ」

柴たちを乗せたハイエースは東新宿の月極駐車場に停車していた。同駐車場も『NAS』が経営している。

かつて『NAS』の本社は東新宿にあった。通称〝ヤクザマンション〟と呼ばれる巨大マンションの隣にオフィスを構えていたのだ。

顧客のほぼ九割は裏社会関係者で、歌舞伎町《かぶきちよう》界隈のトラブルバスターと名を売って急成長した。その名残もあって、新宿には『NAS』系列のコインパーキングやラブホテル、武器庫としてひっそり使われている部屋があちこちにある。

「こちらはすでに武装も済ませています」

〈しょうがない。私はオフィスで社長らしくどっしり構えてるから〉

柴はスマホを切って額の汗を拭った。

現場仕事を嫌がる柴とは違い、野宮は前に出たがる現場主義者だ。暴力団の精鋭集団に自ら飛び込んでいったことさえある。彼女をなんとか説得して修羅場に近寄らせないのも、秘書である自分に課せられた役目だと思っている。それで彼女に疎まれたとしても。

柴はスマホの液晶画面に目を落とした。二時間前に近藤からショートメールが届いた。内容はきわめて簡潔で、有定の口を割らせたから、東新宿で待機していろというものだ。

なぜ東新宿なのかと問い返したものの返事はなく、近藤のスマホに電話をかけても電源が入っていないようだった。

　柴はサイドカーテンの隙間から外をうかがった。近藤が返り討ちに遭ったケースも考えられ、罠《わな》に嵌まった可能性もある。全員が防刃ベストを着こみ、拳銃を携行して待機していたが、肌が蒸れて激しいかゆみを訴える。サンシェードとカーテンで日光をさえぎっているが、初秋とあって車内の温度がみるみる上がっていく。久保は仮眠を取っていたが、とても眠れないらしく、ぼんやりと天井を見上げていた。

　隣の美桜も防刃ベストを着こみ、腰には拳銃をぶらさげていた。彼女だけは小さな寝息を立てながらぐっすりと眠りこけている。まだ一介のルーキーにすぎないが、肝っ玉は『ＮＡＳ』でもトップクラスに入るだろう。口の端からヨダレが垂れている。

　時計が十時を回ったころ、柴と久保は揃って外の様子をうかがった。アウディの赤いセダンが月極駐車場に入ってくる。近藤の自家用車で、彼がハンドルを握っていた。彼以外に乗っている人間は見えない。

　近藤がハイエースの隣に停めた。アウディを降りると、鋭い視線であたりを警戒してから、ハイエースの助手席にすばやく乗りこんだ。

「遅れてすまなかったな」

「メールの返信ぐらいよこせ。返り討ちに遭ったかと思ったぞ」

「うっ……」

美桜が起きると同時に、目を白黒させた。

近藤の身体からは悪臭がした。まだ残暑が幅を利かせている季節だというのに、シャワーをしばらく浴びていないようだ。洒落っ気のあった長めの髪は脂でベタついていた。ヒゲや眉毛が伸びっぱなしだ。高そうなネイビーのブリティッシュスーツの肩にはフケが大量に落ちている。希代の女たらしといわれた捜査官とは思えない姿だ。

近藤の変貌ぶりは予想済みではあった。柴は彼のワイシャツを指さした。

「血痕がついてる。有定か」

「ん？　ああ……」

近藤はワイシャツの生地をつまんだ。

彼は初めて気づいたとでもいうように見つめ、スーツのポケットからアウディのスマートキーを取り出した。柴にスマートキーを渡す。

「トランクだ」

柴はマスクとサングラスで顔を隠し、ハイエースから降りた。アウディのトランクを開けると同時に、血と排泄物《はいせつぶつ》の悪臭が鼻に届いた。

トランクには、手錠で両手を縛《いまし》められたスーツ姿の中年男性が押しこまれていた。ズサンな地下格闘技大会に出て、ボロボロに叩きのめされた選手みたいだった。

有定の顔は脳裏に焼きつけていたが、一瞬誰だかわからないほどだ。顔面は血まみれで鼻がおかしな方向を向いている。メガネのメタルフレームは折れ曲がり、両目のレンズはどちらも砕け散っていた。レンズの破片が腫れ上がった瞼や頬に突き刺さり、日光に照らされてキラキラと光っている。折れた歯が唇を突き破っていた。近藤の激情を見た思いがした。

有定が救いをもとめるように、両手を震わせながら上げた。指のいくつかが鼻と同じく、おかしな方向に折れ曲がっている。

柴は美桜に向かって掌を差し出した。彼女からペットボトルの水を受け取る。フタを開けてから、有定に手渡した。

有定が水を受け取り、喉を鳴らして飲む様子を見届けると、再びトランクを閉じた。彼に死なれてはまだ困る。

柴がハイエースに戻ると、近藤がベルトホルスターから拳銃を抜いた。サクラと呼ばれる官製のリボルバーではない。日本の警察官が握ることなどないコルトパイソン357マグナムだ。どこから入手したのかは知らないが、今の近藤にはふさわしい拳銃に思えた。彼も防刃ベストを着こんでいる。彼が暗い目で訴えてきた。

「悠長にやってる暇はない。そろそろ有定が消えたと騒ぎになってるはずだ。殴り込めるか？」

「まず情報をよこせ。ここを指定したからには、茉莉ママをさらった連中がこのあたりにいると思っていいな。相手は暴力団員《マルB》か」

「暴力団員《マルB》より厄介かもしれん。お前と同類だ。『総合探偵事務所イーグルス』の悪党どもだ。知ってるだろう」

「警察ＯＢか。所長はアメフトをやっていたらしいな」

　警察組織でイーグルスといえば、警視庁第九機動隊にあるアメフト部のチーム名『警視庁イーグルス』が真っ先に浮かぶ。

　柴はスマホで検索した。

「だいぶクロい探偵事務所だとは聞いていたが……少し時間をよこせ」

　同社の所長は山之口仁一《やまのぐちじんいち》といい、警察ＯＢであるのを強調した公式サイトが出てきた。最新鋭の調査機材を使いこなし、警察組織で経験を積んだ探偵たちがいかに結果を出すかを力強く主張している。

　他社では断られるような難易度の高い特殊な案件も引き受けてみせるとも記している。一線を越えた汚れ仕事も喜んでやるという意味も含んでいるようだ。

　公式サイトには、所長の山之口の写真も載っていた。余裕に満ちた笑みを浮かべ、革製のプレジデントチェアに腰かけながら胸を張っている。土佐犬を思わせるコワモテで、禿《は》げあがった頭は油でも塗ったかのように輝いており、むしろ精力的な印象を与えていた。アメフト部ではオフェンスラインで活躍し、剣道五段の段位を取得しているという。すでに還暦を過ぎているだろうが、第九機動隊に属していたうえ、アメフトもやっていただけあり、異様に広い肩幅と分厚い胸板の持ち主だった。一生身体を鍛えるのを生きがいとしていそうなタイプに見えた。

近藤が液晶画面の山之口を睨んだ。

「警察ＯＢの探偵なんてのは腐るほどいるが、こいつの事務所は別の意味で腐ってる。汚職だの痴漢だのをやらかして、警察《カイシャ》にいられなくなった悪徳警官を積極的に雇っている。シノギは借金の取り立てだの恐喝だのだ。暴力団員《マルB》ともつるむし、探偵業法もへったくれもないが、たまに警察《カイシャ》からの汚れ仕事も引き受けるため、今も探偵の看板を掲げていられる。お前らと似たような危ない連中だ」

内閣情報調査室の有定と山之口は、警視庁災害対策課に在籍した過去がある。当時は上司と部下の関係にあったという。

美桜が片頬を歪めて憎まれ口を叩いた。

「まるで自分がまともだとでも言いたげじゃん。協力者さえ守れねえおまわりのくせによ」

近藤が自嘲的な笑みを浮かべた。

「お嬢さんの言うとおりだ。腐ったおまわりに目をつけられたせいで、茉莉はおかしなトラブルに巻きこまれた。生きて幸せにならなきゃならない女なんだ。手を貸してくれ」

近藤が頭を深々と下げた。美桜はつまらなさそうに口を尖らせ、柴の肩を叩いた。

「早く行こうよ。イーグルスだかジャイアンツだか知らねえけど」

「そうだな」

久保がシフトレバーを入れた。ハイエースが月極駐車場を出る。

目的の探偵事務所は、柴たちが待機していた場所の近くだ。大久保通りと明治通りの交差点付近にある路地で、盛り場が周辺にありながらも、人通りの少ない静かなエリアだ。

高層マンションやビジネスホテルの間に挟まれた小さな雑居ビルがある。築五十年は経っていそうな古い建築物だが、山之口の探偵事務所の袖看板はまだ真新しい。

「カチ込むのはいいけど、所長さんや所員どもは出勤してんの?」

美桜が自動拳銃のグロックを抜いた。スライドを引いて薬室に弾薬を送る。

「むろん確認する」

近藤が袖看板を見つめながら、スマホで電話をかけた。スピーカーフォンに切り替える。

久保がハイエースを雑居ビルの前に停めた。探偵事務所は雑居ビルの三階だ。

〈はい。こちら、総合探偵事務所イーグルスです〉

年季の入った女性の声がした。覇気をアピールする公式サイトとは違い、どこか気だるげでぞんざいな口調だ。

「もしもし。土方といいます。山之口所長さんはいらっしゃいますか?」

〈土方さんですか。えーと、どういったご用件でしょう〉

「ジャスミンの件。そう伝えてもらえますか?」

〈ジャスミン? ちょっと待ってください〉

保留を知らせるメロディが流れた。少なくとも所長はすでに出勤しているようだ。

柴は近藤とうなずき合った。彼と美桜を連れてハイエースを降り、雑居ビルの出入口を駆け抜けた。

8

ハイエースの車内は血の臭いが立ちこめていた。

助手席の柴が近藤に声をかけた。頬を平手で何度か叩く。

「おい、大丈夫か。しっかりしろ」

「痛《いて》えな……こんなの屁《へ》でもねえ」

近藤は自慢の白い歯を見せて笑みを浮かべた。

だが、その目に力はない。額に脂汗をにじませており、腰と太腿から出血させていた。ワイシャツとスラックスは血で濡れ、肌にぴったりと貼りついていた。山之口の日本刀に素手で立ち向かい何度も刺されたのだ。

その山之口はセカンドシートの真ん中でうなだれていた。近藤の正拳突きを頭や顔面にもらい、美桜に自動拳銃のグリップで滅多打ちにされた。彼の禿げた頭が真っ赤に染まっている。

「このハゲ親父。ナメた真似しやがって」

美桜が山之口の頰に肘打ちを喰らわせた。彼の口から血が飛び散った。

柴たちは思わぬ苦戦を強いられた。所員の制圧まではうまくいったが、山之口には手こずらされた。

探偵事務所内には多くの人間が詰めていた。女事務員に五人の屈強な所員、そして顧客としてソファにふんぞり返っていた暴力団員と護衛のチンピラもいた。

柴たちは全員に手を挙げるように大声で命じ、天井に一発発砲して、全員の動きを恐怖で封じようとした。暴力団員どもは拳銃が本物であるとすぐに悟り、泡を食ったように両手を伸ばして従った。しかし、警察ＯＢの所員たちにはモデルガンだろうとナメられた。備品の特殊警棒やらカッターやらを手にし、柴たちに向かってきたのだ。

近藤が容赦なく所員の腹部に357マグナム弾を叩きこんでいなければ、柴たちの運命がどう転んでいたかわからない。のたうち回って苦しむ所員を見て、ようやく連中は実銃を持っていると理解した。

所員たちは戦意を失って武器を放り出したが、肝心の山之口はやる気マンマンだった。奥の所長室で、日本刀を握って待ち構えていたのだ。

自己顕示欲の強い男はむやみに経歴を盛るものだが、剣道五段を取得していたのは本当のようだった。防刃ベストを着用していなければ、胴体をバッサリと斬られ、あの場で内臓をまき散らしていたはずだ。柴たちが防刃ベストを着用しているとわかると、山之口は太腿や腰を狙って日本刀を振り回してきた。

三人がかりで山之口を包囲し、最後は近藤が顔や腹に正拳突きを叩き込んで生け捕りにした。

「て、てめえら、おれにこんな真似していいと思ってんのか」

山之口は血を垂らしながらうなった。

血で赤黒く染まった額に青筋が浮かぶ。彼は後ろ手に縛めた手錠を引き千切ろうと力をこめていた。

機動隊にいた連中はおおむね怪物揃いだ。柴たちが三人がかりで袋叩きにしてKOに追いこんでも、山之口は再び体力を取り戻したのか、ガチャガチャと手錠を鳴らす。内調の有定がこの男を使いたがる理由を身体で思い知らされた。女性ひとりをかっさらうなど造作もなかったに違いない。

山之口が肩で息をした。さすがの怪力老人もスミス&ウェッソン製の高剛性手錠を引き千切るのは不可能のようだ。しかし、油断はできない。たとえ両手を縛っても、体当たりや嚙みつきなど、抵抗の手段はいくらでもある。

山之口が右隣の近藤を睨んだ。

「あんた……てめえがなにをしてるのか、わかってんのか。外事《ソトゴト》のエースだろうが。なにをイカレた真似してやがる。有定になにをした」

近藤の息も荒い。左手でコルトパイソンを握り締め、山之口の側頭部に銃口を突きつけた。

「茉莉はどこだ。答えろ。どこへやった」

「たかだか飼ってるイヌ一匹消えただけだろうが……てめえは公安《ハム》や内調を敵に回す気か。有定からは聞き分けのいい男だと――」

「どこだ！」

近藤は山之口の胸倉を摑み、彼の側頭部に頭突きを見舞った。

ボウリングの球同士がぶつかり合ったような重い音がした。どちらも痛みで顔をしかめたが、よりダメージがあったのは頭突きをした近藤のほうだ。彼は忌々しそうに頭を振る。

柴が近藤を制した。

「まずは医者が先だ。腕のいい闇医者に診せる」

尋問している近藤のほうが出血がひどく、その顔色もみるみる青ざめていく。日本刀による傷はかなり深そうだった。

「医者なんかいらねえ。茉莉だ。茉莉の居所が最優先だ！」

近藤が柴にコルトパイソンを向けた。威嚇する猛犬みたいな顔つきだ。

「お前、なにを……」

柴は己の認識が甘かったのを痛感した。この依頼人は死を覚悟しているどころか、進んで死ぬ気なのだ。

近藤は山之口の胸倉を摑んで揺すった。

「おれの情報提供者《エス》をどこへやった。貴様らがやったのはわかっている。とっとと話せ」

「こいつは傑作だ。竿管理が得意なすけこましと聞いてたが、なんとも純情な男じゃねえか」

山之口は血だるまになりながらも、大口を開いて豪快に笑い飛ばした。

近藤が撃鉄を起こした。

「頭吹き飛ばされたいか」

「やってみろ！　こっちは天下の警視庁で機動隊《マルキ》やってたんだ。てめえら小僧どもにいくらカマされたところで、痛くもかゆくもねえ」

「爺《じい》さん、お前も意地を張るな。死にたいのか」

柴も加わって山之口の頭を殴りつけた。手首まで痺れるような硬い衝撃が走り、拳の骨が痛みを訴える。漬物石みたいなひどい石頭だ。山之口はおかしそうに笑うのみだ。全身が汗みどろになる。そもそも、この手の拷問は苦手だ。取り調べでの心理戦ならともかく、抵抗できない人間に暴力を振るうのは苦痛だった。

ただし、美桜は別だ。彼女は山之口の頬をぴしゃぴしゃと叩く。

「おっさん、私は応援するよ。話すことなんかないよ」

「あ？」

山之口は虚をつかれたように怪訝な顔つきになった。

「簡単に吐かれたらつまんないだろ。侍気取りで日本刀《ポンとう》なんか振り回されてさ、大いにムカついてんだよ。私はあんたみたいな力自慢のタフ野郎をぶっ壊すのが好きでさ」

美桜は荷室からボルトクリッパーを取り出した。自転車のチェーンロックや南京錠《ナンキンじょう》などを切断する、全長九十センチにもなる長大なものだ。美桜は両手でグリップを握り、ガチガチと刃を鳴らしてみせた。

「あんたが日本刀《ポントウ》なら、私はこいつさ」

山之口の笑顔に陰りが見えだした。美桜に顎で命じられる。

「ほれっ。早く準備に取りかかりなよ。年端もいかないお嬢さんに、汚いブツまで触らせる気かよ」

「まったく……気が滅入《めい》るな」

柴は手を伸ばして、山之口のベルトを外しにかかった。なにをされるのかを悟ったらしく、彼の顔から笑みが完全に消えた。太い脚を派手にバタつかせる。

近藤が笑顔を見せた。獲物を見つけた狼《おおかみ》みたいに獰猛な笑みだ。

「面白そうだな。おれにもやらせろ」

柴が助手席から身を乗り出し、山之口の足首をワイヤーで巻きつけて固定させる。近藤がスラックスのホックを外し、ブリーフを下ろしてペニスを摑みだす。

美桜が顎をなでて見つめた。

「なんだよ、ミスター豪傑。信州産の松茸《まつたけ》みたいに立派なブツかと思ったら、シメジみたいに縮み上がってるじゃん。大丈夫、止血はちゃんとやるから簡単に死なせはしない。ムスコに別れを告げな」

美桜が明るく語りかけた。その瞳には狂気の煌めきが宿っている。

人間にはそれぞれ天賦の才能が与えられているのだろう。美桜はまだまだ経験不足のルーキーだが、肝っ玉の大きさと拷問の手腕はすでに一流だ。単に危ないサディストなだけかもしれないが、どうすれば人の心をへし折れるのかを知っていた。

「じょ、冗談じゃねえ」

山之口が必死に身をくねらせるが、突然うめき声をあげて背中を丸めた。近藤が山之口の急所をきつく握り締めたのだ。

「さあ、バッサリやろう」

「切り取ったブツは焼いて食わせてやるよ。どうせ、その歳《とし》ぐらいになったら、小便出すだけの蛇口だろ？」

美桜がペニスをボルトクリッパーの刃で挟んだ。

「せーの」

「お、青梅市《おうめし》畑中《はたなか》だ！　勘弁してくれ」

美桜が切断しようとしたそのとき、山之口が悲鳴をあげた。柴は彼女に手を向けて制止させる。

「そこになにがある」

山之口に問いかけつつ、運転手の久保に目配せした。彼は首都高4号線を目指し、初台《はつだい》方面へとハイエースを走らせる。

「そ、そこに……」

山之口が口ごもった。右隣の近藤の顔をチラチラとうかがう。

「やっぱ切り落とそう。せーの」

美桜が再び声をあげると、山之口が続きを口にした。

「山林だ。あの女をそこに埋めた！　だから止めてくれ」

車内の時間が止まった気がした。

生存している可能性は低いと思ってはいたが、それでも一縷《いちる》の望みを抱き続けていた。

柴は近藤に注意を払う。彼が激情に駆られてコルトパイソンの引き金を引くのではないかと危惧した。

「心配するな。おれは処刑人じゃない」

近藤は山之口の股間から手を放し、彼に冷静な口調で告げた。

「茉莉のもとに案内しろ。きれいに話せば命を失わず、ペニスもちょん切られずに済む」

「ああ……ああ」

青梅までの道中、近藤に応急手当を施した。

美桜とふたりで刺された箇所をステイプラーで縫合し、包帯をきつく巻きつけて血を止めた。できることはすべてしたものの、医療施設に連れていかなければ、彼の命がいつ失われてもおかしくはない。顔色は死人のように白く、急激な血圧の低下により、脳に酸素が行かなくなったのか、瞼がひどく重そうだ。

山之口は完落ちした。茉莉の居場所を白状しただけでなく、有定との関係も打ち明けた。

有定のような警察官僚から汚れ仕事を引き受けるかわりに、サクラの代紋の威光を借り、歌舞伎町のヤクザを支配下に置こうとしていた。いくら武闘派のヤクザでも、相手が当局となれば大抵はおとなしく尻尾を巻くものだ。

山之口の探偵事務所は、ドラッグ密売の温床となっていたラブホテルやレンタルルームなどから、暴力団を通じて手数料を得るなど、貸しジマまで行ってボロ儲けをしていた。ヤクザの上に君臨する代わりに、警察組織の汚れ仕事を引き受けていたのだ。今回の件も有定からの依頼を引き受け、ただ淡々とこなしたという。対象者の松下茉莉は警視庁外事二課の情報提供者だったが、有定はなんの問題もないと一笑に付していた。山之口自身にしても、有定からの依頼であれば、大手を振って手を汚せるとタカをくくっていたようだ。

有定は公安部門の総本山である警察庁警備局にいたばかりか、今や内閣を始めとして、大物政治家にも顔が利くほどの高級官僚だ。警視庁内にもうまく根回しをしており、逆らう者などいないと踏んでいたようだ。

首都高4号線と中央道の下り線は幸いにも空《す》いていた。本来なら一時間以上はかかるところだが、久保の運転技術のおかげで早めに着きそうだった。八王子《はちおうじ》インターで高速を降り、新奥多摩《しんおくたま》街道を直進する。

目的地は都内とはいえ、だいぶのどかな風景が広がっていた。あたりは緑で覆われ、立派な庭つきの日本家屋が増えてくる。〝イノシシ出没注意〟と記された看板が道路脇に設置されていた。

「あ、あの杉林だ」

山之口が外を指さした。

そこは針葉樹で覆われた林だった。市街化調整区域に指定されており、千坪もの土地を格安で手に入れたという。山までは砂利の一本道があり、途中には工事用のガードフェンスが設けられ、周囲を威嚇するように〝私有地につき立ち入り禁止!!〟と大きく書かれた看板がある。

「柴……」

「なんだ」

近藤は外を見つめていた。その目の焦点は合っていない。

「見えるか、杉林ってのは」

「はっきりとな。もう少し踏ん張れ」

近藤の手からコルトパイソンが滑り落ちた。彼の呼吸が浅くなり、力なく笑う。

「後はお前に任せる。あいつに合わす顔がない」

杉林は昼間にもかかわらず真っ暗だった。隙間なく並ぶ杉の木で日光は遮られている。

「今さらなにを言ってる。茉莉ママに会うため、ここまで無茶してきたんだろうが。お前は会わなきゃならないんだよ」

近藤を叱咤《しった》した。しかし、言葉はもう届いていなかった。彼は小声で呟いた。

「すまない、茉莉……すまない」

近藤の呼吸が止まった。

シートにもたれたまま、虚《うつ》ろな目を杉林に向けている。出会ったときから最期まで、身勝手で気に食わない男だった。

9

「謝る必要なんてないのに。あなたの欠点は真面目すぎるところね」

野宮が頬杖《ほおづえ》をついて柴を見上げた。

「いや、ですが」

「それと内ポケットにしまってるブツも出す」

柴はしばしためらった後、内ポケットに入れていた封筒を取り出した。野宮に渡す。

封筒には〝辞表〟と筆ペンで記していた。彼女はそれを細かく裂き、ゴミ箱に放り捨てる。

「依頼人まで死なせたうえにこの騒動です。責任は私にあります」

柴は彼女のプレジデントデスクに目を落とした。

今日の新聞が置かれてあり、一面にはデカデカと岩本副大臣の収賄疑惑と、山之口らによる殺人死体遺棄事件が載っていた。

茉莉の遺体が発見されてから、まだ三日しか経っていない。岩本もまだ副大臣の椅子に居座り、病院に担ぎ込まれた有定の名前も出ていない。しかし、ともに権力の座から転落するのは時間の問題だった。

岩本がザナドゥから汚いカネを受け取っていたことが、もうメディアの間では知れ渡っていた。有定と山之口がそれをもみ消すために動いた事実も。内調や警視庁の看板に大きな傷がつき、内閣の求心力が下がるほどのスキャンダルとして燃え広がるだろう。

杉林に到着した柴たちは、『NAS』の処理チームを呼び寄せた。おもに自衛隊施設科で腕を振るい、道路や橋梁《きょうりょう》の破壊や整備、陣地の構築を得意としている。土木作業はお手の物で、中古のショベルカーで杉林を掘り返し、土の下に埋められていた茉莉の遺体を発見した。

野宮は背もたれに寄りかかった。

「端《はな》から死にたがっている人を守るなんて不可能でしょ。凄腕のボディガードだって止められやしない。近藤氏は明日を捨てた暴れ馬だし、後始末には手間がかかったけど、跡を濁さずに立つ鳥でもあった。昨日ね、あの人の弁護士とやらが現れて、死亡退職金と自宅マンションを全部うちに報酬としてくれるみたい。あの五年分の映像データだけでも宝の山なのに。なかなかの福の神ね」

柴が杉林で茉莉の捜索に励んでいたころから、野宮はすでに後始末の段取りをつけていた。

警視庁公安部は匿名の通報を受け、近藤の暴走を知り、青梅市の杉林に捜査官を派遣した。ショベルカーに乗ったまま絶命した近藤と、掘り起こされた茉莉の遺体を発見し、手錠をかけられて転がる山之口を病院へと搬送した。匿名の通報者はメディア各社にも知らせていた。警視庁内で大きな騒ぎが起きているぞと。その通報者が野宮なのは言うまでもない。

野宮は新聞を指で突いた。

「しばらく永田町や霞が関《ナシ》は燃えに燃えるでしょうけど、うちにまで火の粉は飛んでこない。警察のお偉方とも話はつけたし、あっちはダメージコントロールに必死よ。正義の公安刑事が、不届き者の警察官僚や警察ＯＢを退治したってシナリオはどうかと勧めたところ。二階級特進《ニトクシン》した近藤氏は、警視正様として盛大に弔われるでしょう」

まだ楽観視はできないが、ひとまずうなずいてみせた。今朝の週刊誌のサイトには、早くもそのシナリオどおりの記事が掲載されていたためだ。

内調の悪徳官僚A氏の謀略を知った警視庁外事二課は、必死の捜査の末に悪徳探偵事務所の存在を知り、殺しの実行犯である山之口とその所員を逮捕。陣頭指揮を執っていた近藤は、その過程で山之口に刺されて重傷を負い、非業の死を遂げたという筋書きだ。

野宮が微笑んだ。

「あなたたちはよくやってくれた。死にたがりな依頼人とともに、悪徳探偵の巣に殴り込ませた私が、一番責任を痛感してるところ。やっぱロケットランチャーぐらい担いで駆けつければよかった。久保さんや美桜ちゃんには特別ボーナスを支給するつもりよ。あなたもたまには休暇を取って、グアムあたりで身体を休めたら？　疲れたでしょう」

「休暇もボーナスも不要です。すぐにでも秘書に戻していただければ、私はそれで満足なのです」

「ええ？　過労死されても困るんだけど」

「生きがいなんですよ。社長のお側《そば》で、有道みたいなグータラ社員に小言を言うのが」

野宮は根負けしたように息を吐く。

「今回の報告書を仕上げたら、さっそく秘書に復帰してもらおうかな。でも、覚悟はしておいてね。バリバリこき使うから」

「ありがとうございます」

柴は社長室を出ると、自分のデスクには戻らず、そのまま汐留のオフィスを出た。

タクシーを捕まえて小石川へ。向かった先は茉莉の母親が眠る寺院だ。

女性係員に挨拶をし、鉄筋ビルの納骨堂に入った。茉莉の母親が眠る納骨棚の前まで来ると、あたりを見回してから、骨壺が納められている納骨スペースの扉に鍵を挿した。

近藤がこれからどこで過ごすのかはわからない。殺したいほど憎んだ父親と同じ墓に入るのか、それとも母方の墓になるのか。はっきりしているのは、茉莉とともに眠れはしないことだ。

扉を開き、骨壺の隣に木箱を置いた。茉莉が使っていた小物入れで、もともとここに隠されていたものだ。そのなかには大量のＳＤカードが入っている。茉莉と母親、近藤の三人の写真や動画がつまっている。

この行為に意味があるのかはわからない。近藤も茉莉も嫌がるだろうか。死者はなにも言わない。それでもやらずにはいられなかった。

柴は扉を閉めて施錠すると、三人があの世で再会できるよう祈りを捧《ささ》げた。

Ⅲ サムシン・ステューピッド

1

朝比奈美桜は三本目のエナジードリンクを飲み干した。

明らかにカフェインの過剰摂取だったが、これくらいしなければ眠気に襲われる。交替で仮眠を取っているとはいえ、ただ和室に閉じこもり、防犯カメラのモニターを何時間も睨み続けるのはつらい作業だ。

美桜はおしゃぶり昆布を口に入れ、ガムのように嚙み続けては、脳の活性化を図った。だが、身体までごまかせるはずはなく、意思に反して大きなあくびが出た。

「おっと」

おしゃぶり昆布が口からこぼれ、膝のうえに落ちた。拾いあげて口内に放る。

「いやはや。なんとも行儀のいいお嬢さんだ」

依頼主の横山幹男《よこやまみきお》がいつの間にか廊下に立っていた。口をへの字に曲げ、呆れた様子で美桜を見つめている。

横山は腰の曲がった七十過ぎの老人だ。にもかかわらず、忍者のように気配を消し、人の仕事を嫌みったらしく監視していた。かつて金融業に励んでいたころも、こうして部下の働きぶりや、債務者をひそかに見張っていたのだろう。高価な絹製の羽織と作務衣《さむえ》を身につけているものの、面構えに品というものがなく、目は深海魚のようにドロッと濁っている。高利貸しの見本とでもいうべき悪相だ。

美桜はクチャクチャと咀嚼音《そしゃくおん》を立てて訊いた。

「わあ、びっくりした。お爺ちゃんこそ、どうしたの。オシッコの出が悪くて目が覚めちゃうのかな」

「まったく……野宮社長の会社も落ちたもんだ。どんな優秀な警備員を派遣してくれるのかと思えば、こんなチンピラねえちゃんと、ちんちくりんの婆《ばあ》さんときた。一体、どういうつもりなんだ」

「そのセリフはもう聞き飽きたよ。もっとパンチの効いた悪態ついてくれないと。現役のころはえげつない脅し文句を並べ立てて、債務者をチビらせてたらしいじゃん。『今日までに耳揃えてカネを返さねえと、娘の腹かっ捌《さば》いて大腸をてめえのケツに突っこんでやる』とか。語り草だよ」

「とにかく、野宮社長には高いカネを払ってるんだ。もっと気を引き締めて仕事せんか」

「へいへい」

美桜がナメた返事をすると、横山は忌々しそうに舌打ちして寝室に戻った。「ズベ公が」と捨て台詞《ぜりふ》を吐きながら。

横山の性格は最悪だが、立川《たちかわ》市有数の金持ちでもあった。数十億の資産を保有し、同市の郊外に二百五十坪の土地を所有。七十畳のリビングと、ホームエレベーターがついた三階建ての豪邸で暮らしていた。

主庭も高級旅館並みにこだわっており、色とりどりの錦鯉《にしきごい》が泳ぐ池泉のある、剪定《せんてい》と掃除がいき届いた日本庭園だ。敷地全体を武家屋敷のような屋根塀がぐるりと取り囲んでいる。横山の富を象徴する城だ。

そんなあからさまな豪邸に暮らす老人なだけあって、横山は王様気どりで、警備役の美桜たちを下女扱いしていた。夜食を作れと急に命じたり、マッサージを強要してきたりと、契約にない注文を次々にしてきては、美桜を呆れさせたものだ。『NAS』の社員でなければ、美桜のほうが強盗団を組織して襲撃していたかもしれない。

美桜はモニターを睨み直した。横山邸には防犯カメラが八台設置されており、モニターには八分割された画面が映し出されていた。横山邸の正門や邸宅の前にある公道、ガレージや玄関前の様子をリアルタイムに伝えている。

とはいえ、もともと閑静な住宅街であって、一週間にもわたって睨み続けているが、深夜ともなればどの画面も動きがほぼなくなる。人の姿も消え失《う》せ、さっきから静止画のような有様だ。

こんな晩秋の真夜中に現れるのは、怪しげな賊どころか、マーキングに勤しむ野良猫や、深夜に早くも目が覚めて散歩に励む老人くらいだった。退屈きわまる労働がひたすら続き、そろそろ頭がおかしくなりかねないほどの苦痛を感じていた。

「あのタコ社長……なにが刺激的だよ」

野宮にスリルのある仕事をよこせと直談判《じかだんぱん》した。そろそろ新人扱いをやめて、大きな仕事に関わらせろと。

――そうね。美桜さんも入社して一年以上も経つし、任せてもいいころかも。

野宮は汐留のオフィスでうなずいてみせ、クリアファイルに入った書類を美桜に見せた。

書類には横山幹男の名前が記され、彼の豪邸が写った写真が添付されていた。横山が厄介な強盗団に目をつけられているかもしれないという。

美桜は口を尖らせたものだった。

――それのどこがでかい仕事なんだよ。ただの守銭奴ジジイのお守《も》りじゃん。あたしのこと、相変わらずナメてるだろ。

――ナメてるのはお前だ。

野宮の秘書の柴が口を挟んできた。

——ミスター腰巾着、あんたと喋ってんじゃねえ。黙ってな。

——まったく……どいつもこいつも。

柴の目が険しくなった。野宮が微笑を浮かべて間に入った。

——美桜さん、あなたをナメていたら、この案件を任せたりはしない。腕利きだと認めているからこそ、特別にあなたを選んだの。

——特別にあたしをね。マルチ商法の勧誘かよ。

——本当なんだけどな。なにしろ横山さんはうちの大事な顧客だし、あなただってあの強盗団の非道な悪行は知ってるでしょう？　大きな仕事なうえにスリル満点だと思うけど？

——どうかな。

美桜は書類に目を通しながら強盗団について思いを巡らせた。

その強盗団は東日本を中心に犯行を繰り返し、今年だけでも被害は二十件以上にもなるという。もっぱら狙うのは、現金や貴金属を自宅に貯《た》めこんでいそうな会社経営者や地主、開業医などだ。暴力団の親分宅にまで押しこみ、億単位の現金を奪い取ったという噂もあるほどで、表沙汰になっていない事件もかなりあるらしい。

惨劇も起きていた。強盗団は初夏に山梨県の地主の邸宅を襲い、八十一歳の老婆を結束バンドで縛り上げたうえ、鈍器で頭や腹を滅多打ちにして殺害し、地下室の物置に放置した。

老婆はひとり暮らしだったため、事件から二週間以上経って発見された。遺体は無数の蛆虫《うじむし》に食い荒らされて原形を留《とど》めていなかったという。殺しまでやる危険な集団として社会を震撼《しんかん》させた。

二ヶ月前には、神奈川県の老夫婦が襲われている。やはり結束バンドで縛られたうえ、軍用懐中電灯で滅多打ちにされ、夫のほうは頭部外傷により死亡、妻は一命を取り留めたが、脳挫傷で左半身麻痺《まひ》といった後遺症が残った。

強盗団はおおむね四人から八人で標的の邸宅を襲撃。住人を容赦なく痛めつけてから、家中の金品を漁るという残忍な手口だった。

何人かは逮捕されているものの、どれも末端のメンバーにすぎないらしく、SNSを通じて闇バイトとして雇われたと主張。他のメンバーの本名すら知らず、首領の素性は一切聞かされていないという。

美桜は書類を軽く叩いた。

――パッとしないね。年寄りを死ぬまで痛めつけるなんて、暴力の振るい方も知らないクソガキの寄せ集めだろ。

野宮は微笑を消した。急に冷えた目で美桜を見据える。

――あなたはできる？　人を死ぬまで痛めつけることが。

——どういうこと？

——ただの警備だったら、確かにあなたじゃなくてもできる。実銃のひとつでもチラつかせれば、簡単に追っ払えるかもしれない。だけど横山さんが望んでいるのは、病根を丸ごと断って枕を高くして眠ることなの。

——なるほど。この仕事が試金石ってわけだ。

書類を持つ手が汗ばんだ。野宮の真意がわかったからだ。

襲撃してきた強盗団をただ追っ払うのではなく、メンバーを残らず引っ捕らえ、強盗団のトップや幹部まで潰すのが、今回の真の目的のようだった。

野宮が経営する『ＮＡＳ』は、堂々と法を無視して、ヤクザ顔負けの裏仕事も平気で引き受ける。

捕縛した強盗団から情報を聞き出すためには、警察の取り調べのような悠長な手段は取ってはいられない。強盗団と同じく手足を拘束したうえ、知っている情報をすべて吐き出させるまで痛めつけるケースも出てくるだろう。なかには根性者もいるかもしれず、指をへし折ったり、鼻を削ぐといった拷問を加える必要があるかもしれない。

美桜は書類を読みこんだ。横山は高利貸しの事業を畳んで引退してはいるが、それでも未だに金儲けに邁進《まいしん》していた。複数のヤミ金業者の金主となっており、税務署に申告できない汚れたカネを自宅金庫に保管していた。その額だけでも四億にはなるらしい。

美桜は横山の顔写真を指で弾いた。

——このご老人があんたを頼るわけだ。賊に襲われたとしても、おまわりさんを呼べる立場にはないだろうね。

——『NAS』《うち》を頼る人はみんなワケアリ。横山さんもけっこう気の毒な人でね。奥さんに死なれたうえに、息子夫婦とはほぼ絶縁状態にあるからひとりぼっち。強盗団からしてみれば格好の獲物に見えるでしょうけど、それがとんでもない誤りだって、私たちがきっちり教えこんでやるってわけ。敬老精神を忘れると、とんでもない火傷を負うってことを、ワルガキどもの世界で語り草になるくらい知らしめる必要があるの。それがあなたにできる？

美桜は野宮の目を見て答えた。

——上等。あたしだって、生半可な気持ちでここの仕事をしてるわけじゃない。鬼にでも悪魔にでもなれるよ。

美桜はそう啖呵《たんか》を切って、この横山邸に乗りこんだのだ。

しかし、モチベーションが高かったのは最初だけだった。殺しも辞さない外道な強盗団が今にもカチこんでくるのだと、ナイフを研いで待ち続けたが、一向にやって来る気配はない。横山邸の前の公道は通学路になっており、子供たちの賑《にぎ》やかな声がする平和そのものの住宅街だった。

横山は十日前に怪しい人物を見かけたと主張している。複数のガラの悪そうな若者が自宅の周りをうろつき、無遠慮にスマホで撮影する者さえいたという。まるで強盗の下見のように。

ただし、怯《おび》えきった老人の証言などアテにはならない。横山は典型的なカネの奴隷だ。カネと権力を行使しているというより、むしろカネのほうにこき使われ、振り回され続けている人種だった。

横山が見かけた若者とやらも、案外ふつうの通行人の可能性が高い。それにこれだけ富を自慢げに披露した豪邸をおっ建てれば、スマホのひとつでも向けたくなるのが人情というものだ。

美桜があくびをしながらストレッチをしていると、部屋の外から雑草と土の香りがしてきた。和室に同僚が入ってくる。

「どう？　美桜さん」

美桜は鼻を鳴らした。

「どうもなにも、相変わらず。こんなのがあと数日続くようなら、あたしの頭のほうがどうにかなりそう」

同僚の名は妙《ビヨウ》といった。屈強な人間揃いの『ＮＡＳ』のなかで、妙は異色の存在といえた。

妙は六十をとうに過ぎたと思しきベトナム人の老婆だ。身長は百五十センチ程度しかなく、スレンダーな体形とよくいわれる美桜よりもウエストは細い。

中国系の血を引いているらしく、言葉にいくらかの外国人訛りはあるものの、見た目は日本のどこにでもいるふつうのお婆さんにしか映らない。

妙はウィンドブレーカーにモンペという農作業服姿で、頭には日よけつきの農園帽をかぶっていた。両手に嵌めた軍手は土や草の汁で汚れている。彼女は裏庭でひたすら土いじりをしていたらしく、手にしたレジ袋にはスコップや熊手が入っていた。彼女は軍手を外すと、一仕事終えたといわんばかりに、畳のうえでうつ伏せになった。座布団を枕代わりにして、腰のあたりをトントンと叩く。

「お婆ちゃんさ、裏庭でコソコソとなにしてんの?」

「教えてあげたいのは山々だけど、あいにく社長さんからはギリギリまで秘密にしておけって命じられててね」

「まったく、どいつもこいつも」

妙とはかつていっしょに暴力団相手にド派手な殴り込みをかけている。彼女が銃器や爆発物を巧みに扱えるのは知っていた。ベトナム戦争でゲリラとして米兵相手に戦ったのだという。タダ者ではないのは知っていたが、この老婆が『NAS』で一目も二目も置かれ、誰もが教官と呼んで慕っていたことが謎だった。

強盗団は四人以上で襲いかかってくるらしいというのに、警護役として派遣されたのは美桜とこの老婆の女ふたりだけだったため、当然ながら依頼主の横山は激怒したが、野宮は大船に乗ったつもりでいろと軽くあしらうだけだ。

妙が受け持つのは、もっぱら邸宅の裏側だ。そこには犬舎と天然芝のドッグランが設けられてあった。

横山はかつてドーベルマンとシベリアンハスキーを飼っていたが、どちらも数年前に病死してしまったらしい。それっきり飼育する体力も気力も失い、主庭と違って裏庭のほうは荒れ放題だった。犬用のケージは風雨にさらされて汚れ、ドッグランの芝生は病気で枯れて茶色くまだらになり、雑草も生え放題になっていた。

妙はそこで毎日土いじりばかりしており、雑草を引っこ抜き、荒れた芝生を剝がしていた。裏庭にも防犯カメラは設置されてはいるが、彼女はつねに防犯カメラに背を向けて、美桜の目から逃れるようにコソコソと作業をしているため、具体的になにをしているのかは不明だ。

――冷静にじっと待ち続けるのもプロの条件よ。勝手に先走ったら、あなたは二流のまま会社を追い出されるだけ。

妙の仕事ぶりが気にはなっていたが、野宮には事前に釘を刺されてもいた。野宮の言葉は正論だ。それでも退屈なものは退屈だとしか言いようがない。とにかく刺激に飢えていた。

「お婆ちゃん。マッサージしてやるよ」

美桜は妙の腰のあたりを揉《も》んでやった。親指に力をこめる。

「ああ、ありがとう。美桜さんは親切だね」

「こうでもしてないと、退屈で頭が破裂しそうなだけ」

妙の筋肉はアスリートみたいに柔らかかった。朝から真夜中まで腰を屈《かが》め続けていたというのに、筋肉が凝った様子は感じられない。

美桜は切り出した。

「ねえ、来ると思う？」

「なにが？」

「例の強盗団以外になにがあるってのさ」

「まあ、来るんじゃないかね」

妙はのんびりした口調で答えた。美桜はすかさず問いただした。

「なんで？　怪しいやつでも見た？」

「ただの勘よ。年寄りの勘」

「またそれかよ」

美桜は天を仰いだ。二ヶ月前の仕事では、柴が元刑事の勘とやらを口にし、美桜を大いに呆れさせてくれた。「こう見えても、あたしだって学びの姿勢を大事にしてんだよね。勘だの胸騒ぎだのと言われたってピンと来ないし、あんたがなんの教官か知らないけど、いつもそんなボンヤリとした教え方してんの？」

「こればかりは仕方ないのよ。スッポンのダシが染みこんだ土鍋みたいなものでね。長い年月をかけて、じっくり養われていくものだから」

「そんなこと言われたって納得いかねえよ」

「これだけは確かよ。『NAS』での一年は十年分の経験に値する。ふつうに働いているだけで、勘はどんどん研ぎ澄まされていく。あとは焦ってドジを踏まないことね」

「尼さんの説教じゃないんだから――」

美桜は反射的に口を閉じた。モニターの画面に珍しく動きがあったからだ。

モニターに齧《かじ》りついた。八分割の画面から、裏庭の画面へと切り替える。

妙があれこれと土いじりをしていた場所だ。放置された犬舎と荒れた芝生が映し出される。敷地外のあたりで、黒いなにかが動くのが見えた気がした。

横山邸の裏側は小さな葡萄《ぶどう》畑と砂利敷きの月極駐車場だ。キーボードで防犯カメラを操作し、敷地外にレンズを向ける。

月極駐車場に見慣れぬ大型ヴァンが停まっており、葡萄畑には複数の人影が映った。明らかに葡萄畑の所有者などではなさそうで、全身黒ずくめの格好をした不審者たちだった。人数は七人といったところで、全員が黒のバラクラバでツラを隠している。

「ホントに来てくれやがったよ……」

美桜は画面を睨んだ。アドレナリンが一気に分泌され、血が沸き立つのを感じた。

不審者たちは裏側の屋敷塀にアルミ製のハシゴをふたつかけた。二班に分かれてハシゴを上り、屋敷塀を乗り越えようとする。くそったれな泥棒たちのくせに、動きはなかなかすばやく、整然と並んでハシゴを上っている。

「よし。シメるとすっか」

美桜は常備していた武器を手にした。ベルトホルスターに拳銃型の催涙スプレーとシースナイフを差し、赤樫《あかがし》の木刀を握り締める。いざとなれば拳銃やロケットランチャーまで使う『ＮＡＳ』だが、今回は銃火器の使用は禁じられていた。横山が当局に目をつけられるのをことさら嫌がったためだ。

美桜は和室を飛び出そうとした。しかし、妙が彼女の足首を摑んで止める。

「なにすんだよ！」

「そう慌ててない。駆けつけるのは敵の動きをもう少し把握してから」

妙は身体を横たえたままだった。

「バカ言ってんじゃねえよ。敵がここまで入りこんでくるじゃん」

モニターに映った強盗団は、手に金属バットや特殊警棒を握り、美桜と同じく刃物も携帯していた。

ひとりの男が先頭をきって屋敷塀を乗り越えた。猿《ましら》のごとくハシゴを駆け上がり、やすやすと敷地内へと降り立つ。黒の作業服を着用しているが、一番槍を担って襲ってくるだけあって、服のうえからでも身体が引き締まっているのがわかる。

男はひらりとドッグランの芝生に降り立ち、特殊警棒を懐から抜き出した。その特殊警棒を振り上げながら、裏庭に面したデッキ付きの部屋に押し入ろうとする。部屋には大きな掃き出し窓が設けられてあり、それを叩き割るつもりのようだ。

男がデッキに踏み上がるため、右足で地面を蹴った瞬間だった。男は身体のバランスを大きく崩して転倒した。顔から地面に落下し、男は鼻のあたりを押さえたまま転がる。

「あれ?」

美桜はモニターを注視した。

強盗団の男たちは、その後もゾロゾロと屋敷塀を乗り越え、裏庭へと降り立つ。

その刹那、ひとりの男が足を抱えてその場でうずくまる。また、もうひとりは地面に沈みこんでいた——浅めの落とし穴に嵌まり、絶叫が美桜たちのいる和室にまで届く。

美桜は妙に訊いた。

「ブービートラップ?」

「そう。私の得意技」

「マジかよ……」

美桜も妙がのんきに庭いじりをしているとは思っていなかった。ただ罠《わな》を仕掛けているにしては、ドッグランの敷地に変わった様子は見られなかった。土を掘り返した跡はどこにもなく、芝生は荒れ放題のままだった。かりに強盗団の連中が下見をきっちりしていたとしても、この裏庭の変化には気づけなかっただろう。

裏庭の隅にはケヤキの木が生えており、晩秋らしく真っ赤な葉をつけている。男たちはドッグランのいたるところに罠が仕掛けられていると知り、おそるおそる忍び足でケヤキの木のほうに寄る。

妙はスマホを取り出した。彼女が液晶画面をタッチすると、ケヤキの枝から霧状の液体が吹き出し、下に逃れていた男たちが一斉に咳《せ》きこみだした。

ケヤキの枝に小型の催涙スプレーが取りつけてあり、妙が遠隔操作でトリガーを引いたのだろう。男たちは地面の罠を怖れて動けず、バラクラバを外すこともできずに悶《もだ》え苦しんでいる。

落とし穴に嵌まった男の足は血みどろだった。落とし穴には尖った釘やカミソリでも仕込んでいたのだろう。作業服がズタズタに裂かれ、靴にはいくつもの穴が開いている。一番乗りした男は鼻血を垂らしながら、足首に絡みついたワイヤーを外そうと躍起になっている。妙はあっという間に五人の賊を退治していた。

「それじゃ行こうかね。これ以上、キャンキャン泣き叫ばれたんじゃ近所迷惑だから」

妙は武器を手にして立ち上がった。右手には長さ約百二十センチにもなる吹き矢《ブローガン》を持っている。

「美桜さん、私は裏庭の獣どもを静かにさせるから、あなたは逃げたやつを捕まえて」

「わかったよ」

美桜は素直に従った。ヘッドギアつきの暗視スコープを装着する。

本来なら美桜が主導権を握る予定であり、婆さんを顎でこき使うはずだった。だが、こうも魔術じみたブービートラップの妙技を見せつけられると、下につくしかないと思わされてしまう。

「なんだ、この騒ぎは！　あ、あ、現れやがったのか」

横山が果物ナイフを摑んで廊下に飛び出してきた。美桜は寝室に戻るように指示して勝手口を出た。

アルミ製の脚立を手にして屋根塀に飛びついた。塀瓦のうえを小走りに駆けながら、ドッグラン周辺でゾンビみたいにうごめいている男たちを見下ろす。暗視スコープのおかげで、暗闇のなかでも昼間みたいにハッキリと見える。

バラクラバという覆面をつけているせいで、中東あたりのテロリストみたいな迫力があったが、妙が仕掛けた数々のトラップのおかげで息も絶え絶えといった様子だ。

ふたりの残党が敗走していた。仲間を置き去りにして裏の葡萄畑を走っている。表の公道とは違って街灯はなく、闇はかなり深いようだ。暗視スコープもなしで走っているため、支柱に衝突して身体をよろめかせ、垂れ下がった枝に顔をぶつける。それでも一刻も早く立ち去ろうと、肩で息をしながら月極駐車場へと向かっている。

美桜は屋根塀から飛び降り、葡萄畑のなかを突っ切った。ふたりに追いつくのは簡単だった。視界はしっかり確保できており、身を屈めながら支柱や枝をよけて駆ける。ひとり目の背中に木刀を叩きつけた。地面にうつ伏せに倒れたところで、脇腹や尾てい骨を打ち据える。

美桜は続いてふたり目を追いかけ、葡萄畑から脱しようとする男に近寄った。木刀を下段に構え、後ろから男の両足の間に突きを繰り出した。そのまま力いっぱい股間まで斬り上げる。十代のころ、喧嘩師のヤクザから習った実戦剣法だった。

睾丸を打たれた男は、悲鳴をあげて膝から崩れ落ちた。とどめは必要なさそうで、股間を握り締めたまま動かなくなる。

月極駐車場の大型ヴァンがエンジンをかけた。ヘッドライトとテールランプが灯《とも》る。

「逃がすかよ」

美桜は葡萄畑を走り抜けて月極駐車場へと飛び出した。頭につけた暗視スコープを取っ払う。

大型ヴァンの運転手はハンドルを目一杯に切って、月極駐車場から脱出を図ろうとした。美桜は大型ヴァンに追いつき、運転手側のドアまで距離を縮める。運転手側の窓ガラスに木刀で突きを放つ。

窓ガラスが砕けて大穴が開いた。車内にガラスの欠片《かけら》が大量に降り注ぎ、運転手が短い悲鳴をあげてブレーキをかける。

美桜は運転席のドアを開け放った。運転手の男の襟首を摑んで、外に引きずり降ろす。運転手の体幹は強くなかった。受身も満足に取れず、砂利敷きの地面に顔から落ちる。

「あたしから逃げるなんて百年早《はえ》えんだよ。観念しな。ジタバタすればもっと痛い目に遭う」

美桜はベルトホルスターから拳銃型の催涙スプレーを取り出した。運転手の目に銃口を突きつける。彼女は運転手のバラクラバを取り去る。

運転手はメガネをつけていたが、バラクラバを取られたさいに外れて地面を転がる。

「えっ」「君は――」

美桜と運転手が同時に驚きの声をあげた。

運転手は目を白黒させていた。それは美桜も一緒だ。互いによく知る人物であるどころか、かつての自分の〝先生〟だったのだ。

「仁科《にしな》先生、な、なんだって、あんたがこんなところに」

彼は地面をまさぐってメガネをかけ直した。

伸びっぱなしの頭髪には若白髪が交じり、分厚いレンズのメガネと相まって、もっさりとした印象を与える。その顔は間違いなく仁科彰文《あきふみ》だった。

「美桜ちゃんこそ、どうして――」

横山邸から声が聞こえた。家主の横山の怒鳴り声だった。

「飛んで火に入る夏の虫とはてめえらのことだ。このドチンピラども。生きて帰れると思うな」

運転手の仁科が顔を強ばらせた。

彼は身体をガタガタと震わせた。砂利敷きの地面に顔を叩きつけられたため、側頭部から顎にかけ、大きなすり傷ができていた。血が顎を伝って落ちる。

「あんたほどの研究者が強盗《タタキ》なんかに手え出すなんて、一体どうしちまったんだよ」

「君こそ……本当にあの美桜ちゃんなのかい？」

仁科には〝朝比奈家のお嬢さん〟の仮面をつけて接してきた。別人と化した美桜の姿に当惑している。

「いろいろあってちょっとグレちゃってるけど、本物の朝比奈美桜だよ。あんたこそ、なにやってんだよ。末は教授様のはずじゃなかったのかよ」

「それが……」

仁科の頬を涙が伝った。

血と涙が混ざり合う。彼は唇を震わせてなにかを言おうとしていた。恐怖で声にはならないものの、懇願か詫《わ》びを口にする気でいるのがわかった。

美桜は仁科から手を放した。

「行けよ。とりあえず逃げちゃえ」

「い、いいのかい？」

仁科がキョトンとした顔を見せた。

どんな経緯《いきさつ》で、こんな強盗稼業に身を落としたのかは不明だが、人のよさだけは変わっていないようだ。

「とっとと行けったら！　グズグズすんなよ」

美桜に活を入れられて、仁科は身体を震わせながら立ち上がった。大型ヴァンの運転席へと這い上がってドアを閉める。

美桜は仁科が脱出するのを見守った。大型ヴァンはマニュアル車のようだったが、エンストを起こさずに月極駐車場を出た。細い公道を走り去っていく。美桜は遠ざかるテールランプを見つめた。

美桜には先生と呼ぶに値する人間がふたりいた。彼女に戦い方を徹底して教え込んでくれたヤクザの喧嘩師と、高校時代の美桜に勉強の面白さを教えてくれた仁科だ。

仁科は岡山の国立大学文学部に通う優秀な学生だった。京大に入れるほどの学力を持ちながら、父親を幼くして亡くし、働いている母親に代わって、祖母の介護を担うヤングケアラーでもあった。奨学金で地元の大学へ通う苦労人だ。大学関係者からの勧めで、父が美桜の家庭教師として雇ったのだ。

大学関係者のお墨付きをもらうだけあって、仁科はひどく真面目で紳士的な学生だった。下宿屋のおばさんに夜這いをかけた父や、勉学よりもパーティや女遊びに明け暮れ、うっかり隠し子まで作った兄とは違う。美桜に学問の面白さを教えてくれた人物でもあった。

大物政治家の娘として、幼いころから華道や茶道、英会話など多くの習い事をさせられてきた。その経験は今となっては生きているものの、楽しいと思ったことは一度もなかった。

学校での勉強も同じであって、おしとやかな上流階級の少女を演じながら、テストではそれなりの結果を出し続けてはいたが、父や兄の目を欺くためのポーズだった。

仁科と出会ったのは、美桜が高校二年生のときだった。政略結婚の道具として生きるのを拒み、朝比奈家の手が届かぬ土地まで逃れ、アウトローとして自立するという目標を掲げて、ひそかにワルの修業に励み出したころだ。

家庭教師としてやって来た仁科に対しても、美桜は当然ながら仮面をつけて接していた。入学試験を突破するための個人授業が週三回行われ、受験に必要な科目を淡々と教わった。

効率的でポイントを押さえた勉強法こそが、合格を得るための鍵となるはずだったが、仁科はたびたび授業を脱線させた。彼は熱心な勉強オタクであり、根っからの学究の徒だったのだ。

仁科は大学では社会心理学を学んでおり、人や集団や国民は日常生活でどのような行動を取るのか、そこにはどんな法則性があり、その行動によってどのような問題が生じるのかを研究していた。社会心理学に関連して法学や経営学にも詳しく、たびたび法律の解釈や組織運営のあり方について熱弁を振るった。それらは美桜が〝独立〟を果たすために必要なものだった。

リーダーとしての資質や、他人を従わせるにはどういった方法が有効か。心理戦を有利に進めるにはどうすべきか。美桜が訊けば、仁科はためらうこともなく、なんでも無邪気に答えてくれた。彼のおかげで勉学の面白さを初めて知ったともいえる。立派な無法者として生きるためには暴力だけでなく、心理学から法学、経営学もしっかり学ばなければと思わせてくれた。

大学受験を突破したさいに、仁科と大いに合格を祝いあった。彼がそのときプレゼントしてくれたのは、花やアクセサリーなどではなく大量の学術書だった。学問バカな仁科らしいセレクトで、美桜は今もそれらを大事にしている。

ポケットのスマホに電話がかかってきた。妙からだった。

〈大丈夫？　ケガはないかい？〉

「あたしは問題ないよ。ただ……運転手に逃げられちゃった」

野宮の言葉を思い出した。

――あなたはできる？　人を死ぬまで痛めつけることが。

「ごめん、嘘。逃げられたんじゃなくて、あたしが逃がした」

〈……なにやらワケアリのようだね〉

「ひとまず、そっちに一旦引き返すよ」

美桜は葡萄畑まで戻ると、立ち上がろうとするふたりに木刀を喰らわせた。

2

「上等。鬼にでも悪魔にでもなれるよ」

柴が美桜の口調を真似、そして冷ややかに見下ろしてきた。

「……などと大見得《おおみえ》切ったくせに、相手が昔の知り合いだったからホイホイと逃がすとは。プロを気取っているわりには、案外甘ちゃんだな、美桜お嬢さま。野宮社長のようにこの世界でのしあがりたかったんだろうが、この程度の仕事も貫徹できないようなお人好しが通用するはずもない。無法者を気取って跳ね返らず、家の言いつけを守って花嫁修業でもしていたらどうだ。それが分相応というものだ」

本来なら秒速で殴り倒し、嫌みったらしい口を閉じさせるところだ。

しかし、美桜は応接セットのソファに座ったまま押し黙るしかなかった。社長の野宮はプレジデントチェアに腰かけたまま、美桜に背を向けて、朝日を浴びた浜離宮《はまりきゅう》を見下ろしている。

柴の説教はいつになくしつこかった。この男が自分をよく思っていないのは百も承知だ。ここぞとばかりに美桜を指弾できる口実ができたせいか、普段より饒舌《じょうぜつ》であり、言葉の端々には嬉《うれ》しさまで感じられた。

「だいたい、座るところが違うだろう。ヘタを打ったくせに、ソファに腰かけるとは。育ちがいいにもほどがあるぞ、お嬢さま」

「ああ、そうだね」

美桜は床の絨毯《じゆうたん》に正座をした。

素直に指示に従いながらも、そろそろ限界を迎えつつある。もう一度〝お嬢さま〟と呼ばれたら、この男の薄くなりつつある髪をむしり取ってしまいそうだ。

野宮が椅子を回転させ、美桜らのほうを向いた。大きなあくびをする。

「ま、説教はそれぐらいでいいでしょう」

柴は軍人みたいに背筋を伸ばした。

「とんでもありません。まだまだこいつには言わなければならないことが山ほどあります。このところ調子に乗って天狗《てんぐ》になっていましたから」

「私が飽きてきたの。叱るのは大事だけど、それにしても長すぎる」

柴は頬を紅潮させた。

「え、あ……それは失礼しました」

美桜はとっさに顔の筋肉を引き締めた。

噴き出しそうになったが、ここで大笑いなどしたら、あとで柴からさらにネチネチとやられるだろう。

野宮がプレジデントチェアから立ち上がると、美桜の前まで近づいてきた。

「ひとつ訊きたいんだけど」

「なに？」

美桜は顔を上げた。野宮から不思議そうに見下ろされる。

「あのまま嘘をつき通せたでしょうに、どうして逃がしたと正直に打ち明けたの？」

「そりゃダサいと思ったからだよ」

「へえ、面白い。あなたらしい答えね」

野宮は絨毯にあぐらを掻き、美桜の肩をポンと叩く。

「よろしい。この件は不問に付すわ。減給も停職もなし」

柴がすかさず口を挟んできた。

「それはさすがに如何《いかが》なものかと。示しがつきません」

「あら、あなただってすべての仕事を完璧にやり遂げてきたわけではないと思うけど。過去に有道と組んで、いまいち納得しかねる仕事をやったような」

「うっ……」

柴は表情を凍てつかせた。喉がゴクリと大きく動く。

組織の忠実な犬であるこの男でも、過去になにかやましいことをやらかしたらしい。保身のための嘘などつきたくなかったのは確かだ。たとえつき通したところで、妙や野宮の目をごまかせるとも思えない。あの婆さんやこの女社長は、人の心を見透かす能力まで持っていそうな気がする。

それが勘というやつなのかもしれないが、美桜もなんとかモノにしたかった。それもなるべく早くだ。そのために『NAS』で働き続けるのがベストだと考え、柴の嫌みったらしいお説教にもじっと耐え続けたのだ。妙のような凄腕のハンターを始めとして、社員たちから学ぶ面は数多くある。

あの横山邸での一件にしても、妙は強盗団が裏から攻めてくると、早々に確信していたようだ。それればかりか、屋根塀のどのあたりを乗り越え、ドッグランのどのあたりを駆け抜けるのかも見当がついていたという。ナイフや金属バットで武装したヤンチャ自慢の若者五人が、一瞬にして罠に搦《から》め取られる様は妖術のようでさえあった。

ベトナム戦争ではもっとえげつない罠で敵を迎え撃ったらしい。ジャングルに爆発物の罠を大量に仕掛け、落とし穴も星の数ほど掘ってきた筋金入りのゲリラだった。落とし穴の底に尖った竹串や返しのついた銛《もり》を仕掛け、それらには動物の糞尿や毒草の汁を塗りつけていたため、多くの米兵が感染症で命を落とした。爆撃機や枯葉剤などの近代兵器を使い、圧倒的な物量で攻めてくる米軍に比べれば、いくら殺しも辞さない強盗団といえども、相手は赤ん坊みたいなものだっただろう。

一番槍を担って乗りこんできたメンバーは元陸上自衛官だった。足首をくくり罠のワイヤーで縛められ、鼻骨をへし折られても闘志をなかなか失わなかった。猪《いのしし》みたいに暴れ回っていたが、妙が発射した吹き矢の麻酔針ですぐにおとなしくなった。残りの連中も騒がれる前に麻酔針で眠らせた妙は、枯れ枝みたいな細い腕にもかかわらず、手際よくメンバーたちを邸宅内に引きずりこんだ。

捕まえた連中を横山邸の地下室に運びこんだ。麻酔が効いている間に素っ裸にし、手足をワイヤーで縛めると、全員があっさりとギブアップ宣言をした。命惜しさに我も我もと、むしろ進んで情報を提供しようとしたくらいだ。

捕えられた連中は、全員が無職やアルバイト生活の若者たちで、居住地も栃木から静岡までとバラバラだった。高額報酬につられて上京してきた有象無象で、七人とも襲撃日に初めて顔を合わせたばかりだったという。

居住地こそ違ってはいたが、履歴は似たり寄ったりだ。高校をドロップアウトし、パチスロや女遊びで懐が寂しくなったか、犯罪歴があってまともな職に就けずにいる。くすぶった人生を一発逆転させたいと願う輩《やから》どもだった。

強盗の誘いに応じると、指示役から集合場所として指定されたのは、立川市内の貸し会議室だった。そこで横山邸を襲うことを初めて告げられ、裏側から攻めこめと命じられたという。

指示役は格闘家風の大男で、フジヤマなる名を名乗った。

フジヤマは成功すれば報酬は強奪額の四〇パーセントを保証し、横山邸には最低でも四億もの現金が秘匿されているはずで、富を独り占めする強欲な爺《じじい》をぶちのめして分捕れと鼓舞した。

その一方、持ち逃げを企《たくら》むようなら、マフィア顔負けのオトシマエをつけさせると釘を刺すのも忘れてはいなかった。本人はもちろん、家族への襲撃や実家を放火することも辞さず、バックにヤクザもついていると脅し上げてもいた。

連中から仁科について問い詰めたが、彼らは情報を持っていなかった。仁科という名前さえ知らなかったという。ボサボサに伸びた髪と分厚いメガネという容貌から、彼は〝博士〟なるニックネームを授けられた。おどおどと腰の引けた態度を取っていたことと、立川市内の地理に明るく、運転免許証を持っていたため、運転手に抜擢《ばってき》されたのだという。

連中からあらかた情報を聞き出すと、『ＮＡＳ』の関連会社の社員たちに引き渡した。提携先の建設会社に貴重な労働力として売り飛ばされるらしい。どこかの山奥でトンネル推進工として働かされる運命にあった。

スマホが振動する音がした。美桜のカバンのなかからで、捕えた連中から奪い取ったスマホが入っている。位置情報サービスはすべて切っているが、電源は入れたままだったので、頻繁に電話やメッセージが届いていた。

野宮がカバンに目をやった。それから美桜を直視する。不問に付すと宣言したわりに、その視線はやけに冷たい。

「任務続行よ。むしろ、これからと言ってもいい」

「わかってる」

美桜はうなずいてみせた。仁科のもとに駆けつける必要がある。

「先生……いや、仁科をどうするの？」

「そこはあなたの腕次第ね。生かすも殺すも」

野宮は微笑んだ。やはりこの女は甘くない。

仁科と美桜の関係をすばやく見抜いたうえで、新たな任務を課してきた。仁科を通じて強盗団を根絶やしにしろと。

3

美桜は薄い合板のドアをノックした。

「先生、あたしだよ」

事前にメッセージでやり取りしていたにもかかわらず、仁科の動きはきわめて慎重だった。室内でゴソゴソと物音こそするが、なかなか出てこようとしない。

どやしつけたくなるのを我慢し、美桜は通路の前でじっと待ちながらあたりを見渡す。

仁科の自宅は東京都国立市谷保《くにたちしやほ》の住宅街にあった。横山邸がある立川市の隣市にあるため、仁科がこのあたりの土地に明るいというのも本当なのだろう。

同じ西東京の住宅街とはいえ、横山邸のような高級感はなく、周囲は田畑と雑木林と工場に囲まれていた。故郷の岡山と変わらぬ自然豊かな土地だ。

かといって閑静なエリアでもなく、軽自動車がやっと通れるほどの狭い路地には安アパートが軒を連ねていた。自転車や原付にまたがって通学する学生が走り過ぎ、東南アジア系の住民たちが工場へと出勤していく。

仁科のアパートは入り組んだ路地の奥にあるため、怪しい人物の有無を確かめるのは、そう難しくはなかった。美桜はそのアパートの周辺をひと回りしてから、彼の部屋のドアを叩いたのだ。

「それにしても」

小声で呟いた。安アパートに囲まれたなかでも、仁科の住処の古さは際立っていた。

地方の寂れたラブホテルみたいなピンク色の木造建築で、三角形の屋根が特徴的だ。清里《きよさと》あたりにあったファンシー趣味のボロいペンションみたいにも見える。家庭教師時代から生活は楽そうではなかったが……。

ノックしてしばらく経ってから、仁科がドアチェーンをかけたままそっと開けた。

彼の顔はひどかった。顔色は死人みたいに真っ白で、疲労とストレスで目が落ちくぼんでいる。ドアノブを握る手は震えていた。

メガネは昨晩から一度も拭いていないのか、レンズは指紋で汚れており、黒縁のフレームには泥が付着していた。衣服も作業服のままだ。きつい汗の臭いがする。

さらに気になったのは彼の体重だ。家庭教師時代から十キロ以上は落ちているだろう。岡山にいたころの彼は、中華料理店で掛け持ちのバイトをし、脂っこいまかないメシや、空腹を満たすためにラーメンライスを好んで食べていた。カロリー高めの食事を好み、ふっくらとした体形だった。今は不健康な痩せ方をしている。

仁科はドアの隙間から外をうかがう。

「あ、怪しいやつはいないかい？」

「いないよ。入っていい？」

「ご、ごめんごめん」

仁科は初めて気づいたようで、ドアチェーンを慌てて外した。

「邪魔するよ」

室内に入ってドアをすばやく閉めた。ドアチェーンをかける。

築三十年以上経っているように見えるが、思ったよりも室内は古びてはいない。何度かリフォームをしたせいか、壁紙にシミや汚れはなく、フローリングの床も傷みはなさそうだ。エアコンまでついている。

ただし息苦しさを覚えるほど狭い。部屋はワンルームで七畳分しかなく、分厚い学術書が所狭しと並び、書籍が玄関まで山積みになっている。

ユニットバスのドアを開けると、洗面台の下にまで本が積まれてあった。本が濡れないようにファスナー付きプラスチックバッグに入れてある。床が抜け落ちるのではと危惧するほどの数だ。年季の入った古本屋と似た臭いがする。

テレビや観葉植物、洒落た家具といったものは一切なく、部屋の真ん中に二畳分のスペースがあり、そこに小さなちゃぶ台と古めのノートパソコンが置かれている。

布団が見当たらないと思ったら、部屋の隅に折り畳まれた寝袋があった。日々どんな生活を送っていたのかを、部屋が雄弁に語ってくれていた。

「むさ苦しいところでごめん。ちょっと待ってて。お茶を淹《い》れるよ」

「いらない。茶なんかすすってる場合じゃないだろ」

美桜は彼の襟首を摑んだ。

「あ、ああ。そうだった。そうだよね」

美桜たちはちゃぶ台を挟んで床に座った。

仁科は目を合わせようとせず、気まずそうに視線をさまよわせていた。まるで刑事と容疑者みたいな関係だ。美桜としても訊きたいことは山ほどあった。あまりにありすぎて、どこから尋ねればいいのかわからなくなるくらいだ。

「上京してたんだね。お祖母《ばあ》ちゃんは？」

真っ先に昨夜の強盗について尋ねたかったが、急がば回れというやつで、仁科が答えやすそうな質問を選ぶ。

彼はうつむきながら答えた。

「亡くなったよ。二年前に」

「そうだったんだ」

仁科はポツリポツリと語り出した。

祖母の介護から解放され、地元の大学を卒業すると、憧れの教授がいる国立市内にある大学の大学院へと進んだ。家賃三万円のアパートに住み、バイトをしながら研究に励んでいたという。

美桜は近くの本を手に取ってパラパラとめくった。精神分析理論に関する学術書で、定価は一万四千円もした。

「院生ともなると、なにかと物入りみたいだね。バカな真似をやらかしたのは、やっぱりカネのため？」

本題を切り出すと、仁科は唇を固く結ぶ。美桜は手を振って促す。

「あいにくダンマリしている暇はないよ。昨夜の強盗団なら、先生以外を全員引っ捕らえて、あらかた口を割らせたから」

「警察に引き渡したのかい？」

「そんなことしないよ。業者に売り飛ばした」

「ぎょ、業者？」

「詳しくは言えないけどね。危うく先生もそうなるところだった」

「売り渡したって……朝になってもニュースにならないわけだ。美桜ちゃん、君は一体——」

「今は先生のほうだよ。なんだって、あんなバカな真似したのさ」

美桜は仁科の胸ぐらを摑んだ。

「は、話すよ。話すから。その前に水を一杯飲ませてくれ」

美桜は仁科から手を放した。仁科はキッチンへと立って、コップに水道水を満たす。

小さなシンクにレジ袋があり、彼はなかから薬のカプセルや錠剤が入ったアルミシートを取り出した。薬を取り出して口に含み、コップの水で飲み下した。美桜が訊いた。

「なんの薬？」

仁科は恥ずかしそうに頭を掻いた。

「抗うつ剤と精神安定剤だよ」

「いろいろあったみたいだね」

「今は学校を休んでるんだ」

美桜は相槌を打ってみせた。驚きの告白ではあったが。

この男は生まれながらの学究の徒だ。彼が学校を休むというのは、働き蜂が巣作りを放棄したり、サケが故郷の川に戻らないのと同じで、要するにかなりあり得ない事態だ。

「もしかして、アカハラってやつ？　教授や先輩から相当かわいがられたとか」

「そんなところかな」

仁科はちゃぶ台の前に再び座ると、上京してからの日々をかいつまんで話した。

祖母の介護もあってずっと地方に留まっていたが、ようやく東京の著名な教授のもとで研究に励める。昨年春、仁科は胸をときめかせて上京した。社会心理学の泰斗のもとで論文を読みあさり、それらをまとめたレジュメを提出し、ゼミで研究を発表するなど、忙しいながらも充実した毎日を送っていたようだ。

ディスカッション型の授業では、博士課程の先輩から鋭いツッコミを入れられ、指導教員の教授からもたびたび甘さを指摘されてはいたが、研究の虫である仁科は、修士課程の一年目にして、先輩や教授とも対等に議論ができるようになった。教授からも目をかけられたとき、嫉妬の嵐に見舞われたという。

出る杭《くい》は打たれるもので、地方から来たぺーぺーの院生が早々に教授からも愛されたのが、先輩たちにとっては面白くなかったらしく、彼らは持ち回りで担当していた教授の雑用を仁科に押しつけだした。

学問の才に関しては向かうところ敵なしの仁科だが、財力という点ではどの院生よりも劣っていた。また、きっぱりと断れるほどツラの皮も厚くなかった。

バイトに加えて雑用までこなし、睡眠時間を削りながら研究に打ちこんでいた。しかし、予習や調べ物の時間が取れず、授業にも徐々についていけなくなった。ディスカッションでは発言すらまともにできず、憧れの教授には研究を疎かにしていると呆れられたという。

どんなに就寝時間が遅くなっても朝七時には起床し、研究室や図書館に行って予習を済ませるのが仁科の日常だった。ところが二ヶ月前のある日、寝袋のジッパーを下ろすことすらままならず、脂汗をたらしながら天井を三時間も睨み続けていた。なんとか近所の心療内科のクリニックに飛び込むと、うつ病と診断されて休学を勧められた。

「休みを取ったら多少楽にはなった。でも、休学してしまうと奨学金がもらえなくなるんだ。バイトも休みがちになって、貯金を切り崩して生きてきたけれど、それも底をついてしまった。貧すれば鈍するというやつさ」

仁科の目から涙があふれた。顔を紅潮させながら歯を食いしばっている。家庭教師時代には見られなかった無念そうな顔だ。

大学院では美桜が思う以上に苦しんだのだろう。奨学金という名の借金がかさんでいくなか、一円にもならない雑用を割り当てられ、バイトもしなければならない。思うように研究に打ち込めなかったのは耐えがたかったに違いない。

美桜はキッチンの食料棚に目をやった。袋ラーメンや業務用のパスタが大量に積まれてある。ひたすら多忙な毎日を過ごしているなか、栄養が偏った貧しい食事と慢性的な睡眠不足が加わり、人間関係のストレスまで加われば、心が悲鳴をあげるのは時間の問題といえた。よほど切羽詰まっていたのだろう。そもそも犯罪者の一員になるほど愚かな男ではなかった。

美桜は室内を見回した。

「先生の置かれた境遇はよくわかったよ。ところでスマホはどこ？　フジヤマから電話かかってきたでしょう」

「怖くて……電源は切ってた」

仁科は寝袋の下からスマホを取り出した。アパートと同様に年季が入っており、液晶画面にはヒビが入っていた。

美桜はうなった。

「まずいね。ニュースになってないから、フジヤマって野郎が勘違いして、先生たちがカネを持ち逃げしたと思いこんでるかも。脅し文句のとおりに、ヤクザ者を引き連れてカチこんで来る可能性だって高いよ。だいたいあのヴァンはどこに置いてきたの？」

「それは――」

仁科は堰《せき》を切ったように昨夜の行動についても話し出した。

横山邸からほうほうの体《てい》で逃げだし、大型ヴァンは国分寺市のロードサイドにある潰れたラーメン店の前で乗り捨てたのだという。もともとフジヤマとの約束で、横山邸からカネを奪った後はそこで待機する予定だったらしい。仁科は律儀にそこまで車を運び、自宅まで徒歩で帰ってきたという。

おそらくフジヤマは、そのラーメン店の傍《そば》で見張っていたはずだ。大型ヴァンを追い回したり、ひそかに尾行している車両がないかを見極めてから、大型ヴァンに近づいたのだろう。

　実行犯が横山邸からカネを強奪したかと思えば、車内には誰もおらず、なかはスッカラカンだった。実行犯たちにいくら電話やメッセージを送ってもウンともスンとも反応がない。警察に捕まったという情報もない。フジヤマは困惑したことだろう。

　仁科の自宅はフジヤマに知られている。だが、この時間になっても襲いかかってこないところを見ると、今はひたすら情報収集に勤しんでいるのかもしれない。単にカネを持ってトンズラしたとすれば、わざわざラーメン店に大型ヴァンを運ぶ意味などないからだ。

　美桜は彼のスマホを手に取った。電源を入れる。仁科がうろたえて手を伸ばしてくる。

「ちょ、ちょっと美桜ちゃん」

「先生、腹くくんなよ。あんたを狙ってるのは強盗団だけじゃない。横山って爺さんは死ぬほどカネを持ってて、襲ってきた連中全員にきついお仕置きをしたがってる。警察に駆け込んでクサいメシを何年も食うか、フジヤマに捕まってあらぬ疑いをかけられて拷問されるか、他の連中と同じく強制労働の道を行くか。どっちにしろ、ここにある蔵書はきれいさっぱり売り払われて、アカデミズムの世界には二度と戻れなくなる」

「君は……一体」

「助かる方法はひとつだけ。あたしを信頼して、強盗団をぶっ潰すこと」

電源を入れたばかりのスマホが震えだした。さっそく電話がかかってくる。

液晶画面にはフジヤマの名前が表示されている。電源を切っている間もしつこく電話をかけてきたようで、着信を知らせるメッセージは二十件を超えていた。

美桜はスマホを仁科に押しつけた。

「出なよ」

「え?」

仁科は身体をのけぞらせた。

「もう一度言うけど、助かる道はひとつだけ。先生ならフジヤマたちがなにを求めていて、どう動きたがっているのかを読み取れるはず。そのために今日まで研究し続けたんでしょ。そいつを活かすときが来たんだよ」

「確かに……そうだね」

仁科は強ばった表情でスマホを睨んだ。

ティッシュで洟《はな》を拭き取り、意を決したかのように手に取った。スピーカーフォンに切り替えてから電話に出る。

〈お、出やがった。おい! コラァ、このガリ勉野郎、なんで電話に出ねえ。ナメた真似しやがって、てめえ終わったぜ。今から兵隊連れていくから首洗って待ってろ。故郷《クニ》

の岡山だろうがどこだろうが、必ず見つけ出してやるからな〉

　フジヤマと思しき人物がここぞとばかりにカマしてきた。

　凶暴な強盗団の仕切り役だけあって、迫力のある胴間声が部屋中に響き渡った。ヤクザ者特有の話法で、ひたすらでかい声で罵詈雑言《ばりぞうごん》を浴びせ、人の心をへし折ろうとする。

　美桜は仁科に目配せをした。相手に呑まれるなと。だが、その心配はなさそうだった。仁科の目はまだ涙で濡れてはいたが、表情をすでに引き締めていた。

「ナメた真似をしたのは、君のほうだろう」

〈ああ？〉

「君の説明では、あの横山邸にはひとり暮らしの老人しかいないということだった。とんでもない間違いだったぞ。あの老人は強盗団が来ると予期して、傭兵《ようへい》みたいな連中を揃えていた。カネを奪うどころじゃない。裏庭に落とし穴だのトラバサミだの、罠をあちこち仕掛けて待ち構えていたんだ」

〈傭兵だ？　テキトウなことほざいてんじゃねえ。てめえら、示し合わせてカネ持って逃げたんだろうが〉

「それだったら、あのヴァンごと盗んでいるはずだ。マゴマゴしていたら、僕まで捕まるところだった。君の下調べが甘かったせいで、僕以外の全員が捕まったんだ」

〈この野郎……デマカセ言うのも大概にしろよ〉

フジヤマの語気がいささか弱くなった。

やはり彼にとっても昨夜は悪夢だったようだ。億のカネをむしり取るはずが、実行犯全員と連絡が取れなくなったのだ。カネを持ち逃げされたわりには、大型ヴァンはきっちり指示どおりの場所に置かれていたので混乱したに違いない。

「だったら見に行けばいいだろう。ピンピンしている横山を拝めるはずだ。捕まったやつはどうなったか知らない。警察が動いていないのを見ると、もう殺されてしまったのかもしれない」

〈クソッ〉

フジヤマはふいに黙り込んだ。まだ状況が摑めていないようだ。

相手の隙につけこむ好機だ。ビジネスにしても、犯罪にしても、情報を持っている人間が有利に立てるのがこの世の理《ことわり》だ。

美桜は自分のスマホを取り出した。メモ帳アプリを開き、文字を入力した——やつらに食い込め。

仁科はすばやくうなずいた。気弱な性格で世間知らずなところはあっても、もともとは優れた頭脳の持ち主だ。フジヤマに呼びかけた。

「切るんじゃない。あんな危ない目に遭ったってのに、一銭も得られなかったんだ。今度こそ大金を得られる仕事をよこしてほしい」

〈ヘタ打ち野郎に仕事なんかやるかよ〉

「ヘタを打ったのは君だ。こっちは億のカネを期待してたんだ。借金だってたんまり残ってる。後には退《ひ》けない。フジヤマさん、あんただって、今度のミスでボスの信用をなくすんじゃないのか？」

フジヤマの声が一段低くなった。威嚇する犬みたいに低くうなる。

〈おいコラ、貧乏博士。てめえ、調子乗ってペラ回してんじゃねえぞ。おれの上には誰もいやしねえ。おれがボスだ〉

「わかった、そういうことにしておいてもいい。ただ、助言しておくよ。もう少し声のボリュームを下げるべきだ。貸し会議室の場で、あんたは席を外して何度か電話をかけていた。そのでかい声のおかげで、こっちにまで会話は聞こえていたよ」

〈……仕事より鉄拳を与えてやりたくなったぜ。おい、コラ。なに急にイキってんだ。昨日は子猫みてえに震え上がってたくせによ〉

美桜は再び文字を打った。私も売り込めと。

仁科は一呼吸してからフジヤマに告げた。

「覚悟を決めたんだ。しくじったままじゃ終われない。頼む、仕事をくれ。信頼に足るバイトなのは、昨夜の働きぶりでわかっただろう。そこらのチンピラだったら、あのヴァンをかっぱらってトンズラしてた。運転手として最低限の仕事はやり遂げたつもりだ」

〈どうだかな〉

「仕返ししたいんだ。横山みたいな強欲な老人が、カネと権力をいつまでも握り続けるせいで、優秀な若い世代の芽が摘まれている。不満を抱えているのは僕だけじゃない」

〈ツレでもいるってのか?〉

「バイト仲間だ。相当ワルいやつで荒事にも慣れてる。ケンカも強い」

フジヤマが沈黙した。

美桜は固唾を呑んで見守った。フジヤマが仁科の意気込みを買わず、怪しいと睨んでもおかしくはない局面だった。

ややあってからフジヤマが口を開いた。

〈また連絡する。今度スマホの電源切ってみろ。仕事どころか、てめえにケジメつけさせるぞ〉

電話が一方的に切られた。

仁科が深々とため息をつく。全身から力が抜けていったようで、軟体動物みたいにグニャグニャになってちゃぶ台に突っ伏す。

「立派な掛け合いだったよ」

美桜が手を叩いた。

「ちなみにフジヤマのうえにボスがいるってのは本当なの？」

仁科は顔を上げた。フジヤマとのやり取りで極度に疲弊したらしく、頭髪が汗でグッショリと濡れている。

「たぶん。あいつはボスみたいな顔をして、僕らにあれこれ命令していたけど、途中で誰かと何度も電話をしていた。僕らのときとは正反対で、やたらと媚《こ》びた声で話してたよ。クアラルンプールがどうとか、女や空港がどうとか」

「へえ、連中の正体が少しだけわかった気がする」

仁科の証言が事実であれば、フジヤマはいわば中間管理職にすぎないようだ。

組織的犯罪集団が海外に拠点を置いている例は珍しくない。司直の手が及びにくい東南アジアあたりに潜み、そこからかけ子が日本の高齢者層を狙った特殊詐欺の電話をひたすらかけていた例がある。

警察組織やメディアの注意喚起が功を奏し、特殊詐欺に対する世間の目もだいぶ厳しくなった。かけ子に一日何百件と電話をかけさせ、警察官や金融職員などに化けて騙そうとするが、成功率は決して高くはない。受け子が手に入れたキャッシュカードを持って銀行に行き、防犯カメラにバッチリ撮影されながらＡＴＭでカネを引き出さなければならないのだ。手間と人数がかかるばかりで、効率的な犯罪とは言えなくなった。

ラクして大きく稼ぐのが悪党の性分だ。いちいち小芝居を打ったり、リスクを背負ってキャッシュカード類を騙し取るくらいなら、いっそ押し入って奪うほうが手っ取り早いと判断したらしい。

フジヤマの上に君臨するボスとやらも、もともとはクアラルンプールを拠点に、特殊詐欺から強盗団へと変質していった犯罪グループの一員なのかもしれない。女や空港なるワードが飛び出したからには、横山邸から奪ったカネをいかに海外へ送金するかといった段取りまで話していたのだろう。とんだ皮算用で終わったわけだが。

美桜はスマホの出前アプリを起動させた。デリバリーが可能なコンビニを探し、鍋焼きうどんや栄養ドリンク、栄養価の高いゼリー飲料や消化のよさそうな食料品と野菜を矢継ぎ早に注文した。あとで高級布団をレンタルする必要もありそうだ。

仁科がおそるおそる訊いてきた。

「あの……美桜ちゃん」

「なに？」

「横山さんも君らもケガひとつしなかったのかい？」

「カスリ傷ひとつ負ってないよ。あの爺さんなんて、むしろ秘蔵のシャンパンまで開けてはしゃいでた」

「よかった……」

仁科は初めて笑みを浮かべた。

それは優しい笑顔だった。家庭教師時代はよく笑う陽気な男だった。彼を逃がしたのは間違いではなかったと思う。この男は犯罪なんかにはとことん向いていない。土壇場まで追いつめられ、魔が差したのだろう。

仁科はスマホに目を落とした。

「フジヤマは接触してくるかな」

「くるね」

美桜は即答した。

フジヤマが首領だろうが、一介の中ボスであろうと関係はない。強盗団という荒っぽい犯罪を選ぶような連中だ。本質はイケイケであって、カタギの老人まで襲うような輩は、手下を締め上げるのにも躊躇《ちゅうちょ》などしない。闇バイトなんかで釣った連中など、ただの駒以下でしかないはずだ。殺害されようが、奴隷市場へ売られようが知ったことではない。悪党の親玉たちが気にするのは己の身とカネのみだ。

「明日までには連絡してくるよ」

仁科は目を丸くした。

「どうして、そう思うんだい？」

「ま、そこは勘ってやつだね」

美桜は微笑んでみせた。

4

化粧室の鏡に映る己の姿に感心した。思わず苦笑する。

「我ながらよくできてる」

鏡に映る彼女はいかにも貧乏臭かった。

リユースショップで買い揃えたグレーのパーカにジーンズというラフな格好だ。衣服は何度も乾燥機にかけたため、パーカは生地が縮んで傷み、ジーンズはヨレヨレにくたびれていた。

背中まである黒髪は、ワックスをつけてクシャクシャにし、寝起きみたいな髪形にさせた。さらに赤いセルロイドのフレームの安いメガネをかけると、安っぽさに磨きがかかった。おそらく肉親や友人でも、美桜とはそう簡単に気づかないだろう。

化粧室から出ると、ゲーム機の電子音と大音量のBGMに包まれた。平日の昼間とあって人の数は少ない。老人や中年女性がメダルゲームをぼんやりとやっており、小さな子供を連れた若い母親がクレーンゲームに興じている。

エレベーターで上階へと向かった。美桜がいるのは町田市《まちだし》の六階建てビルのアミューズメント施設だ。ビル内ではゲームセンターからボウリングやダーツやビリヤード、それにカラオケなどが楽しめる。

カラオケルームがあるフロアで降り、受付の店員に会員証を見せた。会員証の名義は小西玲奈《こにしれな》となっており、横浜の女子大の学生ということになっている。フジヤマにも小西玲奈名義の学生証を前もってコピーして送っている。『ＮＡＳ』が作った精巧なものだ。

フジヤマから指示された部屋に向かった。大人数向けのパーティルームだ。待ち受けているのが非道な犯罪者と犯罪者予備軍だと思うと、場数を踏んできた美桜でも緊張はする。

深呼吸をして気合を入れ直し、パーティルームのドアを開けた。同時に女性アイドルグループの笑い声が聞こえた。大型モニターに目をやると、通信カラオケのＣＭが流れており、メンバーたちが明るく談笑しながら新曲の宣伝に励んでいた。

宴会用の大部屋とあって、パステルカラーの長椅子が並び、壁にはエメラルドグリーンの海と砂浜を描いた風景画が掲げられ、天井にはミラーボールが吊されている。なかなか開放的なインテリアだったが、雰囲気は予想どおり険悪だった。六人の男たちが長椅子に座っており、一斉に鋭い視線が向けられる。

長椅子の真ん中には、ヘビー級サイズの坊主刈りの大男が陣取っていた。指示役のフジヤマだろう。夏でもないのに身体を真っ黒に焼いており、半袖のＴシャツという格好だ——二の腕に彫られた和彫りを見せびらかすためだろう。胸にはワルの間で人気のシルバーネックレスをぶら下げていた。

物騒な彫り物とファッションで身を固めているが、フジヤマはただのハッタリ野郎とも思えなかった。

なんらかの格闘技をみっちりやってきたらしく、ガッシリとした肩幅と分厚い胸板の持ち主だった。二の腕や前腕はゴンドラのワイヤーみたいに引き締まっている。

実行犯に目を光らせる役だけあって、かなりの迫力があり、この場にいる男たちを拳で黙らせられそうな体格をしている。

その隣にはガリガリの仁科がいた。一週間前、強盗に失敗して病人みたいにやつれていたが、美桜が用意したレンタル布団で寝かせ、『NAS』が贔屓《ひいき》にしている闇医者にも診察させると、みるみる体力を回復させた。

とはいえ、元気になったからといって、仁科の性格まで急変したわけではない。フジヤマにあれだけ啖呵を切り、再びメンバー入りを果たしたばかりか、美桜を参加させるのにも成功した。しかし、堂々とふんぞり返るわけでもなく、居心地悪そうに両足をぴったりとつけて座っていた。

残りの男どもはもちろん初めて見る顔ばかりだ。だが、仕草やツラ構えには既視感があった。横山邸でとっ捕まえた輩どもとそっくりだ。美桜と同年代か、彼女よりも若そさせている。フジヤマが高報酬を謳ってかき集めたらしい。どいつもこいつも半端者の臭いをうだ。

髪色の根元がすっかり黒くなって、頭髪が〝プリン〟になっている金髪のホスト風。まだ顔にニキビの跡が残っているのに、よほど暴飲暴食に明け暮れていたのか、メタボな中年みたいな体形の格闘家崩れ風。フジヤマを劣化させたような安っぽい半グレ風がふたりいた。

ホスト風の男が美桜を指さした。

「フジヤマさん、なんすかあの底辺女。まさか、あんなのとつるんで仕事《ゴト》しなきゃなんねえの？」

他のメンバーも嫌悪の表情を浮かべ、同意するようにうなずいた。

美桜はさっそく行動に出た。ジーンズのポケットからフォールディングナイフを抜き、右手で刃を開きながらジャンプした。テーブルのうえに乗っかると、ホスト風の頭髪を摑み、後ろへ引っ張った。がら空きになった喉に刃を突きつける。

「誰が底辺だって？　底辺はてめえだろ？」

刃の先端が皮膚に食い込んだ。うっすらと血がにじむ。ホスト風が盛大に悲鳴をあげる。美桜は繰り返し訊く。

「てめえのほうだろ。おい、どうなんだよ」

男たちが目の色を変えて立ち上がった。

「てめえらは座ってろ！」

フジヤマが割って入った。

美桜の鼓膜がビリビリと震えた。その声の音量はでかく、市場の競り人みたいによく通った。

フジヤマから諭すように語りかけられた。

「落ち着けよ、ねえちゃん。ゴロまきに来たんじゃねえんだろ。あんたは仕事をしに来た、そうじゃねえのか」

ナイフでホスト風の男の首を突いた。

「これだって仕事だよ。役立たずはひとりでも減らしておいたほうが取り分だって増えるしさ。あたしならこいつの三倍以上は役に立てる。いらねえだろ、こんなゴミカス」

「お前の実力はわかった。てめえらも座れといったら座れ！」

フジヤマに怒鳴られ、男たちが渋々腰を下ろした。

美桜を見る目が嫌悪から畏怖《いふ》に変わったところで、ホスト風の男から手を放した。男が首を押さえて長椅子にもたれる。美桜はテーブルのうえにあぐらを掻いた。不意打ちに対応できるようにナイフを握ったままだ。

フジヤマが仁科の肘を突いた。

「おい、博士。とんでもねえ逸材を連れてきやがったな。本当に女子大生なのかよ」

美桜はナイフをフジヤマに向けた。

「おいコラ、身バレするようなこと言うんじゃねえよ。最低限のルールも守れねえのか？」

「ナイフの扱いに慣れた女子大生なんて、この世にいるもんなのかと驚いちまってな。お前、タダ者《もん》じゃねえな」

フジヤマは口を歪めて笑った。ただし、その目には警戒の色がありありと浮かんでいる。

「警察官《ポリ》とでも言いたいのかよ。身分証明書は見せただろ」

「警察官《ポリ》だなんて思っちゃいねえ。お前のガラの悪さは本物だ。だけどよ、ただの苦学生にも見えねえな。こういう仕事やっている以上、こっちも採用するときゃ、刑事《デカ》みてえに疑ってかかる」

「どこにでもいる苦学生だよ。男に媚《こび》を売って稼ぐのが性に合わないってだけで。ガラの悪さは生まれつきさ。ガラの悪い土地で生まれて、DV好きな義理の親父をこいつでブスッとやった。合コンに来たわけじゃねえし、これ以上チンピラどもに自己紹介するつもりもねえ。それでも怪しいと思うんなら帰るよ。後ろから刺されるのはごめんだからね」

美桜はテーブルから降りた。出入口のドアに向かうと、フジヤマに呼び止められる。

「待てよ。雇わねえとは言ってねえ。こっちはお前みたいなのを待ってたんだ。ここにはお前をコケにするやつはもういねえ。そうだろうが！」

フジヤマが再び大声で怒鳴った。

男たちから異論は上がらなかった。ただ叱られた飼い犬みたいに視線をそらすのみだ。

仁科がホッとしたように息を吐く。

フジヤマはハイブランドのブリーフケースを膝に置いた。数十万円はする代物で、カネに飢えた男たちの視線が集中する。

「仕事の話に入る前に、ニックネームをつけておく。血の気が多そうなお前は〝ブラッド〟だ」

フジヤマは美桜以外の男たちにも名前を与えた。

美桜にナイフを突きつけられたホスト風は〝金髪〟。格闘家崩れは柔道をやっていたため〝ヤワラ〟といった具合だ。仁科は変わらず〝博士〟のままだった。

残りのふたりは服装から〝ジャージ〟と〝Vネック〟と雑に名づけられていたが、彼らが文句を垂れることはなかった。一番イキっていたホスト風は、首の血をティッシュで拭き取りながらおとなしくしていた。

フジヤマはタブレットを使いながら本題に入った。仕事をするのは今日の深夜で、狙うのは神奈川県厚木市下荻野《あつぎしもおぎの》にある邸宅だった。暮らしているのは五十代の姉妹ふたりで、家主である姉の名前は佐野奈津子《さのなつこ》といった。

厚木市は都心にもアクセスしやすい町として知られているが、佐野姉妹の家は、駅からかなり離れた山沿いにあった。家は広大な畑とビニールハウスに囲まれ、近くにはゴルフ場と理系大学の広大なキャンパスがある。

フジヤマは姉妹の家の様子を何枚もの写真で示した。敷地面積は百七十坪にもなり、広大な庭と四台は停められそうな砂利敷きの駐車場があった。剪定された生け垣が敷地を取り囲んでいる。

美桜はフジヤマに疑問をぶつけた。

「敷地はやけに広いけど、ゼニがあるようにも見えないね」

「いや、ある」

フジヤマは胸を張って答えた。

「ホントかよ」

美桜は疑わしげに佐野邸の画像を見つめた。敷地こそ広々としているとはいえ、地方の農村でよく見るタイプの日本家屋だった。

二階建ての家は二十畳の居間を中心に、和室を中心とした5ＬＤＫだという。なかなかの邸宅ではあったが、雨樋《あまどい》が壊れているためか、壁は黒いシミで汚れ、縁側の腐食も進んでいた。

金持ちは総じて見栄っ張りだ。値の張る高級車はつねにぴかぴかにしておくものであり、自己顕示欲の象徴である自宅に傷が見つかれば、すぐに修理をさせる。姉妹が所有している二台の車は国産のコンパクトカーと軽自動車で、大金を持っているようには見えない。

「こいつを見ろ」

フジヤマはタブレットを操作した。写真や動画中心のSNSを開くと、液晶画面に台湾の夜市と思しき活気のある風景が映し出された。たくさんの提灯と屋台が並んでいる。人混みのなかで、体格のいい五十代の女性が、ワンピース姿でピースサインをしていた。

「友達限定で羽振りのよさをアピールしてやがる」

「佐野奈津子？」

「この姉妹は、ここ数年ずっとこの調子だ。父親の遺産で豪華に海外旅行三昧ときてる」

フジヤマが別の画像に切り替えた。やはり奈津子とそっくりの中年女性が、雄大な海と白い建物をバックに船のデッキに立っていた。ハイブランドの派手なサングラスをかけ、楽しそうにシャンパングラスを掲げている。風景を見るかぎり、ギリシャの地中海あたりのようだ。

フジヤマの下調べによれば、彼女らの父親は実業家だったという。一代で神奈川県内陸部を中心に、不動産賃貸業で財をなし、二年前に六億ものカネを遺《のこ》してこの世を去った。ところが佐野姉妹は相続のとき三億しか申告せず、父親の遺産を自宅のどこかに隠匿しているとのことだった。

フジヤマは液晶画面を次々に切り替えた。ドバイやシンガポール、オーストラリアとアクティブに旅を謳歌《おうか》する佐野姉妹の姿が映る。

「間の抜けた婆《ばばあ》どもさ。普段はしみったれた生活を送っちゃいるが、そうしてりゃバレねえと思ってやがる。税務署に目つけられて、ガッポリ持ってかれるのも時間の問題だ。だったら、その前におれらがいただいても構やしねえだろう？　そうだろうが？」

フジヤマは液晶画面をメンバーひとりひとりに見せて煽った。

彼の説明がどこまで事実かは不明だ。佐野姉妹が脱税などしておらず、ＳＮＳにアップされている中年女性が本当に彼女たちであるのかもわからない。

ただし、フジヤマはなかなかのアジテーターで、半端者どもの闘争心に火をつけていた。男たちの目の色が変わり、液晶画面の佐野姉妹を憎悪の目で睨みつける。脱税までして遊興にふける婆どもなのだから、遠慮なく財産を奪ってもいいのだと、お墨付きを与えている。〝ヤワラ〟がぶっ殺してやると呟き、その他のメンバーたちも〝やってやろうじゃねえか〟と吠える。

「その意気だ。おれらはいわば義賊だ。悪党からカネむしってなにが悪い！」

フジヤマが煽ると、男たちは同意するように拳を掲げ、テーブルを叩いた。まるでマルチ商法のパーティに足を踏み入れたようだった。横山邸を襲う前も、この男は横山の悪行を並べ立て、メンバーたちを鼓舞したのだろう。

フジヤマはメンバーたちのやる気を引き出すと、具体的な襲撃計画を披露した。地下駐車場に大型ヴァンを用意しており、そこに強盗に必要な道具や衣服をあらかた用意してあると。

一方の佐野姉妹もそれなりに防犯意識が強かった。ガレージと玄関に防犯カメラが設置されてあり、夜になると一階の窓は雨戸を閉め、玄関のドアはバールやドライバーでこじ開けられないようガードプレートがつけられてある。鍵もピッキングには負けない複雑な構造のモノを取りつけているらしい。

「雨戸をぶっ壊せばいいのか？」

ヤワラが尋ねると、フジヤマは首を横に振った。

「時間がかかるうえに、騒音で近所に気づかれちまう。弱点を見抜いてある」

フジヤマは液晶画面を佐野邸に切り替えると、二階の窓のあたりを大きく表示させた。

「ここだ。雨戸を閉めるのは一階だけで、二階のほうはがら空きなんだ。ここから入れ。ハシゴも車には積んである」

「さすがだ」

ヤワラが感嘆の声を漏らした。フジヤマは自信満々といった様子で腕組みをする。

「当然だ。お前らはこの家にちょっくらお邪魔して、婆どもを脅しつけてカネを持って帰る。ボロいバイトだろうがよ。ここまでお膳立てしてもらったうえ、一晩でレクサスをポンと買えるだけの大金をゲットできるんだ。感謝しろよ」

ヤワラを始めとして、男たちが歓声を上げた。

フジヤマは詐欺に手を染めた経験もあるのだろう。ブランド品で身を固めて成功者のイメージを作り出している。口も達者で自信満々だ。大柄な体格とよく通る声がカリスマ性を生んでいる。この男は一週間前に思い切りヘタを打ったのだが、そんな惨事があったことなどおくびにも出さない。

ブリーフィングをひと通り終えると、フジヤマは男たちに地下駐車場の大型ヴァンで待機するよう命じた。男たちが意気揚々とパーティルームから出ていく。美桜と仁科も部屋を後にしようとすると、フジヤマから呼び止められた。

「博士とブラッドはちょっと残れ。別件で話がある」

「いいよ」

美桜と仁科はパーティルームのドアを閉めた。

再び長椅子に腰かけると、フジヤマはもっと近くに寄るように手招きする。美桜たちはフジヤマの隣に座った。

　フジヤマは一転して小声で囁《ささや》いた。

「ブラッド、ありがとよ。先週のことは博士から聞いてんだろう？　さっきは一言も触れずにいてくれたな。おかげで野郎どもをうまく乗せられた」

「言うわけないだろ。『じつは先週大失敗してました』なんて言ったら、あの単細胞たちはすっかりうろたえて、うまくいくもんまでダメになっちまう」

「先週のメンバーは、この博士以外はみんな行方不明だ。それでもやれるか？」

「現金《ゲンナマ》抱えた金持ちの家を襲うんだろ？　それぐらいのリスクはあって当然じゃん。他の男どもの頭がハッピーすぎるだけでさ。かりに警備員が待ち構えていたとしても、あたしひとりぐらいなら逃げ切れる自信はあるし。ひょっとして、まだ疑ってんの？」

　フジヤマは手を振った。

「いや、それはねえ。頼もしく思ってるだけだ。ホントだぜ。今夜の強盗《タタキ》でも、あんたには先頭走って、あのハッピーな連中を率いてほしいと思ってる。もちろん、その分のギャラは別に払う。総額の二パーセントだ。分け前とは別に数百万円のボーナスをくれてやるってことだな」

「へえ、気前がいいんだねえ。そりゃ嬉しいけどさ。クアラルンプールとやらにいるボスに許可を取ったの？」

フジヤマの顔が強ばった。一転して声を荒らげる。

「おい、こいつはおれとお前とのビジネスだ。ボスは関係ねえ！」

鼓膜を震わせるほどの大声がし、ヘビースモーカー特有の口臭が鼻に届いた。

フジヤマが警戒するような目を向けてきた。友好的なムードが台無しになり、仁科がアイスバーみたいに身体を硬直させる。美桜は睨み返した。

「関係あるかもしれねえから訊いてんだよ。こっちは横浜《ハマ》で色々やったし、地元のスジ者《もん》や事件屋と揉めたこともあるんだ。不良の業界は狭いからね。過去にトラブった相手が、あんたのボスってこともあり得るだろ」

「そういうことなら安心しろ。お前の履歴書や身分証明書はボスもしっかり目を通してる。因縁のある相手を採用するはずがねえ」

「トラブった相手だから採用するんじゃん。マフィア映画みたいに仕事《ゴト》を済ませた途端、後ろからズドンとやられるのはごめんだよ」

フジヤマは腕組みをして鼻を鳴らした。

「信用しろとしか言いようがねえな。それも含めての高収入だ。それにここだけの話だが、いくら訊かれたところで、おれにも答えようがねえのさ」

「あんたもボスの正体は知らないわけ？」

「顔も未だに拝んだことはねえ。慎重な男だ。なにしろ声だってボイスチェンジャーで変えてやがる。ヤクザかどうかもわかってねえし、女って可能性もある」

「ふーん。とりあえず、そういうことにしとくよ。カネさえゲットできりゃ、ボスがイヌでもネコでもかまわないし」

美桜は質問を切り上げた。

彼女の最終的なミッションは、フジヤマの背後にいるボスにまで迫ることだ。

フジヤマはさらりと嘘をつける術《すべ》を身につけている。しかし、ボスについては本当に情報を持っていないのだろう。

特殊詐欺グループにしろ、この手の強盗団にしろ、フジヤマのような指示役でさえ、ボスの正体どころかツラも知らないパターンが多い。そのため、警察組織がメンバーをいくら捕まえようと、突き上げ捜査がなかなか捗《はかど》らないのが現状だ。

美桜にしても、かりにフジヤマがボスの素性を把握しているようなら、こんなまだるっこしいやり方は取らない。この男の身柄を引っさらって、脅しと拷問といった手口を選ぶ。

フジヤマのジーンズのポケットから振動音がした。彼はスマホを取り出し、液晶画面に目を落とす。表情がにわかに曇りだした。

美桜はスマホを顎で差した。

「噂をすれば影ってやつ？」

「ああ」

フジヤマは面倒くさそうに長椅子から立ち上がった。美桜に指を突きつける。

「いいか、これだけは肝に銘じておけ。お前は肝っ玉がデカくて、場数も相当踏んでるんだろうよ。だからといって、カネを独り占めしようと考えるなよ。おれらはあっという間に見つけ出す。家族も生まれてきたことを後悔するほど痛めつけて、残りの一生を病院で過ごさせてやる。わかったな」

「もちろん」

美桜は真剣な顔で答えた。

フジヤマがパーティルームから出ていこうとし、ドアノブに手をかけながら仁科を睨む。

「博士、盗み聞きもなしだぞ。この野郎」

「わ、わかってるさ」

仁科は背筋を伸ばしてうなずいた。

フジヤマが部屋から姿を消すと、美桜は小声で呟いた。

「見つけ出すのはこっちのほうだけどね」

5

美桜は窓から部屋に侵入した。そこは二階の六畳程度の和室だ。古い家特有の線香やカビ臭に混じり、ボール紙の臭いがした。物置に使われているようで、段ボール箱をうずたかく積み重ねており、埃《ほこり》をかぶった扇風機やエアロバイクが置かれている。

窓はきっちり施錠されてはいたが、ガスバーナーでガラスを炙《あぶ》ると、熱膨張であっさりと砕けた。

美桜は下にいるメンバーを手招きした。バラクラバで顔を隠した男たちが、ハシゴを伝って美桜に続く。

美桜は猫のように忍び足で移動し、隣室のドアをゆっくりと開けた。そこはこの家の主である佐野奈津子の寝室だ。

家自体はかなりガタがきているものの、奈津子の寝室はなかなか立派だ。部屋の大半を占めるクイーンサイズのベッドは高そうで、十万円以上する英国製の加湿空気清浄機が稼働していた。加湿空気清浄機のＬＥＤランプが、室内をうっすらと照らしている。

パジャマ姿の佐野奈津子が羽毛布団をかぶってぐっすりと眠っていた。ＳＮＳにアップしている画像では、つねに日焼け止めや化粧を厚めに塗っているため、スッピンで寝ている目の前の人物とは別人に見える。しかし、ホクロの位置や耳の形で同一人物だと判別できた。

部屋の隅にはロココ調の豪奢な化粧台が置かれ、暗闇のなかでもハイブランドの化粧品の瓶や容器が林立しているのがわかった。家や車こそ貧乏臭くカモフラージュしていたが、美桜の実家にも負けないギラギラな成金趣味の雰囲気が漂っている。

美桜はヤワラたち三名に一階へ向かうように指示した。彼らは慎重に階段を下りるが、大の男たちが踏板を踏みしめるたびに、ギシギシと音が立つ。

奈津子が低くうなって寝返りを打った。美桜は寝室の出入口近くのスイッチに触れて照明をつける。

奈津子が怪訝な顔をしながら目を覚ました。美桜はベルトホルスターからナイフを抜く。猟師が鹿や猪を捌くのに使うハンティングナイフで、東南アジア製の安物だが、刃渡りだけでも三十センチになる。迫力だけは一流品だ。長大な刃が照明の灯りでギラリと光る。

奈津子の目が恐怖で見開かれた。彼女は息を大きく吸いこみ、叫び声を上げようとする。

その前に美桜はベッドに飛び乗った。奈津子の身体にまたがり、彼女の口を左手で覆った。

「わめけば殺す。メッタ刺しだよ」

ハンティングナイフを逆手に持ち替えた。

奈津子の目が刃に釘付けとなった。美桜は左手に力を入れ、アイアンクローのように

奈津子の頬を鷲摑みにする。

「で？　カネはどこ？」

美桜は左手の力を緩めた。奈津子は涙を流しながら、浅い呼吸を繰り返した。

「お、お、おカネなら……そこに財布が」

奈津子は右手で化粧台のほうを指さした。化粧台の椅子にはルイ・ヴィトンのバッグが置いてある。

「佐野奈津子さん。あんた、いい根性してるね」

「そ、そんなこと言っても、うちにお金なんて――」

「くたばりな」

美桜が殺気を込めてハンティングナイフを振り下ろした。

奈津子の傍を長い刃が通過し、枕に深々と突き刺さった。枕の中身はそば殻で、枕カバーから小さな殻がザラザラとこぼれ落ちる。美桜は再び左手で奈津子の頬を摑んだ。

「警告しとくよ。またとぼけるようなら、あんたの腹を刺して内臓をズルズルと引きず

り出す。親父さんの遺産の在処は、妹から聞き出すことにするよ。自分の欲深さを呪うんだね」

「わ、わかった。わかったから殺さないで」

奈津子の顔が真っ青になり、唇は紫色に変わった。冬山の遭難者みたいに身体を震わせる。

「金蔵に案内しな」

美桜は奈津子の胸ぐらを摑んだ。

彼女の身体を引き起こし、ジャージと名づけられた男に、奈津子の手首をワイヤーで縛らせる。

奈津子はベッドから下りると、その場で床に崩れ落ちた。恐怖で足が震え、歩行すらままならないようだ。

美桜はかつて盗人集団のリーダーをしていた。狙ったのは詐欺師や故買屋、他人を脅して儲けるインチキ占い師などだ。寝込みに刃物を持った集団に襲われれば、名うての悪党たちも大抵は縮み上がる。刃物をチラつかせると、小便を漏らす者もいた。

「こっちの指示に従えば、痛い目に遭うことはないよ」

美桜は奈津子に肩を貸してやった。

その一方でハンティングナイフを彼女の脇腹に突きつけるのを忘れない。奈津子は歯をガチガチ鳴らしながら歩き出した。

奈津子とともに隣室に入った。美桜が最初に侵入した部屋で、ただの物置と化した和室だ。

「そ、そこです」

「はあ？」

奈津子は山積みになった段ボール箱をおそるおそる指さした。美桜の怒気を感じたのか、掌を合わせて拝みだした。

「本当です、本当なんです！」

一階からヤワラたちが階段を上がってきた。

彼らは妹の拘束に成功したらしく、スウェット姿の中年女性を連れていた。服装と髪形が違うだけで、奈津子と顔も体形もそっくりだ。カネの在処を吐いた姉を見て血相を変える。

「姉ちゃん、ダメ！」

妹の慌てぶりを見て、美桜は男たちに目で合図した。段ボール箱の中身を探るよう命じる。

「こんなところに？　嘘だろ？」

男たちはブツクサ言いながら段ボール箱を床に下ろし、ひとつひとつなかを確かめる。

段ボール箱は底がたわんでやたら重そうだった。

中身は父親が経営していた会社の伝票や書類といった類だ。日に焼けて茶色くなったファイルや、ヒモで綴《と》じられた台帳らしき紙束が押しこまれてある。

姉妹の時間稼ぎにつきあわされただけか。そんな不安がよぎった瞬間、金髪があっと声をあげた。

一番下にあったボロい段ボール箱に、札束が無造作に詰めこまれてあった。帯封のついたきれいなものから、しわくちゃになった古い札まで様々だ。共通しているのは、すべて一万円札だという点だ。

男たちの間でどよめきが起こる。ざっと二億はありそうだった。

「よこしな」

Vネックがダッフルバッグを持っていた。美桜はそれをひったくり、カネを詰め始めた。

先週の横山邸といい、今回の佐野姉妹といい、強盗団の嗅覚自体は確かなようだ。カネの匂いを見事に嗅ぎ当てる。実行犯こそチンピラじみた半端者ばかりだが、上に君臨するボスはタダ者ではなさそうだった。

6

美桜たちを乗せた大型ヴァンは、県境を越えて再び東京都町田市へと入った。

佐野姉妹の手足はワイヤーで縛り上げてきたため、すぐに通報されるおそれは低いが、充分に警戒しておく必要があった。運転手の仁科は県道51号線をゆっくりと走り続け、神奈川県警の縄張りから脱出したのだった。

ただし、強盗団の男たちは別だった。仕事をやり遂げた達成感からか、遠足中の小学生みたいにはしゃいでいた。

彼らはすっかりお喋りになっており、カネの使い道について熱心に語り合っていた。目当てのキャバ嬢を落とす、オンラインカジノに全部張る、トイチ金融に返済する——素性の知れぬ悪党同士だというのに、身バレしかねないほど夢や未来について口にした。

バラクラバを外した顔は、汗と興奮で湯気が立ち上りそうなほどだ。車内の暖房を切ったというのに、男たちの熱気でうっとうしいほど暑い。

そんななか、運転手の仁科だけはガチガチに緊張した様子でハンドルを握っていた。肩に力が入りすぎている。

町田市内の緩やかな坂道を上り続けた。山を切り開いて造られた住宅街のなかに目的の建物がある。

ピカピカな一戸建てや真新しいマンションが並ぶなか、その建物は明らかに異質なオーラに包まれていた。田舎のラブホテルみたいなヨーロッパの城を思わせるビルで、四階建ての屋上には鋸壁《きょへき》があしらわれてある。

建てられた当時は、洒落た建築物として注目を浴びたのかもしれないが、今はテナントひとつ入っていない廃墟《はいきょ》と化している。

廃墟の忌まわしそうな雰囲気に圧倒され、男たちはぴたりとお喋りをやめて黙りこくった。フジヤマとカネを平和裏に分け合い、現金を家に持ち帰るまでが仕事なのを思い出したようだ。

仁科は廃墟の前に大型ヴァンを停車させた。一階はガレージになっており、男たちが数人がかりで錆《さ》びたシャッターを持ち上げた。仁科が大型ヴァンをガレージに入れる。

ガレージのなかは広かった。打ちっぱなしのコンクリートの空間になっており、大型ヴァン以外に車はなく、隅にはいくつかのゴミ袋が積まれ、スチールラックやブラウン管の古いテレビといった粗大ゴミが放置されていた。

建物には電気が通っていなかった。天井には蛍光灯が備えつけられてあったが、壁のスイッチをいくら押しても反応がない。大型ヴァンのヘッドライトと車内灯で視界を確保する。

美桜のスマホに電話がかかってきた。フジヤマからだった。スピーカーフォンに切り替えて電話に出る。

〈無事に着いたようだな。上出来だ〉

フジヤマの野太い声がガレージ内に響き渡った。

「あんた、今どこ？」

〈すぐ近くにいる。お前たちが警察《サツ》や厄介な連中を引き連れてねえか、念入りにチェックしてる〉

フジヤマの声に高揚感は感じられなかった。浮かれまくっている男どもと違って慎重な口ぶりだ。

フジヤマが警戒するのは当然だ。彼はまだ横山邸を護衛していた『ＮＡＳ』の存在を摑んではいないようだ。また謎の勢力に蹴散らされるのではないかと、神経を尖らせているのがわかった。

「なるべく早くしてほしいね。こんな辛気くさいところにいると、よくない妄想が膨らんでくるからさ。まんまと大金を持ち帰ったのに、あんたからボコボコにされて、ボロ雑巾のように使い捨てられるんじゃないかってさ」

男たちがざわめき出した。どいつもこいつも不安そうに顔を曇らせる。

フジヤマが低くうなった。

〈おい、ブラッド。そりゃゲスの勘ぐりってやつだ。お前の手際のよさに感心してんだぜ。佐野姉妹みたいなガードの緩い金鉱をまだまだ知ってるし、おれたちは次だっておら前に任せてえと思ってる〉

「〝おれたち〟ってことはボスもご満悦ってことか」

〈もちろんだ。この調子でいきゃ、高級車どころじゃねえ。ドバイあたりで一生優雅に過ごすのも夢じゃねえぞ〉

「持ち上げてくれんのは嬉しいけどさ。明日のでかい夢より、今日の報酬だよ」

〈しょうがねえな。ガツガツしやがって〉

ガレージの隣に位置する正面玄関で物音がした。アルミサッシ製のドアのロックが外れる。

ガタのきたドアに何度か蹴りを見舞いながら、フジヤマが黒のスポーツウェア姿で現れた。肩にバックパックを担いでいる。

実行犯たちがとっさに身構えた。フジヤマが短髪の男を連れていたからだ。フジヤマと同じく身体を小麦色に焼いており、スポーツウェアを着用していた。

短髪の男の腹にはポッチャリとした脂肪がついており、フジヤマみたいな格闘家ではないようだったが、彼の右手には熊のイラストが描かれたスプレー缶があった。人差し指はトリガーにかかっている。

「なんだてめえ。物騒なもん向けやがって」

美桜は腰のハンティングナイフに手をかけた。フジヤマが掌を向けて制止させる。

「よせよせ。てめえらがじっとしてりゃ、こっちもなにもしやしねえ」

「甘いこと言うわりには、やることにいちいち隙がないね」

「そこは我慢しろ。なにしろ、お前らとは初めての仕事だ」

「ほらよ」

美桜は現金入りのダッフルバッグを床に放り投げた。床に積もっていた埃が巻き上がり、視界が茶色く濁る。

フジヤマがダッフルバッグのジッパーを開けた。ぎっしりと入った現金の束を見て顔をほころばせる。

フジヤマはバックパックのなかから小さな機械を取り出した。ポータブルの現金計算機だ。

佐野姉妹から奪ったカネは二億以上はありそうだった。万札が詰まった段ボールを発見した後も、美桜がさらに隠し場所を吐くよう姉妹に迫ると、それぞれの寝室にも一千万ほどの現金を隠し持っていたのだ。クシャクシャの一万円札も軒並みかき集め、ダッフルバッグに全部詰めこんでいた。

フジヤマは銀行員みたいに慣れた手つきで、現金計算機に万札を入れてカウントした。

フジヤマが銭勘定に励んでいる間、実行犯たちは複雑な顔で立ち尽くすしかなかった。

短髪の男が突きつけている熊よけスプレーは、対人用の護身用具の催涙スプレーと違って威力はえげつない。人体に対する安全性など考慮されておらず、催涙成分はより強いうえに、油性でできているために洗い落とすのも難しい。皮膚はびらん状態に爛《ただ》れたり、水ぶくれを起こし、もし目に入ってしまえば視力低下や失明さえしかねない。簡単に入手できるわりには危険な武器でもあった。

張りつめた空気のなか、フジヤマが計算を終えて拍手をした。

「おお。締めて二億二千三十一万円。二億はあると踏んでいたが、そいつを上回るとはな」

フジヤマは現金計算機の次に電卓を取り出した。電卓をすばやく叩く。

「お前らの取り分は四〇パーセント。約八千八百万円だ。それを六人で割ると、おひとり一千四百六十六万円ってことになる。さっそく受け渡しの儀式に入ろうじゃねえか」

フジヤマはダッフルバッグから帯封のついた札束を無造作に摑みだした。近くにいたVネックを手招きし、レンガのように分厚く積み上がった札束を渡す。

さらに指に唾をつけて一万円札を数え、札束のうえに輪ゴムでまとめた六十六万円を乗せた。Vネックが歓声をあげる。

「す、すげえ」

「そいつをカバンにしまって、家までおとなしく持ち帰れば、お前の仕事は終わりだ。な？　簡単なもんだろうが」

フジヤマはVネックの肩をポンと叩いた。

Vネックは何度もうなずいた。さっきまで恐怖で全身を強ばらせていたが、札束という魔力にすっかり魅せられ、緩みきった笑顔を見せる。

「バカらしくてふつうのバイトなんかしてらんねえ。おれはあんたについていくぜ」

札束に魅せられたのはVネックだけではないようだった。

実行犯の男たちがフジヤマの前に並びだした。熊よけスプレーを向けられているにもかかわらず、エサをお行儀よく待つ飼い犬みたいに、目をキラキラさせて整列する。

「そう焦んなよ。おれは逃げ出したりはしねえ」

フジヤマは実行犯たちに分け前を渡した。美桜と仁科もレンガのような札束を受け取る。

報酬の受け渡しを終えたころには、実行犯の男たちは軒並みフジヤマに敬意の目を向けていた。Vネックだけではなく、他の男たちも次の仕事への意欲を示した。

佐野姉妹のようにガードが緩く、現金の管理すら甘い標的などそうそういないだろう。しかし、博奕におけるビギナーズラックみたいなもので、これほど強烈な成功体験を味わってしまえば、後戻りなどできなくなるものだ。

美桜と仁科を除いて、実行犯たちはやる気に満ちていた。フジヤマも熱血コーチのように彼らをねぎらい、次の仕事を約束してみせる。

「ここから最寄り駅まで送ってってやる。始発まであと一時間以上はあるが、居酒屋かネットカフェで適当に時間を潰せ。だが、間違ってもコンカフェだのに飛び込んで、シャンペン開けようなんて思うな。そんな間抜けに仕事はやらねえ。わかったか」

「はい！」「もちろんだ！」

実行犯たちは元気のいい返事をした。一刻も早く浪費したいと顔に書いてあったが。

フジヤマは美桜と仁科に残るよう命じた。短髪の男がシャッターを開け、大型ヴァンのハンドルを握る。実行犯の男たちは大型ヴァンに乗り、窓からフジヤマに手を振りながら姿を消す。

汚いガレージ内にはフジヤマと美桜、仁科の三人だけになった。フジヤマがため息をつきながらシャッターを再び下ろす。

「ブタもおだてりゃ木に登るってやつだな」

フジヤマはダッフルバッグに手を突っこんだ。札束をぞんざいにつかみ出す。

「総額の二パーセントの四百四十万円。特別ボーナスだ」

美桜は再び札束を受け取り、キャリーケースに詰めこんだ。

「本当にくれるんだね。信じてなかった」

「おれはヤクザじゃねえ。変にゴネたりはしねえよ。このカネは次の仕事の手付金みてえなもんだ。あんたは今後もリーダーとして、あのエテ公たちを引っ張ってってくれ」

「いいよ」

仁科がヘナヘナと床に膝をついた。

「僕は今回限りで抜ける。もうたくさんだ」

「ああ、いいぜ。これで心置きなく学問に励めるな。ただし――」

フジヤマは仁科の頭髪を摑んで顔を近づけた。

「その報酬には口止め料も含まれてる。お前は臭《くせ》え。善人気取りの嫌な臭いがする。車を転がしただけのお前にも惜しみなくカネをくれてやるのは、良心の呵責《かしゃく》ってやつに耐えかねて警察《サツ》に駆け込むか、誰かにペラペラ喋るかしそうだからだ。かりにそんな気分になったときは、岡山の母ちゃんの顔を思い出して沈黙するか、ひとりでひっそり首でもくくれ。わかったな」

「そ、そんなことするもんか……僕だって腹をくくってる」

仁科はフジヤマの目を見つめて答えた。

まるで格闘技興行の試合前のフェイスオフみたいに睨み合う。仁科は視線をそらさなかったが、身体を小刻みに震わせていた。

美桜は助け船を出した。仁科の耳を引っ張ってからフジヤマに言った。

「あたしからもきつく言っとくよ。これからいくつもの金蔵叩こうってのに、ペラ回されちゃかなわないからね」

フジヤマは仁科の頭髪からなかなか手を放そうとしない。大きな拳を仁科に散々見せつけてから、興味を失ったかのように背を向けた。

「いいだろう、今夜はこんなところか。ご苦労さん」

フジヤマは現金計算機をバックパックにしまい、約一億二千七百万円が入ったダッフルバッグを担ぎ上げる。

美桜たちはガレージの外へと出た。腕時計に目を落とすと、午前五時を回っている。すでに電車が動いているらしく、ガタゴトと線路を走る音が耳に届いた。それでも空はまだ真っ暗で、冬の到来を告げるような乾燥した寒風が吹きつけてくる。燗酒《かんざけ》が欲しくなるような寒さだ。

ガレージの前にはゴツいＳＵＶが停まっていた。ベンツのＧＬＳで、いかにもフジヤマが好みそうな車だ。彼は愛車のバックドアを叩いた。

「駅まで送っていこう。こんな時間に荷物抱えた若者《わかもん》が住宅街を歩いてたら、職務質問《しよくしつ》に遭うかもしれねえ」

「助かるよ」

フジヤマは荷室に現金入りのダッフルバッグを置き、運転席のハンドルを握る。美桜は助手席に座り、後部座席に仁科が乗った。

ドイツの高級車は乗り心地がよく、滑るように走り出した。小田急線の玉川学園前駅に向かって坂道を下っていく。

美桜は住宅街に目をやりながら切り出した。

「先週の件だけどさ。実行犯はこの仁科以外、みんな捕まったらしいじゃん。捕まえたのはどこのやつら？」

「そこがまだハッキリしてねえ。これが目下、悩みのタネってやつだ。警察《サツ》に引き渡してねえところを見ると、関わってるのはまっとうな警備会社じゃねえ。ヤクザかどうかは知らねえが、おれらと同じ悪党だろう」

美桜は表情を曇らせてみせた。

「まずいね。相手が悪党だっていうなら、連中は間違いなくあたしらの懐を狙う」

「そういうことだ。今回だってヒヤヒヤしたぜ。相手の正体がわからねえうちに動くのはヤベえとは言ったんだがな。ボスは現場の声に耳を傾けやしねえ」

フジヤマの頬は紅潮していた。こめかみの血管が浮かんでいる。怒りを押し殺しているようだった。経営者に不満を持つ中間管理職を思わせた。

フジヤマは深呼吸をした。

「ボスは強欲だ。ドン引きするほど意地汚《いじきたね》えが、それでも持ってる人脈は相当広い。裏社会じゃかなり顔が利くようだ」

「ヤクザ？」

「ここだけの話、現役かどうかはわからねえが、けっこう年季の入った極道だろうな。脛に傷のあるグレーな金持ちを次々に見つけ出してきやがる。引退した親分の金庫を叩いたこともあった」

「なるほどね」

「例の悪党の正体もまもなく割り出すだろうよ。そうしてもらわねえと困る。警察《サツ》より目障りだ」

フジヤマの推理が当たっているとは限らない。ただし、美桜も似たようなボス像を思い浮かべてはいた。よほどの情報網を築いた人間でなければ、横山や佐野姉妹といった金持ちを次から次へと見つけられはしないだろう。

玉川学園前駅の小さな駅舎が見えてきた。すでに電車が動き出す時間になったため、会社勤め風の男女が駅構内へと入っていく。

フジヤマが駅舎の前の道路脇にベンツGLSを停めた。美桜と固い握手を交わす。

「期待してるぜ、ブラッド。連絡する」

美桜と仁科は高級SUVから降りた。フジヤマは車を走らせ、美桜は手を振って見送った。車はみるみる遠ざかっていく。

仁科が当惑した様子で美桜に訊いた。

「い、いいのかい？　あいつ行っちゃったよ」

「行っちゃったね。先生、今日はくたびれたでしょ。あたしも疲れた。早くうちに帰って寝たい」

美桜が大きなあくびをした。仁科はガードレールによろめく。

「そんな。それじゃ、ただ僕らは強盗を――」

美桜は慌てて彼の口を塞ぎながらあたりを見渡した。

「バカ。こんなところでなに言い出すんだよ。冗談に決まってるだろ。本番はここから」

一台のセダンがやって来た。美桜たちの傍で停まる。運転しているのは有道了慈で、『NAS』の腕力部門を担う元自衛官だ。

彼はかったるそうに美桜を手招きした。仁科が目を見開いた。

「あの人は？」

「あたしの同僚。あいつと一緒に今からフジヤマを追いかける」

美桜は仁科の背中を押して駅舎へと促した。

「とりあえず先生は家に帰ってな。ここからはブラッドじゃなく、朝比奈美桜としての仕事に移らせてもらう。次に会うときは、もう強盗団は頭ごとぶっ潰れてるよ。じゃあね」

「ちょ、ちょっと待って。このおカネはどうすれば」

「貰《もら》っといたら？　生活苦しいことに変わりないんでしょ？」

「まさか。とても使えないよ」

仁科は首を横に振った。

フジヤマの警告どおり、良心の呵責に苛《さいな》まれ、警察に駆けこんでしまいそうな、思い詰めた表情をしていた。そんな真面目人間だからこそ、美桜も助ける気になったのだ。

美桜は彼のバックパックを引ったくった。

「だったら、カネはあたしが預かっておくよ。それで気が楽になるんならね」

「すまない。僕は――」

「いいから。電車賃くらいは持ってるよね」

仁科は小さくうなずいた。涙と洟で顔がずぶ濡れだ。美桜はハンカチを手渡してねぎらった。

「ちょっと行ってくる。心配いらないよ。朗報を持ち帰るから」

仁科に別れを告げて、セダンの助手席に乗りこんだ。後部座席に現金入りのキャリーケースとバックパックを放る。

有道はかったるそうだった。普段からやる気に欠ける男ではあったが、沖縄で有毒魚を食べたせいで、頼りなさに拍車がかかっている。数週間も下痢やめまいに襲われたらしく、空気が抜けたタイヤみたいな痩せ方をしていた。

有道が眠そうに目をこする。

「お前にも慈愛の精神ってのがあるんだな。それとも、ああいう頼りなさそうなのがタイプなのか?」

美桜はすかさず右のボディブローを叩きこんだ。有道の脇腹に拳が食い込む。彼はうめき声を漏らしながら身体をくねらせた。

「なにしやがんだ……こっちは病み上がりだぞ」

「病み上がりなら病み上がりらしく、黙って仕事に専念しとけよ、アホ」

美桜はスマホを操作した。

液晶画面に地図が表示された。ピンアイコンが地図上の鶴川《つるかわ》街道に現れる。

「ほれ、早く走りな。標的はもう二キロぐらい先行ってるよ」

「痛《いて》えな、ちくしょう。お前があの男といつまでもイチャついてたからだろう。そもそも尾行なんて辛気くせえ仕事は柴あたりにやらせりゃいいのによ」

有道はいつものようにボヤキながら車を走らせた。

玉川大学横の山道を越えて鶴川街道に入る。美桜が再びスマホを操作すると、地図上のピンアイコンは川崎市麻生《あさお》区に移動していた。

スマホに表示されているのは、GPS発信機の位置情報だ。GPS発信機本体は、現金を入れたダッフルバッグの底板の裏に貼りつけている。佐野邸で現金を詰めこむさい、美桜がひそかに仕掛けていたものだ。中国製の最新式で、サイズは切手くらいの大きさだ。まずはフジヤマの正体を割り出す必要がある。

GPS発信機は更新するたびに位置が変わっていた。フジヤマの車は多摩川を越えて東京都府中市《ふちゆうし》に入った。ピンアイコンは中央高速道上に表示される。ベンツGLSは都心に向かっているらしい。

美桜は有道にフジヤマの特徴などを伝えた。なんらかの格闘技を習得しており、おまけにヘビー級の体格だったことを。このまま行けば、フジヤマと衝突するかもしれない。

有道の活躍の場といえば暴力ぐらいしかない。しかし、筋肉も体重もすっかり落ちたうえ、気だるそうにハンドルを握る姿を見ると、どこまで役に立つのかわからない。

「ふーん、そんなに強そうな野郎なのか」

有道はぼんやりと答えるだけだった。

「他人事《ひとごと》みたいに言うけど、いざとなったらあんたが相手してよね。こっちは強盗団に潜入して、強盗《タタキ》までやってクタクタなんだから」

「面倒くせえな。そりゃやるけどよ」

「それともうひとつ。このフジヤマって男、ボスとの関係もかなり危ういようだよ」

「なんでわかる」

美桜は後部座席のキャリーケースに手を伸ばした。

ジッパーを開け、フジヤマからボーナスとして受け取った四百四十万円を取り出す。

「お、お?」

運転中にもかかわらず、有道の目が札束に吸い寄せられる。セダンがセンターラインを越えそうになる。

「ちょっと前、前!」

美桜は彼の太腿を叩いた。有道は慌てた様子でハンドルを握り直した。この男も多額の借金を抱え、野宮にこき使われているため、ひどくカネに飢えている。

「なんだそいつは。強盗《タタキ》の報酬とは違うカネか」

「ボーナスだってさ。総額の二パーセントをくれてやるから、実行犯のリーダーをやれって。ポンと気前よくくれたよ」

「ボーナスだと? フジヤマって野郎、ボスのカネをちょろまかしてるな」

「だよね」

有道は頭のキレる男とは言い難い。だが、悪党の生態を熟知していた。

悪銭身につかずとはよく言ったものだ。やけに羽振りのいい悪党がいるとすれば、それは他人をカモにしたときと相場が決まっている。

ボスは海外在住だという。現場から遠く離れているのをいいことに、フジヤマは奪った金額を過少申告し、懐にカネをしまいこんでいる可能性が高い。彼との会話でボスをひどく嫌っているのもわかった。

有道がほくそ笑んだ。

「フジヤマの気持ちはわからなくもねえ。きつい仕事を押しつけてばかりいる上司には、一杯食わせてやろうと思うのが人情ってもんだ」

「それで？　どうすんの」

「ボスを苦手とする者同士、お友達になってもらうのさ。強制的にでもな。相手は組織のカネに手をつける輩だ。二、三発小突いてやれば、嫌でもこっちにつくだろうよ。フジヤマを利用して、ボスにまでたどり着く」

「簡単に行くかな。フジヤマは今のあんたより、二回りくらい身体でかいよ」

美桜は有道の身体を上から下まで見つめた。

「お前らしくもねえ。ケンカは体重制のスポーツじゃねえんだぞ。万が一、おれが劣勢に立たされるようなら、やっこさんを後ろからブスッとやっちまえ」

「は？　嫌《や》だけど。あたしは自分の仕事をとっくにやり終えてるし」

「終わってねえよ。野宮から聞いてるぞ。そもそも、こんなやり方になったのは、お前が仏心なんか出して、あの貧乏学生のあんちゃんを逃がしたからだろうが。あんなイモ兄ちゃんのどこに惚《ほ》れてんだか──」

美桜はハンティングナイフを抜き出した。有道の頬に刃先を食い込ませた。

「ギャッ！　痛《いつて》え」

「あんたからブスッとやっちまおうか？」

セダンが走行車線と路肩を行ったり来たりした。

有道は涙目になりながらハンドルを握り直す。複数の車からクラクションを鳴らされた。

「お前も時と場所を考えろよ！　危ねえじゃねえか」

「自分に言って聞かせなよ。運転中にアホな口叩くからだろ」

有道は手の甲で頬の血を拭った。

「まったく……ステキな仲間に恵まれて涙が出るぜ」

「こっちのセリフだよ」

美桜はハンティングナイフについた血をタオルで拭った。

セダンは稲城インターから中央道の上り線に入った。長距離トラックを次々に追い越す。

フジヤマは首都高4号線をかなりの速度で駆け抜けたらしく、ピンアイコンは早くも西新宿五丁目の一角を指し示していた。それっきり動かなくなる。アジトに着いたのかもしれない。

美桜たちも速度を上げた。首都高4号線に入って西新宿へと向かう。初台出口で高速道を降り、山手《やまて》通りを北上した。朝日が顔を出し、晩秋とは思えぬ強い陽光が照りつけてくる。徹夜でハードな仕事をこなした後では、ことさら眩《まぶ》しく感じられる。

仁科のことを思った。玉川学園前駅から自宅までは、電車で約一時間といった距離だ。あの本だらけの部屋にたどり着き、強盗に手を染めた己を責めているころではないだろうか。電話のひとつでもかけて、無事に着いたかどうかだけでも確かめたかった。

「このあたりじゃねえか？」

有道がセダンを路肩に停めた。

清水橋《しみずばし》交差点を過ぎたあたりで、高層ビルが林立しているエリアだ。そのなかでも、とりわけ高いマンションがある。一階は駐車場とロビーになっており、十五階以上はありそうな高層住宅だ。駐車場にあるのは高級車ばかりだ。米国製の電気自動車や国産の大型ミニバン、欧州車がずらっと並んでいる。フジヤマのベンツGLSもそこにあった。

「あったよ」

美桜はあたりを見渡した。

監視に適した場所を探すと、近くにガソリンスタンドがあった。有道はそこに車を乗りつけると、店長らしき人物と交渉した。探偵を名乗り、セダンを敷地内に停めさせてくれと頼んだ。

店長は突然の依頼を訝《いぶか》ったが、すかさず彼の胸ポケットに五万円のカネをねじこみ、押しの一手で納得させた。セダンをガソリンスタンドのセルフ洗車場の一角に停める。マンションの正面玄関をしっかり見渡せる好位置だ。

朝の時間帯とあって、住民がせわしく出入《ではい》りしていた。おかげで鍵はカードキーを採用しているとわかった。

住民たちはリーダー端末にかざして正面玄関を行き来しており、外部の者が気軽に入れる仕組みではない。正面玄関やロビーは防犯カメラが睨みを利かせている。佐野邸のように楽々と侵入できる仕組みではなさそうだ。

美桜たちは長丁場を覚悟した。フジヤマとしても大勝負を終えた後だ。今ごろはこのアジトでひと眠りしているころかもしれない。美桜も久々の強盗仕事で緊張していたらしく、今になってどっと疲れが噴き出してきた。車内から双眼鏡で監視をするものの、シートに身体が埋まってしまいそうになる。

「おい、起きろ」

有道に肩を揺すぶられた。

美桜は瞬きを繰り返す。いつの間にか眠りこけていた。反射的に車のデジタル時計に目をやった。時間は八時を指していた。双眼鏡でマンションの正面玄関を凝視した。

フジヤマがいた。現金を入れるのに使ったダッフルバッグを手にしている。彼は人の目を避けるようにバケットハットを目深にかぶり、レイバンのサングラスをかけていた。昨日のオラついたファッションではなく、ネルシャツにジーンズという地味な格好だ。一瞬だけ惑わされたが、大柄な体格と過剰な筋肉のおかげで、すぐにフジヤマだと判断できた。彼は駐車場のベンツGLSに乗りこんだ。

美桜は顎でフジヤマを指し示した。

「ほら、あんなに図体でかいし相当鍛えてる。まともにやり合ったら、あんたのほうがクチャクチャに畳まれるんじゃねえの？」

「お前もくどいね。デカけりゃいいってもんじゃねえのさ、何事もな。車もナイフもチンポコも」

有道はセダンのエンジンをかけた。フジヤマのベンツGLSが山手通りを走ると、距離を充分に空けてから後を追う。

有道が口を歪めて笑った。

「おれたちもブラック企業の悲しい労働者だが、フジヤマの大将もなかなかの働き蜂じゃねえか。夜なべして強盗《タタキ》をやり終えたら、ロクに仮眠も取らずにカネの運び屋か」

「どうかな」

眠気が一気に吹き飛んだ。佐野邸に押し入ったときのような緊張を覚える。

フジヤマの目的は、有道の言うとおりカネを運ぶことと思われた。それをボスのもとに献上するためなのか、より安全なところで保管するためなのかは不明だ。しかし、あの念の入った変装を見ると、ダッフルバッグには依然として大金が入っているようだ。

このままフジヤマを泳がせていれば、組織の全容もおのずと掴めるだろう。ボスまでたどり着けるかもしれない。

美桜はハンティングナイフをホルスターごと外した。グローブボックスを開けると、使い慣れたスウェーデン製のフォールディングナイフがでてきた。それをポケットにしまう。

フジヤマは山手通りをさらに北上した。朝のラッシュに巻き込まれ、東中野をのろのろと通り過ぎる。ベンツGLSは山手通りから早稲田《わせだ》通りへと右折。高田馬場《たかだのばば》から西早稲田へと向かった。

歩道は学生風の若者でごった返しており、車の進み具合はさらに悪くなった。人の注目を浴びそうだったので、美桜と有道もそれぞれベースボールキャップや安物のサングラスをかけ、フジヤマと同じく変装をする。

「目的地のようだぞ」

有道が前方を睨みながら声をあげた。彼の視力はマサイ族並みに優れている。先方を走るフジヤマの車に動きがあったらしい。

「え？」

美桜も双眼鏡で前方を見つめると、数台先を行くベンツGLSの屋根がかろうじて視界に入った。公道から外れて高層マンションの地下駐車場へと消えていく。

美桜は高層マンションを見上げた。フジヤマのアジトと思しきマンションも立派だったが、それ以上に高級感を漂わせている。シティホテルのように地下駐車場まで備わっている。

美桜たちのセダンも、高層マンションの前まで来た。

「こりゃボスの女の住処《ヤサ》じゃねえか？　まあ、入ってみりゃわかることだな」

有道がハンドルを切り、当たり前のように地下駐車場へ入ろうとする。

「ちょ、ちょっと待ちなよ。入ったらフジヤマに気づかれる」

「まったく。柴犬みてえなこと言うじゃねえか。あのな、おれたちは警察《サツ》じゃねえんだぞ。チマチマと証拠集めて外堀埋める必要はねえんだ。野郎の住処《ヤサ》は割れて、高級タワマンにカネを持って来た。それだけわかりゃ充分だろう。あとはこいつで情報を集めりゃいい。違うか？」

有道は拳ダコだらけの握り拳を見せつけた。

青白い顔で宣言されたところで説得力に欠ける。だが、美桜も覚悟を決めた。その点に関しては美桜も同意見だ。アウトローにお役所のような手続きはいらない。腕力があればいいのだ。シートベルトを外し、フォールディングナイフの刃を広げた。

「フジヤマはあんたがなんとかしろよ」

「任せとけ」

有道はアクセルペダルを勢いよく踏んだ。セダンが猛スピードでスロープを下る。

地下駐車場は狭かった。バスケットコート程度のスペースに、セダンやクーペが二段式の機械式駐車場にギッシリと収められている。SUVやミニバンといった車高の高い車が停められる自走式駐車場は五台分しかない。

フジヤマのベンツGLSは、まさにその貴重な駐車スペースにあった。通路側に尻を向けた前向き駐車で、フジヤマと短髪の男が車のバックドアを開けていた。ふたりの男の傍には、ピンクのスウェットにサンダル姿の若い女がいる。

フジヤマにさっそく気づかれた。美桜らのセダンに目を丸くしている。

有道がさらに速度を上げながら、運転席のドアノブに手をかけた。フジヤマたちとの距離がみるみる縮まる。フジヤマたちが身をかわそうとする。

「そらよ」

有道が運転席のドアを開け放った。

激しい衝突音とともにガラスが派手に砕け散った。フジヤマはセダンのドアに叩きつけられ、コンクリートの床をゴロゴロと転がった。運転席のドアも大きくへこむ。

有道は一日中ボヤいてばかりいるグータラ社員だが、暴力の腕前だけは一目置かざるを得ない。

有道が急ブレーキをかけた。タイヤが派手なスキール音をたてる。美桜はダッシュボードに手を置いて急停止に耐え、セダンから飛び出した。タイヤの焦げる臭いを嗅ぎながら、まずは若い女に狙いを定める。

女はこの高層マンションの住民のようだ。カードキーを手にして、自室へと引き返そうとする。出入口の自動ドアまで駆け、リーダー端末にカードキーをかざしていた。

女のツラは整っていた。美桜と同年齢くらいの若さで、ウエストがやたらと細く、そのくせ胸は不自然なほどデカい。化粧はほとんどしていないものの、キラキラとしたストーン付きのネイルをしており、夜の匂いを振りまいている。いかにもボスの情婦といった風情だ。

美桜は女の頭髪を後ろから摑んだ。女がわめき声をあげながら両手を闇雲に振り回し、ネイルで引っ掻いてくる。頰やこめかみに熱い痛みを感じた。

「じっとしてな」

身を屈めて脇腹にアッパーを叩きこんだ。女は苦痛のうめき声を上げながら床にしゃがみこむ。

女の手からカードキーを奪い取ると、ターゲットを短髪の男に切り替えた。男は熊よけスプレーの缶を右手で握り、有道に狙いをつけようと腕を伸ばしている。

しかし、美桜が手を出すまでもなかった。有道が両脚を大きく開き、腰をどっしりと落として、すでに空手の構えを取っていたからだ。

有道は男の右手首めがけて拳を鉄槌《てっつい》のごとく振り下ろした。骨と骨がぶつかり合う音がし、男の右手首が奇妙な形に折れ曲がった。右手から熊よけスプレーが滑り落ちる。

男が悲鳴をあげる前に、有道はケリをつけていた。男の喉に手刀をざっくりと突き刺す。男は喉を押さえてうずくまる。ケンカはスポーツではないと豪語しただけあり、有道は危険な殺人拳を繰り出しては、武器を持った相手を瞬時に破壊した。

「危ない！」

美桜は有道に知らせた。

フジヤマがむっくりと起き上がっていた。割れたセダンの窓ガラスの破片で、彼の額や頰には細かい傷がつき、ネルシャツは土埃で汚れていた。かなりのダメージを負っているにもかかわらず、憤怒の形相で有道に襲いかかる。

フジヤマは左右のフックを有道の顔面に叩きこんだ。格闘家特有の腰の入った美しいフォームだ。有道は二連発でパンチを浴び、身体をぐらつかせる。

「チンピラのくせに、いい拳持ってるじゃねえか」

有道は唾を吐いた。口内を派手に切ったらしく、唾には大量の血が混じっていた。

「ブラッド……やってくれたな。てめえらか、横山の警備をしてた連中ってのは」

「ご名答。悪く思うなよ」

美桜はせせら笑ってみせた。

「とんでもねえ。こっちとしちゃ都合がいいぜ」

フジヤマもニヤリと笑った。血で染まった歯を覗かせる。

美桜はフォールディングナイフを構えた。フジヤマの隙をうかがうが、彼も美桜への警戒を怠ってはいない。

「まとめてミンチにしてやらあ」

フジヤマが有道の顔面にワンツーを放った。有道はパンチを両腕でガードする。

フジヤマは攻勢に出た。深く身を沈み込ませ、有道の両脚にタックルを仕掛ける。

「げ、うま」

美桜は思わず呟いた。

敵に感心している場合ではないが、フジヤマの身体は想像以上に頑丈だ。タックルも素早い。総合格闘技を相当やっていたらしく、打撃から組みつきへの移行が滑らかだった。

「くたばれ」

フジヤマが有道の太腿を抱きかかえた。コンクリ床に背中を叩きつけようとする。痩せた有道を抱え上げるのは、フジヤマにとって難しくはなさそうだ。

そのときだ。有道が気合を発し、岩と岩がぶつかり合ったようなゴツい音がした。フジヤマの両腕がダラリと緩み、コンクリ床にうつ伏せで倒れる。

美桜は息を呑んだ。食中毒で弱ったとはいえ、有道は有道のままだ。タックルに入られた瞬間、彼はフジヤマの後頭部に渾身《こんしん》の肘打ちを見舞っていた。鋭く尖った左肘を急所に落とされ、フジヤマの意識は遠くに飛んでいったようだ。狙いすました一撃だった。

「痛《いって》え！　歯がグラグラしやがる。治すのにどんだけカネかかると思ってんだよ。ちくしょう」

有道が上の奥歯を指でつまんだ。

ここで痛みを屁《へ》とも思わず、カッコいい捨て台詞でも吐けば、もっと同僚たちから尊敬されるだろうに。有道は泣きそうなツラをしながら愚痴をこぼす。

ボヤボヤしている暇はなかった。美桜は我に返って、次の行動に移る。女の首にフォールディングナイフの刃を押し当てた。

「部屋に案内してもらおうか。そこで仲を深めようよ」

「ぼ、暴力は止めて」

「あんた次第だよ。さあ早く動きな」

有道はまだ未練がましく歯の具合を確かめている。美桜は有道にも指示を出した。

「おっさん。いつまでも歯なんかいじってねえで次に移れよ。情けねえ」

「だったら、お前があのデカブツとやりゃよかったんだよ。ほー、痛《いて》え」

有道はぶつくさ言いながら、スマホを取り出して電話をかけた。『ＮＡＳ』の後詰めのチームで、後始末や掃除を得意としている。

地下駐車場はすっかり〝ザ・事件現場〟といった有様だ。床には血だまりができ、ふたりの男が倒れている。おまけにドアが派手に壊れたセダンもある。いくら他人に無関心な大都会とはいえ、これを無視して通り過ぎる者はいないだろう。短髪の男の手足をワイヤーでくくり、ベンツＧＬＳの荷室に放った。

「ほれ、てめえにも来てもらうぞ」

有道はフジヤマの両腕を後ろに回して手錠をかけた。

後頭部を打たれたフジヤマの目は虚ろで、うめき声をあげながらヨロヨロと立ち上がった。肘打ちで記憶が飛んだらしく、状況すら把握できていないようだ。有道に現金入りのダッフルバッグを担がせ、女とフジヤマを連れながら出入口を通った。女の部屋は十二階にあるという。

エレベーターに乗りこむと、美桜は女に尋問した。

「で、あんたは何者？　名前は？」

「ま、松本優花《まつもとゆうか》」

「優花ちゃん、美容に相当力入れてるみたいだけど、誰の女？　こいつ？」

美桜はフジヤマを顎で差し、左手の小指を立ててみせた。

「ち、違うよ」

「じゃあ、ボスのほうだ。クアラルンプールの」

女は答えにくそうに視線をそらすだけだった。否定もしなければ、認めようともしない。美桜はフォールディングナイフを優花の胸に突きつける。

「しっかり答えないと、そのでかいおっぱい切り刻んで、なかのシリコンバッグ引っ張り出すよ」

「シリコンなんか入れてない。これは脂肪注入！」

「どっちでもいいよ。なんだそれ」

美桜が眉をひそめると、優花はため息をついた。開き直ったように、美桜を睨みつける。

「そうだよ、ボスのほう。あんたら警察じゃないでしょ。なんなの。カネが目的？」

「そのへんは部屋でゆっくり話そうよ。ちなみに優花ちゃんは誰かと一緒に暮らしてんの？」

「私ひとりだよ。あっくんが来るのは月に一、二度くらいだし」

「へえ、ボスはあっくんっていうんだね」

美桜はフランクに語りかけながら、優花の顔を注意深く観察した。
彼女が嘘をついているようには見えない。恐怖で顔から血の気が引いており、身体を小刻みに震わせている。美桜は有道に目で尋ねた。彼も小さくうなずいた――嘘ではなさそうだと。

エレベーターが最上階に着いた。内廊下を歩いて部屋へと向かう。壁には額縁入りの絵画が飾られてあり、値の張るシティホテルのようだ。

部屋は一番奥の角部屋に位置していた。玄関ドアは施錠されておらず、鍵を使わなくとも開いた。玄関の三和土に目をやると、靴が複数あった。ヒールやパンプスなど女物ばかりで、男の靴は見当たらない。

美桜は土足で上がりこむと、トイレとバスルームのドアを開けて、なかをチェックした。さすがに最上階の角部屋だけあって、居心地のよさそうな空間だ。バスルームの浴槽はジャグジー付きで、窓からは池袋の超高層ビルを望める。

「誰もいない」

トイレとバスルームを調べ終え、美桜はリビングのドアを開けた。

リビングは二十畳ほどもありそうな広々とした空間だ。巨大な窓が複数設置されてあり、東側からの陽光が燦々《さんさん》と室内を照らしている。キャッチボールができそうなほどの広さだ。中央にはゆったりとした応接セットが置かれてある。

「うっ」

美桜はとっさに身構えた。応接セットのソファに、ひとりの男が腰かけている。

「どうした」

有道がフジヤマと優花を連れてリビングに足を踏み入れた。彼もすぐ戦闘態勢に入る。

「先生」「あっくん」

美桜と優花が同時に声をあげた。

ソファに腰かけているのは仁科だった。美桜は思わず何度も瞬きを繰り返した。

「どういうことだよ。なんで……あんたが」

そこにいるのは、さっきまで強盗の闇バイトをしていた美桜の元家庭教師だ。そして彼のファーストネームが彰文であるのを思い出す。あっくんと呼ばれていると知った時点で怪しむべきだった。

「先生、あんたがボスだったとはね。まんまと嵌められた」

フジヤマが目を見開いた。

「は、博士じゃねえか。お前がボスだと？　そんなバカな」

美桜はフジヤマの頬を張った。

「てめえがカネの中抜きなんかしてるからだろ。ボスが海外にいると思い込んで」

「そんなわけはねえ！　おれはこいつがいる傍で、ボスに電話だってかけてる」

「おおかた優花ちゃんにボスの代わりでもさせてたんだろ。ボイスチェンジャーで声なんていくらでも変えられるし。クアラルンプールなんかじゃなく、ずっと日本にいたんでしょ、あっくん」

「正解」

仁科は芝居がかった仕草で拍手をした。

チキンな苦学生を演じていたときとは対照的で、ソファに悠然と腰をかけながら笑みを浮かべている。まるで別人みたいだ。

仁科は社会心理学の研究者だ。人や集団がどのように行動し、どうすればうまく導けるのかを熟知していた。美桜もフジヤマも巧みに操られていたのだ。

「そんなところに突っ立っていないで、こちらに来て話し合わないか。『NAS』の社員さん」

美桜も彼に拍手をした。心が冷えていくのを感じながら。

「こっちの正体も摑んでるわけだ」

「確信に至ったのはついさっきだけどね。有道さんが君を玉川学園前駅まで迎えに来たときに、車のナンバーを記憶させてもらった。ナンバーをすぐに割り出してくれる友人がいてね。『NAS』の関連会社だと教えてくれた。まさかそんな物騒な会社に、深窓の令嬢であるはずの美桜ちゃんが所属していたなんて。君もとんでもない役者だ」

「そりゃどうも。あんたみたいな大俳優にはもう畏《おそ》れ多くて、おいそれと近づく気にはなれないよ」

美桜はドア近くの壁にもたれた。ふいに目頭が熱くなったが、歯を食い縛って耐えた。裏切られて涙するなんて、あまりにもダサすぎる。

有道がフジヤマを前に押しやって言う。

「大した役者のうえに、野宮顔負けの現場主義者だな。手下の働きぶりを確かめるために、わざわざ下っ端になりすましたのか。あんたもなかなかのスリルジャンキーだな」

仁科は手を振ってみせた。

「スリルなんてありはしないさ。フジヤマの心理と行動を綿密に分析していればわかることさ。僕の臆病な性格と運転免許証を見て、危険な強盗の実行犯ではなく、ドライバーとして採用するだろうとね。そもそも最終的な人事権は僕が握っている。つまり危機が迫るようなら、いつでも逃亡できるポジションを確保していたんだ」

「あたしに横山邸で捕まってみせたのも、わざとだったってわけだ」

「あれが唯一の想定外だった」

仁科は嬉しそうに破顔した。「だって、そうじゃないか。朝比奈王国のお嬢さまが、ヤクザの用心棒みたいに木刀持って追いかけてきたんだからね。僕はすぐにチャンスだと考えを切り替えた。君の僕に対する感情を考慮すれば、うまく使えると思い直したんだ」

「あんたに対する感情ね」

　恥辱と憤怒で顔から火が出そうだった。仁科と同じく余裕の微笑を浮かべてみせたが、ぎこちない笑みになっているだろう。

　離れた距離にいてよかったと思う。向き合って座っていたら、怒りにまかせてメッタ刺しにしていたかもしれない。

　仁科には訊きたいことがまだある。しかし、言葉がうまく出てこない。みっともなく声が震えてしまう。

　彼は恩人だった。だから助けたかった。強盗団を潰せば仁科を救えると本気で信じていた。

　有道が一歩前に出た。美桜に代わって、ずけずけと尋ねた。

「やっぱあれか。素寒貧な人生に愛想尽かして犯罪に走ったクチか。貧乏にバカもインテリもねえからな」

「君と違って、動機はそんな単純明快ではないよ」

　仁科はソファにもたれ、小馬鹿にしたように有道を見上げた。

　美桜は深々と息を吐いた。自分も演技には自信があった。上には上がいるものだと思い知らされる。しかも、こんな近くにいたとは。

有道が肩を回してストレッチをした。

「ああ、そうかい。おれは相棒と違って、てめえにはなんの興味もねえ。チンピラ強盗団の頭目だってことがわかれば充分だ。これ以上の演説は、おれにぶっ飛ばされた後にやってくれ」

「お礼の意味をこめて教えてやったつもりなんだけどね。君らのおかげで、手下の不正もこの目で確かめられた」

仁科はソファのクッションの隙間に手を突っこんだ。

彼が隙間から取り出したのは小型の自動拳銃だった。ワルサーPPKだ。彼はフジヤマに狙いを定める。

「粛清と行こうか。僕が海外にいると思いこんで、人のカネを景気よく使ってくれたな」

フジヤマが憎々しげに仁科を睨みつけた。

「笑わせんな。そんな銀玉鉄砲でなにができる。てめえみてえなもやしっ子に仕えてたかと思うと情けなくなってくるぜ。やってみろってんだよ」

「バカ、実銃だぞ」

有道がフジヤマをたしなめた。

仁科はセーフティレバーを押し上げた。しっかりとアイアンサイトを見つめてトリガーを引く。

轟音《ごうおん》が室内に響きわたり、フジヤマの肩が弾けた。彼は巨体をよろめかせた。ネルシャツに穴が開き、大量の血があふれ出る。リビングの空間が硝煙で白く濁る。

「うわ！」

フジヤマは絶叫した。手錠で両腕を縛められているため、上体を激しく振って痛みを訴える。

美桜と有道はリビングから通路へと退いた。優花とフジヤマを通路へ引っ張り、仁科の射線から逃れさせる。

有道がフジヤマの応急手当てをした。ネルシャツの袖を破り、それを肩にきつく巻きつける。

仁科の笑い声がリビングから聞こえた。

「ちょっとした腕だろう。このワルサーは僕とそっくりだから気に入ってる。掌サイズで子供のおもちゃみたいだけど、弾もたくさん入れれば、人だって簡単に殺せる。射撃だけは熱心に練習したよ。この部屋は眺めだけじゃなく、防音設備も優れていてね。こんな日が来るのを想定してた」

「先生。あんた、なんだってそこまで変わっちまったんだ。まっとうな道から外れるほど、大学院できつい目に遭ったのかよ」

美桜は通路の壁に貼りつき、大声を張り上げて尋ねた。

「違うよ」

仁科がボソリと答えた。

「は？」

「いや、それでいい。バカな先輩たちと無理解な指導教員に研究の邪魔をされ、アカデミズムの世界に愛想を尽かした。そういうことにしておこう」

「なんだそりゃ。こっちは真面目に訊いてんだ！」

美桜は袖で目を擦《こす》った。必死に耐えていたというのに、勝手に涙があふれて止まらない。

美桜が知る仁科は不器用で冴《さ》えなく、その一方で虫も殺せぬ優しさがあった。だからこそ、彼女も火中の栗《くり》を拾いに行った。

彼がどうしてこんな小賢《こざか》しい悪党にまで堕《お》ちたのか。平気で他人の身体に穴を開けられる冷血漢になったのか。怒りよりも疑問のほうが大きくなる。

有道がトイレとバスルームを忍び足で行き来していた。美桜は小声で訊いた。

「あんた、ひょっとして丸腰なの？」

「銃を車に置いてきちまった」

「敵のアジトに乗りこむのに、なんで手ぶらで来るんだよ。信じらんねえ」

「うるせえなあ。ここにあるもんでなんとかなるっての」

　有道の手には、トイレ用洗浄剤のボトルと白い粉が入った小袋があった。トイレとバスルームで見つけたらしい。白い粉は百円ショップで売っている清掃用のクエン酸だ。

　有道はボトルのなかに白い粉を無造作に入れ、すぐにフタをしめてシェイクする。彼は美桜に指示した。

「ちょっと時間稼ぎしてくれ」

「まったく」

　美桜は再びリビングに入った。

　仁科に自動拳銃を向けられたが、美桜はツカツカと歩み寄り、テーブルを挟んでソファに腰かけた。フォールディングナイフの刃をしまう。

「違うって、どういうこと？」

　仁科は小さく首を横に振った。彼も銃口をダラリと下に向ける。

「そんなことはもういい。未来の話をしよう。僕としては『ＮＡＳ』に刃向かうつもりはないんだ。昨日の売上はすべて献上するから、今日のところはここで引いてもらえないか」

「億のカネを差し出すってわけだ。フジヤマもあんたも気前がいいね」

「天下の華岡組とまでバチバチにやり合うんだ。そんな会社と争うのはごめんだよ。おまけに野宮社長は、華岡組組長の隠し子らしいじゃないか」

「それそれ。なかなかの地獄耳だよね。おかげで、ボスの正体はてっきり古株のヤクザだと思ってた」

「情報網を築くのも難しくはなかった。今の極道は貧乏してるからね。安いカネに釣られて、情報をいくらでも回してくれる。親分の愛人の住処から、守銭奴たちの金庫の中身までね。もっと早くにやっておくべきだったと後悔してる」

仁科の微笑に翳《かげり》が差した。悪びれた様子はなく、本気でそう思っているように見える。

美桜は近い距離から彼のツラを凝視した。偽者が整形でもして、仁科になりすましているのではないかと。しかし、いくら見つめても仁科であるのに変わりはなかった。

美桜はスマホを取り出した。

「社長に電話するから、直接話し合ってみるんだね」

スマホを操作して耳にあてた。同時に床を蹴って後ろに回転し、バック転の要領でソファの後ろに回りこむ。

さらに息を大きく吸いこんだ。肺がパンク寸前になるまで空気を溜めこむ。

「美桜ちゃん――」

仁科が声を張り上げた。

美桜はソファに身を潜めながら、リビングの出入口に目をやった。有道がトイレ用洗浄剤のフタを取り、仁科めがけてボトルを投げつけた。

「うっ」

仁科がうめいた。ソファに隠れているため、仁科の姿は見えない。ただし、ボトルが仁科の身体に命中したのがわかった。重い衝突音がする。

「それが返事か！」

仁科がソファから立ち上がった。彼の顔が視界に入る。

ボトルは仁科の顔に当たったらしい。洗浄剤でびしょ濡れだ。彼は自動拳銃を両手で握り、両足をしっかり開いて前傾姿勢になって撃った。出入口のドアに弾丸が当たる。

仁科が射撃を熱心に練習したのは事実のようだ。完璧なアイソセレススタンスをモノにしている。有道はすぐに通路へと引っ込んだが、ほんの一瞬でも遅れていれば、フジヤマと同じく彼の身体にも風穴が開くところだ。

「いいだろう。『NAS』だろうがなんだろうが、降りかかる火の粉は払うまでだ」

仁科が洗浄剤を袖で拭った。自動拳銃を構えながら大股で出入口へと向かう。

だが、仁科の勢いは続かなかった。急に咳きこみだしたかと思うと、苦しげに何度も瞬きをする。それでも必死に拳銃を構え続けるが、咳《せき》は激しさを増すばかりだ。仁科の顔は涙と洟にまみれ、頬や喉が赤くかぶれている。

トイレ用の塩素系洗浄剤に大量のクエン酸が混ぜられ、ボトル内の液体は塩素ガスの発生装置と化した。仁科は第一次世界大戦で使われたのと同じ毒ガスを吸いこんだのだ。塩素ガスは人間の目鼻や口に灼熱感《しやくねつかん》を与え、咳や喘鳴《ぜんめい》、息切れを引き起こす。

仁科の腕が下がった。もはや自動拳銃を構えていられる状態ではなさそうだった。

美桜はハンカチで口と鼻を押さえつつ、息を止めたまま仁科の懐まで潜り込んだ。彼の自動拳銃のスライドを握って奪い取る。抵抗はされない。仁科に力は残されておらず、床にうずくまって嘔吐した。

彼のボディチェックをすると、ポケットから替えの弾倉《マガジン》が出てきた。射撃の腕を磨いたうえに、名銃まで手にしていたら、余裕をかますのも無理はない。だが、『ＮＡＳ』と対決するとはどういうことかを理解しきれていなかった。

美桜は自動拳銃を有道に投げ渡した。彼はもうスマホで電話をかけ、後詰めのチームに闇医者を連れてくるよう指示していた。フジヤマと優花をバスルームに避難させている。

美桜はリビングのすべての窓を開け放って換気をした。キッチンまで駆けて冷蔵庫を開ける。

美桜はここで呼吸をした。換気をしたとはいえ、ツンとした刺激臭をともなう塩素ガスの臭いがする。

冷蔵庫から二リットルのミネラルウォーターのペットボトルを取り出して、苦しむ仁科のもとへと舞い戻る。仁科の呼吸器はヒューヒューと音を立て、唇は低酸素血症で紫色に変わっている。

ミネラルウォーターを仁科の顔や身体にかけて、塩素ガスの発生源である洗浄剤を洗い流した。この毒ガスは水に溶けやすい性質がある。もし吸い込んでしまったときは、急いで大量の水で洗い流す必要がある。

仁科に水を含ませてうがいをさせた。塩素ガスは空気よりも重いため、肩を貸して立ち上がらせる。バルコニーへと連れていき、新鮮な空気を吸わせた。

「間抜けだな……僕は」

仁科はバルコニーのフェンスにもたれて呟いた。毒ガスで喉がやられ、声はひどくしわがれている。

「本当だよ。超ダサかった」

美桜は仁科の尻を叩いた。彼は胸を押さえながら呼吸に専念した。苦しげに何度も咳きこむ。

仁科の姿はとてもみっともなかった。ひどくむかついてもいるが、美桜は彼の背中をさすってやった。

7

「で、あれからどうしたの？」

美桜は野宮に訊いた。応接セットのテーブルに足を投げ出す。

「え？　なにが？」

野宮はプレジデントチェアに腰かけながら、パソコンのキーを叩いて事務作業をしている。

「とぼけんなよ。カネと仁科のことに決まってるだろ？　あんた、もしかしてネコババしたの？」

強盗団のボスの正体を暴き、仁科を捕縛して五日が経った。

仁科は塩素ガスで呼吸困難に陥りそうになったが、美桜たちの応急手当てが功を奏した。闇医者が駆けつけたこともあって、大事には至らなかった。フジヤマのほうが銃弾で肩甲骨を破壊され、後遺症が残りそうだという。

美桜は任務を完遂させ、野宮から特別ボーナスと一週間の特別休暇を与えられた。しかし、その後の情報自体はなにも聞かされておらず、日吉《ひよし》の大学で授業を終えると、汐留にある『ＮＡＳ』のオフィスに押しかけたのだ。

五日が経った今でも、仁科と強盗団の男たちが頭から離れてくれなかった。被害に遭った佐野姉妹も。一方の野宮といえば、もはや過去の一ページでしかないらしい。とぼけているというよりも、本当に忘れているようだった。

柴がムスッとした顔で口を挟んできた。

「人聞きの悪いことを言うな」

「あんたに訊いてねえ」

「しかるべき処置はすべて済ませた。お前が強盗団の一員として、警察に追われることもなければ、佐野姉妹が被害届を出すこともない。強盗団の頭目が捕縛されたと知って、依頼人の横山氏も大いに溜飲《りゆういん》を下げている」

「実りのない情報をありがとう。そんなこと訊いてんじゃねえよ」

「一介の契約社員ごときに、それ以上言うことはない。図に乗るのも大概にして、じっとお嬢さま生活でも送ってろ」

野宮がふいにパソコンの手を止めた。モニターから目を外して美桜を見やる。

「あなた、知る覚悟はできてるの?」

野宮の口調は意外にも真剣だった。美桜はテーブルから足をどけ、居住まいを正す。

「できてるよ」

真顔で答えた。

「よろしい。じゃあ、教えてあげる」

「社長……」

柴が苦々しそうに諫めるが、野宮は意に介する様子はなかった。彼女は自席から立ち上がり、美桜の真向かいの位置に腰かけた。

「まずおカネのことだけど、佐野邸から盗まれた約二億二千万円を全額回収して、佐野さんにお返ししたの」

「実行犯に配られた報酬まで取り返したの？」

「うちにも最低限のコンプライアンスというものはあるもの。強盗団が奪ったおカネまでポッポするほど落ちぶれちゃいない。実行犯全員を引っ捕らえて、佐野さんに返しに行ったら、すごく感謝されたのね。姉妹そろって大泣きしてた。たまにはいいこともするべきね」

美桜は口を歪めた。再びテーブルに足を投げ出したくなる。

野宮がガラにもなく真剣に語り出したので、美桜も就職試験に臨む就活生みたいに背筋をピンと伸ばしていた。しかし、やはりこの女は食えたものではない。

「なにがいいことだよ。佐野姉妹に警備契約を結ばせたんだろ。横山の強欲爺さんと同じく。ついでに相続税対策のコンサル料までいただくってわけだ」

野宮がいつもの表情に変わる。人を食ったような微笑だ。

「人聞きの悪い。先方からぜひお願いしますと言われたんだからしょうがないじゃない」

「はいはい、そっちはいいよ」

美桜は手を振った。カネのことなど二の次三の次で、本当に知りたいのは仁科のことだ。

「で、あいつはどうしたの？」

「あいつ？」

「仁科だよ」

「どうして、そんなに知りたがるの？　あなたを利用した裏切り者よ。それに愉快な話じゃない」

美桜は前のめりになり、嗜虐的《しぎゃくてき》な笑みを作った。

「裏切り者だから知りたいんじゃん。シャンパン開けて祝いたいからね。あいつを魚のエサにでもしてくれた？」

「臓器売買を手がけるヤクザにあげたわ。彼の心臓だの腎臓《じんぞう》だのは、今ごろ他人の身体に移植されてるでしょう」

「やっぱ、そうなんだ。ざまあみろ。今夜はとりわけうまい酒が飲めそう」

美桜は握り拳を作ってみせた。野宮が鼻で笑って掌を掲げた。

「あなたもまああな役者だけど、ドライになりきれないのが欠点ね。それが魅力でもあるんだけど」

「あ？」

「ダメ」

「あたしは心の底から喜んでるっての」

「バレバレよ。ここのところ暇を見つけては、仁科の通っていた大学院に行って探偵まがいの聞き込みまでしてたそうじゃない。寝る間も惜しんで。目の下のクマが隠しきれてない」

美桜は舌打ちした。

野宮の言うとおりだった。毎日のように仁科の同級生やゼミ仲間と会うため、国立市周辺まで足を延ばし、彼がなぜ〝悪堕ち〟したのかを探っていた。

そこでわかったのは、仁科がイジメになど遭っていなかったことだった。修士課程の一年目から注目され、むしろ彼の才能を伸ばそうと、指導教員や先輩たちは目をかけていたらしい。彼はみんなから愛されていたのだ。

仁科がガラリと変わったのは、半年前に起きた先輩の自殺がきっかけだ。同級生たちは口を揃えて答えている。

その先輩は博士号を取得し、仁科の才能をもっとも評価していた。しかし、優秀な人物だったにもかかわらず、非常勤講師の職で細々と食いつなぎ、何年も教員公募に応募したが、四十校以上も落ち続けた。いわゆる貧困ポスドクというやつで、先輩は絶望した末に首を吊ったという。尊敬していた先輩を失い、仁科は大学や研究機関の仕組みそのものに疑問を抱いていた。同級生たちは重い口を開いてくれた。

どんな理由であれ、仁科が非道な悪党になった事実は揺るがない。そればかりか美桜まで欺こうとした。ヤクザに売り払われて、バラバラに解体されたことを喜ぶべきだった。

野宮が美桜の顔を覗きこんできた。

「嘘よ。仁科は解体なんかされてない」

「は？」

「一杯、お願い」

野宮が柴になにかを命じた。柴は一瞬、当惑の顔を見せた。しかし、すぐに立ち上がって社長室を出ていく。

美桜は野宮を睨みつけた。

「おい、どういうことだよ」

「ヤクザに売り飛ばしたのは本当だけど、臓器売買なんかじゃなく、実業家タイプのほう。違法風俗店から飲食店まで幅広くやっててね、仁科のワルな才能を見込んで、企業《フロ》舎弟《ント》にでもして働かせるつもりみたい。今ごろはナイトクラブだか違法カジノだかで、きつい修業をさせられてると思う」

「いい加減にしてくれよ。それも嘘じゃねえだろうな」

「今度は本当。もしかすると飼い主のヤクザに下克上して、うちにリターンマッチを仕掛けてくるかもしれない」

「上等だよ。返り討ちにしてやる」

強気な言葉とは裏腹に、安堵《あんど》のため息を深々とついた。強がったところで、どうせ野宮には見透かされる。

仁科が生きていると知り、美桜は胸をなで下ろした。そんな根性では、裏社会で生き残れない。甘いやつだと己を叱りながらも、彼にはこの世にいてほしかった。

柴がトレイを抱えて社長室に戻ってきた。トレイにはウイスキーグラスがふたつとアイスペール、それにテネシー・ウイスキーのジャックダニエルのボトルがある。

「レア物じゃん」

ジャックのラベルにシナトラと書かれてある。フランク・シナトラ生誕百年を記念して製造された限定品だ。ジャックの最高級品といわれ、それなりの値段もする。

「私からの祝い酒」

「仕方ねえ。もらっとくよ」

柴がグラスに氷を入れた。丁寧にステアして二人前のロックを作る。

美桜は柴からグラスを引ったくった。

「もうひとつ訊きたかった」

「なにを？」

「あんた、最初から見抜いてただろ。仁科が怪しいって」

「ええ」

野宮はあっさりと答えた。

「彼の学生時代の成績表を取り寄せたら、ほとんどがAプラスだった。それほど優秀な男が、どうして闇バイトなんかに手を出すのか。クサいと思ってあなたに任せた。それが真相ね。超能力者じゃないから、はっきりとした確証があったわけじゃないけれど」

「もしかして、勘ってやつ？」

「そんなところ」

「まったく……油断も隙もねえ」

野宮と乾杯をした。

飲み慣れたジャックはうまかった。とくにレアな逸品とあって、バニラの香りがより濃厚で、味も熟成したまろやかさを感じる。普段なら一気に飲み干していただろう。

一口すすってからグラスを見つめる。苦い酒でもあった。まだまだ半人前だと思い知らされながら、ゆっくりとジャックを味わった。

り姿を消している。

この時間帯といえば、客引きに精を出すアジア系マッサージ嬢やポン引きが路上のあちこちで待ち受けているものだが、今夜は人っ子ひとり見かけない。こんな肉食獣のような男が待ち構えているのだ。身の危険を感じて、このあたりでの商売は控えているのだろう。

男は頬や顎に大きな擦り傷をこさえていた。出血で顔の下半分が血まみれだ。短く刈った頭髪は砂にまみれ、ジャージは泥やタバコの吸い殻で汚れている。しかし、男は意に介する様子もなく、すり足で有道に近づいてくる。

「ちょ、ちょっと待て。お前、川末陸久《かわすえりく》だろ。なんだって――」

有道は右の掌を向けた。

名前を呼んで制止を試みるが、相手は聞く耳をまったく持っていない。有道の右手を左腕で払いのけ、顔面めがけて右ストレートを放ってきた。

拳のキレは目を見張るものがある。川末はかなり頭に血が上っているらしく、肩にだいぶ力が入っていた。そうでもなければ、キックボクシング界のホープのパンチなど見極められるはずはない。有道は左手で右ストレートをいなした。パリングといわれるボクシングの技術で、同時に川末の右側から後ろへと回りこむ。

川末は即座に振り返った。その顔は怒りに張りつめている。己を落ち着かせるかのように深呼吸をすると、こめかみや顎といった急所をしっかり守る。

川末の身長はさほど高くはない。普段から節制もしているのだろう。モデルみたいに華奢に見えるが、引き締まった筋肉の鎧をまとっており、現役の格闘家らしい威圧感がある。

有道は舌打ちした。動きが雑なうちに仕留めるべきだったと後悔する。相手は日本トップのキックボクシング団体で、デビューから六連続KO勝利を飾っている期待の星だ。川末は歯を剝いた。声が怒りで震えている。

「てめえ、素人じゃねえな……おれを本気で狩りにきやがったか」

「素人じゃねえのはお前だろうが」

本気で狩ろうとしてるのもお前だ。指摘してやりたかったが、川末が再び攻めに転じてきた。シュッと鋭く息を吐きながら、ワンツーを有道の顔面に放ってくる。もう肩の力みはない。二発のパンチが弾丸のような速さで襲いかかってくる。有道は前腕でパンチをかろうじてブロックした。

「うっ」

有道は腹に力をこめた。川末のワンツーは前菜にすぎない。さらに腰をひねって右のミドルキックを放ってきた。がら空きになった有道の脇腹に、川末の硬い脛が食い込んだ。木製バットで思い切り殴られたような重い衝撃が走り、筋肉や内臓が押しつぶされるのを感じた。身体は真横に吹き飛ばされ、居酒屋のシャッターに肩からぶつかる。

身体が意思に反してくの字に折れた。内臓をもろに打たれたダメージは大きく、抗《あらが》いようのない痛みが腹全体に広がる。有道は歯を食い縛り、無理やり身体を起きあがらせた。

キックボクサーや空手家を前にして、不用意に頭を屈めるのは自殺行為に等しい。有道の読みどおり、川末は有道の両肩を摑んで、顔面に膝蹴りを叩きこもうとしていた。川末の鈍器と化した膝頭が有道の額を擦りあげる。ミドルキックと同じく加減のないフルパワーな一撃だ。背筋を冷たい汗が流れる。

「殺す気か！」

有道は右の正拳突きを放った。

自慢の鉄拳はコンクリートブロックをも叩き割るが、川末にすばやく後ろに下がられた。必殺拳は空を切るだけだった。

川末が低くうなった。

「殺す気さ。てめえら皆殺しだ」

「え、ええ？」

有道は当惑した。事前に聞いていた話と食い違う。川末が地元のチンピラを遊び半分で小突き回していると。ところが現場に来てみればこの有様だ。遊び半分どころか、悲壮な決意さえ感じ取れる。

有道は足を踏みならした。スニーカーのソールがかんしゃく玉のように音を立て、川末の身体を一瞬だけ硬直させた。

有道はその隙を突いて背を向けた。居酒屋の隣にあるカラオケスナックの前まで駆け、店の出入口近くに停めてあったママチャリのサドルを摑んだ。

わけがわからぬ状況ではあったが、はっきりしている点はひとつだけある。

このまま生真面目に殴り合ったところで、有道に勝機は万にひとつもありはしない。ルール無用のケンカ殺法に引きずりこんで、この血気盛んなあんちゃんを制する必要があった。

有道がママチャリを担ぎ上げた。気合とともに川末へと突進しながら、数時間前のやり取りを思い出していた。

2

「あなたが有道さんですか」

その老人は微笑みを浮かべた。医療用ベッドに横たわりながら見舞い客を出迎えた。

「よろしくな。こいつにいきなり連れてこられたんで、手ぶらで来ちまったけどよ」

有道は傍にいた朝比奈美桜を指さした。彼女は老人に優しく語りかけた。

「師匠、今日は調子がよさそうだね」

「モルヒネの効きがよくていい塩梅《あんばい》さ。今日はヨーグルトとゼリーをふたつずつ食べた。希代の喧嘩師が来るっていうんで、気持ちが昂《たか》ぶっていたのかもな」

「顔色も悪くないぜ」

有道も調子を合わせた。

しかし、老人の命が長くないのは一目瞭然だった。百八十センチを超える長身で、骨格こそガッチリとしているが、ほとんど骨と皮の状態だ。

ガン治療の副作用で頭髪と眉毛はすべて抜け、体重は二十キロ以上も落ち、今は痛みを和らげるモルヒネの経口薬が欠かせないらしい。それを裏づけるかのように、顔や首の皮膚がたるみ、肌が弾力性をすっかり失っている。まだ六十四歳にもかかわらず、急速に痩せ細った身体のせいで、喜寿をとっくに迎えた長老のように見えた。

大腸で見つかったガンは巨大化して腸管を塞ぎ、今では肺や肝臓にまで転移しているという。緩和ケア病棟に入院して、生活の質を可能なかぎり維持しようと努めているようだが、死神がすぐそこまで近づいているのは明らかだ。

老人は電動ベッドのリモコンを操作した。背上げをして上半身を起こす。

「見てのとおりの有様で、長話もできる身じゃありません。失礼を承知で単刀直入に話をさせてもらいます。有道さん、お嬢からどこまで聞いてますか」

「お嬢って……美空ひばりかよ」

美桜がすかさず肘打ちを脇腹に叩きこんできた。

「真面目に答えろ」

「痛《いって》えな。だいたいのところは聞かせてもらってるよ。あんたはこのお嬢にケンカのやり方を叩きこんだ先生で、あっちこっちの組に顔が利いた喧嘩師だってな」

「ただの流れ者にすぎません。もともと新宿《ジュク》でヤクザをやっていたんですが、ワケあって全国をさすらっていただけのつまらん懲役太郎で」

老人は恥ずかしそうに禿頭《はげあたま》をなで回した。

老人の名は遠賀守衛《おんがもりえ》と言い、賭場での気持ちのいい張りっぷりと、腕っぷしの強さが気に入られ、岡山のヤクザ組織に客分として拾われた。そこで美桜から弟子にしてくれと散々迫られ、朝比奈家と深くつながる地元の親分からも頼まれた。一宿一飯の義理もあって断り切れなくなり、自分が持っている暴力の技術を美桜に伝えたのだという。

「で、これが師匠の息子さん」

美桜がデイパックからタブレット端末を取り出した。液晶画面にひとりの若者が映し出される。

派手なブルーのトランクス一丁の姿で、リング上でファイティングポーズを取っている。バキバキに割れた腹筋と岩のように盛り上がった肩が特徴で、顔はまだ幼さが残っているものの、気の強そうな鋭い目をしていた。

有道は液晶画面を指さした。

「川末陸久だったか。あんたの子だけあって、目のあたりがそっくりだ」

遠賀は顔をうつむかせた。

「父親と言っても、それらしいことはなにひとつやれちゃいません。こいつがまだ赤ん坊だったころ、私はチンケな殺しで十五年も岐阜《ぎふ》刑務所に入ってました。あいつの母親はヤクザ者の私に見切りをつけると、北千住の実家に陸久を連れて戻り、女手ひとつで陸久を育てあげたんです」

陸久の母親は、地元の弁当屋で昼夜を問わずに働き続けた。しかし、息子が成人する姿を見届けると、まるで役目を終えたかのように脳出血で急に逝ってしまったという。

遠賀は悲しげに液晶画面を見やった。

「今さら父親ヅラして、こいつの前に現れる気はありません。今や新進気鋭のキックボクサーだ。父親が人殺しのヤクザだなんて知られたら、将来に悪い影響を与えるだけですから。陰で活躍を見守りながら、ひっそりとくたばるのがスジだろうと思っていました」

「しかし、そうもいかなくなったわけだ」

「ええ」

遠賀は額に脂汗を浮かばせながらうなずいた。美桜が心配そうに声をかける。

「師匠、大丈夫？　あとはあたしのほうから言っておくから」

遠賀は手を振って拒んだ。むしろ、前のめりになって有道を見つめる。

「いや、私の口からきちんと言わせていただきたい。その陸久が、最近になってチンピラ相手に夜な夜なゴロを巻いているというのです」

「そうなんだってな。だけど本当なのか？」

「私もこの目で見たわけじゃありません。二日前に、かつての兄弟分から知らせてもらいました」

遠賀の話によれば、陸久も少年時代から血の気の多い性格だったらしい。他校の番長格とタイマンを張ったり、荒川の河川敷で暴走族と決闘をやらかしては、たびたび停学処分を喰らうなど、教師や母親の手を大いに焼かせていたという。

「ガキのうちならヤンチャで済まされるだろうが、プロになってからも暴れてたんじゃシャレにならんだろう。息子さんが所属してるのは、そこらの与太者がやってる地下格闘技もどきじゃねえ。業界最大手のメジャー団体だ。そんなのがバレたら永久追放されるのがオチだぞ」

「仰《おつしや》るとおりです。もしかすると、あいつは壁にぶち当たっているのかもしれません」

「壁？」

遠賀が右拳を握り締めた。

「血は争えないものです。私もこいつで世界を獲《と》ってやろうと意気込んでいた時代がありました。キックではなく拳闘のほうですが」

「プロボクサーだったのか」

「ウェルター級で東日本新人王に輝きました。デビューから四勝四KOのパーフェクトレコードです。私も鼻息の荒い小僧でした。レナードやハーンズ、デュランを相手に、ラスベガスで大暴れしてやるんだと本気で考えていたくらいですから」

「ラスベガスに乗りこむ前に、壁とやらにぶち当たったわけだな」

「インターハイと国体で優勝したエリートに叩きのめされました。最後は強烈な左フックを喰らって失神KOです。それ以来、ジムから足が遠のき、その代わりに盛り場に繰り出しちゃ、そこらのチンピラを小突き回して、己を慰撫《いぶ》する毎日でした。やがて警察《サツ》のお世話になってライセンスを剝奪。逆に盛り場では持ち上げられて、ヤクザ稼業へと転がり落ちていきました」

美桜がタブレット端末を操作した。

「ホントだ……昔の記録にブレイザー遠賀って名前がある。これって師匠のリングネームだよね。プロボクサーだったなんて初めて知ったよ」

遠賀は有道に頭を深々と下げる。

「どうかお願いです。道を誤るのは私だけで充分です。このまま行けば、あいつまで悪党の道へと落ちていくでしょう。そうなったら、あの世であいつの母親に合わせる顔がありません」

美桜に背中をドシンと叩かれた。

「そのへんは安心してよ。この有道が今夜にでも行ってみるから。陸久君をじっくり説得させてみせるからさ」

「大船に乗ったつもりでいてくれ。ひとまずそのチンピラ狩りを止めさせる。今も昔も若いやつってのは、なにかと極端な道を行きたがるもんさ」

有道は胸を張ってみせた。遠賀が洟《はな》をかみながら涙をこぼす。

「なんとお礼を言ったらいいのか。有道さん、あなたの勇名はヤクザ社会にまで轟いていた。本物の猛者《もさ》だと。まさかお嬢の知り合いだったとは」

「知り合いじゃないよ。今は同じ釜のメシを食ってる戦友。そうだよね」

美桜に再び背中をどやしつけられた。布団やサンドバッグみてえにバシバシ叩きやがって。有道は心のなかで舌打ちしつつも、これも仕事なのだと己に言って聞かせる。

「おおよ、師匠のあんたがしっかり仕込んでくれたおかげで、安心してこいつに背中を預けられる。もっとも頼りになる相棒さ」

美桜と互いに肩を組み合うと、遠賀は顔を涙で濡らしながら両手を合わせて拝んだ。

「ありがとうございます。感謝の言葉もありません」

遠賀には大嘘をかましていた。美桜を戦友などと思ったことは一度もなく、背中なんかとても預けられない。死んでほしいやつリストのベストワンが柴だとすれば、同率一位で赤丸急上昇なのが美桜だった。

日ごろは朝比奈家のお嬢さまとして上品に振る舞っているらしいが、『ＮＡＳ』のなかでは、きわめて沸点の低い危険人物として知られていた。

先日も美桜と一緒に仕事をしたが、張り込み中にナイフを何度も抜き、ただの冗談を口にしただけで鉄拳を見舞ってくる瞬間湯沸かし器だ。有道への敬意もなく、口も怖ろしく悪い。

——有道、あんたにちょっと頼みがあるんだけど。

汐留のオフィス内で、美桜から声をかけられたときは、自分の耳がおかしくなったのかと焦ったものだ。

——頼みでござえますか。美桜お嬢さまの頼みとあれば、この有道了慈、命を賭《と》してやるでやんす。

有道は揉み手でへりくだってみせてから、顔を思い切り歪めて中指を立てた。

——誰がお前の頼みなんざ聞くかよ。ふざけやがって。あんまりお嬢さま生活が長いせいで、周りの人間みんな使用人にでも見えちまってんのか。

——そうかもね。

美桜はジーンズのヒップポケットに手を突っこんだ。有道はとっさに身構えた。ナイフを抜いてくるものと警戒していたが、美桜が取り出したのは地方銀行の通帳だった。名義人のところには小西玲奈と書かれてある。美桜がよく使う偽名だ。

——誰もタダで聞いてくれとは言ってねえよ。あんたがゴツい借金背負ってカラッケツなのは、みんなが知ってることだしさ。

美桜は銀行通帳を放り投げた。有道はそれを受け取って、中身を確認してみる。

——バカにするのも大概にしやがれ。おれはここのエース社員様だぞ。小娘の貯金箱程度で動けるもんか……。

思わず声を詰まらせた。銀行通帳に記された数字に目を見張る。

——ゼ、ゼロが八つ……億だと?

通帳の取引印字内容を細かく確かめた。いくらか出金や他口座への送金などで減りはしているものの、百万から一千万単位の入金があり、口座の残高は二億近くにまで達している。

美桜は顎で銀行通帳を差した。

——言っておくけど、それはあたしが自力で稼いだカネだからね。

——な、なんだって、お前がこんなに貯めこんでんだよ。

——そりゃ誰かさんみたいに事業で失敗もしてなきゃ、ギャンブルで一発逆転なんてアホな考えも持たないからだよ。グズグズと理由つけてサボったりもしないしさ。二宮《にのみや》金次郎《きんじろう》みたいにひたすら勤勉に働いてるだけ。

——ちくしょう……なにが勤勉だ。

世の中は不公平だ。〝朝比奈王国〟のお姫様であるだけでなく、親兄弟に隠れてこんな隠し財産まで築くとは。カネはひたすら強いところに集まりたがる。

そもそも美桜は危険地帯が三度のメシよりも好きなスリルジャンキーだ。かつては強盗団を率いて悪党の金庫を叩きまくり、『NAS』のメンバーになってからも、率先して危ない仕事を引き受けてきた。冷静に考えれば、億ぐらいのカネを貯めこんでいてもおかしくはない。

美桜は有道の手から銀行通帳を取り返した。彼の頬をそれでペシペシと叩く。

——それとあたしは、よくわからないサカナを口にして食中毒にもなったりしない。今年の後半は寝たきりで満足に働けもしなかっただろ？　もうすぐクリスマスだってのに、娘さんが喜ぶようなプレゼントは用意できたのかな？

有道はなにも言い返せなかった。

ただでさえ、野宮への借金返済に追われる毎日だというのに、唯一の資本である身体をシガテラ毒でダメにしてしまった。娘へのプレゼントどころか、養育費の支払いも元妻に頭を下げて待ってもらっている。

——なにをしろってんだ。

有道は息を深々と吐いた。選択肢などありはしなかった。

美桜が提示した金額も魅力的だった。すぐにナイフを抜く物騒な暴力女である一方、カネにはさして執着していなかった。プロキックボクサーの乱行を止めるというだけで、五百万円の報酬を約束し、前金として二百万円を渡してくれた。このじゃじゃ馬の風下に立つのは不本意だったが、四の五の言ってられる状況ではなかったのだ。

老い先短い爺さんに感謝されるのも悪くはなく、つまらぬ駄ケンカに励むヤンチャ息子にちょいとお灸《きゅう》を据えればミッション完了だ。

プロになって間もないうちに壁にぶつかるくらいだ。大した実力などありはしないだろう。有道はとりあえずトレーナーを着て、真夜中の北千住に向かったのだ。

3

川末が前蹴りを何度も放ってきた。

有道はママチャリを盾にして防いだ。川末の足が当たるたびにママチャリがガシャガシャと音を立て、チェーンケースが大きくへコみ、タイヤのスポークがぐにゃりと曲がる。

川末は相変わらず気迫に満ちた攻撃を加えていたが、自転車で迫る有道を持て余しているようだった。

あれだけキレのいいパンチと威力のあるキックを放つのだ。地元のチンピラや不良気取りなど、あっさり秒殺させてきたのだろう。前蹴りひとつ取っても、ママチャリ越しに重い威力が伝わってくる。

ライト級という中軽量クラスの階級で戦っているわりに、さっきのミドルキックなどは重量級の威力を秘めていた。世界の強豪を相手にしているのならともかく、デビューしてから数戦で壁にぶつかるようなタマとも思えない。

練習やロードワークも熱心にやっているようで、フルパワーで殴りかかってきているのに、フォームにブレは見られず、息も少しも上がってはいなかった。なんにしろ、真相を知るためにはこの荒ぶる若武者をおとなしくさせなければならない。

川末がしつこく前蹴りを繰り出してきた。有道はそれに合わせて前進する。ママチャリの盾に押され、片足で踏ん張っていた川末は身体のバランスを崩した。

「そらよ」

有道は至近距離からママチャリを放り投げた。

川末はガードするのが精一杯で、身体が後ろに大きく泳いだ。ママチャリが川末の身体にぶつかって地面に落ちる。

有道はママチャリを踏み越えると、川末との距離を詰め、彼の襟元と袖を掴んだ。まともに打撃戦を挑んだところで勝ち目はない。周りにあるものをなんでも使って組みつくのが最良の道だ。

膝蹴りだのを繰り出される前に、有道が払い腰を仕掛けた。川末を思いきり引き寄せ、彼の身体を腰に乗っける。ママチャリの上に川末を投げ飛ばす。

川末の顔が苦痛に歪んだ。ママチャリのハンドルに背中をぶつけたようだ。柔道やレスリングは未経験のようで、受身を満足に取れず、したたかに身体を打ちつけていた。

決着をつけるときが来た。有道は川末の上にのしかかって馬乗りになる。川末の闘争心は燃え盛ったままで、下から拳を叩きつけてくるが、さすがにプロのパンチといえども威力はない。

彼のジャージの襟を掴んで、突込絞《つっこみじめ》で頸部を絞め上げると、川末は顔を真っ赤にさせ、有道の前腕を爪で掻きむしった。川末にはタップをして負けを認めるという選択肢はないようだ。やがて川末の全身から力が抜け、目をつむったまま大の字になった。

有道は掌で顔を拭った。掌が真っ赤に汚れる。鼻血が噴き出していたらしく、口内にまで血が流れこんでくる。生臭い金属の味が口いっぱいに広がる。

有道はふいに顔を上げた。学生風の二人組の酔っ払いが、スマホのレンズを向けようとする。

「コラア！　見世物《みせもん》じゃねえぞ。ぶっ殺されてえのか」

有道はママチャリを高々と抱え上げた。

二人組は青い顔をして逃げ去っていき、ひとりは道端の石ころに躓《つまず》いて転倒した。観客席で大暴れするタイガー・ジェット・シンやスタン・ハンセンにでもなったような気分で、ママチャリをその場に放り捨てる。

いくら深夜とはいえ、誰にも邪魔されずに戦える舞台など、都内の路上にはそうそうありはしない。飲み屋横丁も例外ではなく、ほとんどの店がすでに閉めているが、二十四時間営業のチェーン系居酒屋や深夜営業のバーがある。

警察に通報するならともかく、誰もがパパラッチ気取りでスマホをいじくり、SNSにアップして注目を浴びようとする忌々しい時代だ。川末はすでに一部で顔が売れ出した格闘家だ。SNSで炎上するとキャリアを潰される可能性がある。

「簡単なお仕事だと思ったのによ。弱い者イジメどころか、飢えた狼じゃねえか。毎度ながら話が違いすぎるってんだよ」

ポケットから手錠を取り出した。

川末の腕を縛めてから、彼の両足を持ち上げた。絞め技で落ちた人間の足を高く上げ、脳への血流を促してやると、川末がボンヤリと目を開けた。殺意でギラつかせた瞳に力はなく、意識がまだ混濁しているようだ。

有道は川末の腕を掴んで引き起こした。

「あれ……ここは」

「後楽園ホールに決まってんだろ」

「おれ、やられたんすか」

「ハイキックをまともに浴びた。大丈夫だ、今は休め」

川末の記憶が飛んでいる間に連行した。

飲み屋横丁の外れにあるコインパーキングに、レンタカーのヴァンを停めてある。有道はヴァンのスライドドアを開け放った。川末の背中を押す。

「医療室だ。診てもらえ」

川末が振り返った。その目は再び怒りに燃えていた。記憶が蘇《よみがえ》ったらしい。

「なにが医療室だ！　汚《きたね》え真似しやがって。組事務所にでも拉致る気か」

川末は手錠を引き千切ろうと両腕に力をこめた。

「組事務所ってのはなんだ。お前、ヤー公と揉めてんのか？」

「蒲原《かばら》一家の者《もん》だろうが。てめえらの好きなようにはさせねえからな！」

「なんだそりゃ。誰と勘違いしてんだ」

「とぼけんな！」

川末は唾を飛ばして怒鳴った。手首の皮膚が手錠で破れ、両手が血に染まっていく。しかし、なおも彼は手錠を破壊すべく力をこめた。鋼鉄製の輪っかに肉が食い込む。

「頭を冷やせ、このバカ」

有道は川末の頬に平手打ちを見舞った。

「ヤクザが格闘家相手に堂々とタイマン勝負なんか挑むか。お前がトレーニングでヘトヘトになってるところを、寄ってたかって刺すのが連中のやり方だ。敵味方の区別くらい、ちゃんとつけとけ。クソガキ」

川末が痛みで目を白黒させている間に、彼の手を摑んで手錠にキーを差した。手錠を外してやっても、若き猪武者は有道を凝視するのみだ。殴りかかってこようとはしない。

有道は親指で車内をさした。

「車んなかに水と救急箱を積んである。手当をしてやるから、乗れ。おれもお前も血まみれだ。このままじゃなんとか一家とやり合う前に、おまわりさんの目に留まるか、そこらの通行人にネットでオモチャにされるのがオチだ」

川末は殺気を漂わせながら有道を睨み続けた。

彼はややあってからヴァンに乗りこみ、車内をくまなく見渡した後に、セカンドシートに腰を下ろした。背もたれに身体を預けると、痛みで顔を大きくしかめる。有道の払い腰を喰らったさい、ママチャリのハンドルに背中を打ちつけていた。

川末の隣に座った。ペットボトルのミネラルウォーターで彼の頬や手首の傷を洗った。荷台に積んでおいた救急箱を取り出すと、ワセリンを塗って止血をする。

「あんたは誰なんだ」

川末が治療を受けながら訊いてきた。

「まったく涙が出るぜ。自己紹介ひとつするまでに、こんな遠回りさせられるとはよ。問答無用で真空飛び膝蹴りだもんな」

「誰なんだよ」

川末のこめかみに血管が浮かび上がった。

有道は口をひん曲げずにはいられなかった。川末のトゲトゲしさは、依頼人の美桜とよく似ていた。最近はこの手の気短なガキどもに振り回されてばかりだ。

「有道了慈だ。繰り返すがヤー公なんかと一緒にするな。普段は警備会社でまっとうに働いてるカタギだ。キックボクサーのお前を応援している人から頼まれたんだよ」

「おれを応援……誰だ」

「そこまでは言えねえ。その人はお前がチャンピオンになるのを心待ちにしていたが、格闘家としての壁にぶち当たったのか、そこらのチンピラを小突いて回って、せっかくのキャリアを棒に振ろうとしていると耳にした。そこでおれが説得するために出張ったんだが、まるで幕末の人斬りみたいなお前が、問答無用で襲いかかってきたってわけだ」

「壁だと？　意味がわからん」

「そうだろうよ」

有道は脇腹をさすってみせた。

川末にミドルキックを浴びた箇所だ。触れただけで皮膚や筋肉が痛む。かりに壁にぶつかったとしても、彼には粉々に砕けるだけの実力が備わっている。

「次はお前の番だ。蒲原一家ってのはなんだ。なんだってヤー公相手に一心不乱になってケンカ吹っかけてんだ」

川末は一転して口をつぐんだ。ふて腐れたようにむっつりと黙り込む。

「この野郎……」

有道はトレーナーをめくってみせた。案の定、脇腹には紫色の大きな痣がくっきりとついていた。

「こいつを見ろ。罪もないカタギに襲いかかりやがって。相手がおれだったからよかったものの、そうでなけりゃ今ごろ通り魔と見なされて緊急逮捕されてただろうよ」

「なにがカタギだ。あんた、プロの喧嘩師ってやつだろう。思い切り投げ飛ばしやがって」

川末は対抗するようにジャージをめくった。背中には有道の脇腹と同じく、大きな青痣ができている。

川末は片頬を歪めて笑った。初めて見る笑顔だ。彼は根負けしたように口を開く。

「蒲原一家ってのは、このあたりに根を張ってる白凛会《はくりんかい》系の暴力団だよ。連中はおれのバイト先に散々嫌がらせをしてた」

「バイト先……居酒屋か」

川末がうなずいた。有道を気味悪そうに見やる。そこまで知ってるのかと言いたげだ。

川末に関する情報は、事前に遠賀と美桜から聞いていた。彼の試合も配信動画でデビュー戦からすべて見ている。

川末はキック界の有望株として注目されてはいる。しかし、ファイトマネーはまだまだ雀《すずめ》の涙ほどであって、太いスポンサーがついているわけでもない。毎日のようにトレーニングに励みながら、夜はこの飲み屋横丁にある居酒屋『山ふじ』で働いていた。

『山ふじ』はモツ煮込みと鮮度抜群のマグロのぶつが評判の地元密着型の大衆酒場だった。人情味あふれる下町の居酒屋として、たびたびテレビでも取り上げられる人気店だ。

川末は焼き場を任せられており、有道には容赦なく牙を剝いていたが、店の関係者や常連客からはいたくかわいがられているようだった。彼の試合には毎回二十人ほどの応援団が駆けつけるほどだ。川末は試合用トランクスにも店の名前のワッペンを貼っている。彼にとってこの店は単なるバイト先ではないようで、それ以上の絆《きずな》を感じさせるものだった。

有道は訊いた。

「揉めてる原因はあれか。みかじめ料か」

「そんなもんじゃない。もっと根深い問題だ」

川末は顔をうつむかせた。固く握り締めた拳に目を落とす。

有道は肘で彼を突いた。

「ヤクザとのトラブルだったら、警察に任せておけばいいだろう。あいつらは腰の重たい税金泥棒だが、ヤクザが相手なら嬉々《きき》としてイジメてくれるぜ」

「相談ならとっくにしてる。だけど、全然動いちゃくれなかった」

「そいつはおかしな話だな」

川末はしばしためらってから吠えた。

「警察のバカどもはオヤジさんを、未だに蒲原一家の幹部と見なしてるんだよ。店の経営にずっと専念していて、もう十年以上も組に足抜けさせてくれって頼んでるのに。うちのオヤジを企業舎弟《フロント》だと思ってやがるのさ」

「店のオヤジがヤクザだと？」

有道はスマホを取り出した。

『山ふじ』で検索をすると、すぐに初代店主の山下啓吾《やましたけいご》の画像がいくつも表示された。白髪頭にねじり鉢巻きの姿で、いかにも居酒屋の大将といった風情だ。七十近くになって店主を息子に譲りながらも、今も店の顔として刺し場に立ち続けているという。八の字の眉が特徴的で、温和な顔立ちをしており、どの画像でもニコニコと気さくな笑顔を見せていた。殺気を全身から噴出させている川末とは対照的だ。

「ヤクザには全然見えねえな」

「だから、とっくにカタギ同然だと言ってるだろう。一家も率いていなけりゃ、義理事にだって顔を出してない。オヤジさんは本気で抜けたいと願ってるんだ。警察にもそう説明したのに、偽装離脱じゃないのかと疑ってかかる始末だ。危うく刑事《デカ》にハイキックをかますところだった」

「ははあ、なるほどな」

そりゃお前みたいな爆弾小僧を雇っていたら、疑われるのも仕方ねえだろうよ。

喉元まで言葉がこみ上げたが、川末がキレて再戦をふっかけてきそうだったので、本心を押し殺して相槌を打った。

ヤクザが合法的な正業に励むのは、さして珍しいことではない。かつて昭和の大親分たちは土建業や港湾荷役、運送業の社長といった顔を持ち、芸能や興行の世界をも取り仕切っていた。

暴力団排除条例などによる当局の締め上げにより、そうした大々的な正業はもちろん、博奕やみかじめ料といった伝統的なシノギも次々と潰された。稼げる仕事といえば、薬物か特殊詐欺ぐらいしかないのが現状だ。あとは肉体労働で汗を掻くか、あるいは参入障壁が低い商売に乗り出すかだ。山下もそうした極道のひとりだった。

「おれは何度も見てきた。店が繁盛すればするほど、あのクソヤクザどもがタカりに来るのをな」

川末は堰を切ったように話し出した。

山下は十五年前に『山ふじ』を開店。ひとり組長で子分もシノギもなく、妻となんとか食べていけるだけの収入を得るために始めたという。ヤクザとしては芽の出なかった山下だったが、居酒屋経営でその才能を開花させた。

グルメで口うるさい親分のもとで、三年近くも部屋住み生活を送ったのが大きかったらしい。生鮮食材の目利きであり、掃除にはとりわけ力を入れ、雰囲気のある清潔な店づくりを維持した。川末が店に雇われるころには、つねに呑兵衛たちでいっぱいになる人気店になっていた。

『山ふじ』の繁盛ぶりは、山下が息子の浩《ひろし》に店主の座を譲ってからも変わらなかった。浩は父親ほどハードな修業を積んではいないものの、新橋の日本料理店で腕を磨き、二代目として父親の教えを忠実に守ってきた。

山下親子は川末の後援者でもあった。試合が近づけばトレーニングのために有給休暇を与え、チケットを大量に買っては常連客とともに応援に駆けつけた。

川末がふいに天井を見上げた。

「母親が逝っちまってからは、オヤジさんや浩さんがおれの面倒を見てくれた。それこそ本当の父親や兄貴みたいにな」

「実の父親はどうしてんだ」

有道はさりげなく尋ねた。川末が吐き捨てるように答える。

「知るか。名前すら知らねえし、会ったこともねえよ。気分の悪いことに、そいつもヤクザだったらしい。背中に閻魔《えんま》の刺青《モンモン》なんか入れてイキがってたらしいが、おれが生まれてすぐに人を殺して塀の中に入ったきりだ。ヤクザなんてろくなもんじゃねえ。オヤジさんたちを苦しめる連中が許せなかった」

「苦しめるってのは、企業舎弟《フロント》のおしぼりや観葉植物を納入させたりすることか？」

「そんなのは序の口だ。あいつらはチンピラを使って、店のシャッターや外壁に卑猥《ひわい》な落書きをさせたりもした。素人にはすぐに落とせない油性の塗料でだ。蒲原一家は何食わぬ顔をして息のかかった清掃業者を勧めてきたよ。最低なマッチポンプだ。チンピラたちが落書きに励んでるところを、防犯カメラがしっかり捉えていたんで、オヤジさんも浩さんも我慢できずに、蒲原一家に証拠を突きつけて抗議をしたんだ。そうしたらどうなったと思う？」

「だいたい想像はつく。今度は糞尿でも撒かれたんだろう」

「床一面が糞小便《くそ》まみれだ。それに野良猫のクビがカウンターにいくつも置かれてあった」

「そいつはひでえな」

川末は拳を固く握り締めた。

「オヤジさんはショックで寝込んじまったし、浩さんだって限界だ。ヤクザと本気で縁を切ろうとしているし、とんでもない嫌がらせだって受けてるってのに、警察から見れば『山ふじ』は未だに蒲原一家を肥やすワルな資金源に映るんだろう。いっそこのまま潰れるのを願ってるのさ。だから、おれは腹くくったんだ。これ以上、蒲原一家の食い物にはさせねえし、ひとり残らずぶちのめしてやるってな」

「なるほどな。そういうことだったのか」

有道は大きくうなずいてみせた。川末が襲いかかってきた理由もはっきりした。

しかし、真相に近づいたとはいえ、喜ばしい展開とは言い難かった。蒲原一家がどんな組織か知らないが、現在はどこの暴力団も厳冬の時代にある。重要な収入源である『山ふじ』から簡単に手を引くとは思えない。

蒲原一家の上部団体は白凜会という。同会は関東を中心とした広域暴力団であり、人数は準構成員まで含めれば四千人ほどにもなる大組織だ。

川末がかりに蒲原一家の構成員を叩きのめせたとしても、今度は白凜会という大組織を敵に回すことになる。いくら山下が離脱したがっていたとはいえ、今も蒲原一家の相談役なる肩書を与えられ、蒲原一家の一員であるという事実は揺るがない。ヤクザどもの理屈からいえば、山下は川末という鉄砲玉を放って、親分に弓引く逆賊の徒だ。

川末は腰を浮かせてスライドドアに手をかけた。

「わかったんなら放っておいてくれ。あんたの依頼人とやらには悪いが、キックボクサーの川末陸久はもう死んだ」

「待てよ」

有道は川末の袖を摑んだ。川末が歯を剝いて振り払う。

「邪魔するんなら、あんたも殺《や》るぞ。同じ手は喰わねえ」

「お前の気持ちはわかるけどよ。今ごろ蒲原一家は高笑いしてるに決まってるぜ。お前が連中にミドルキックやワンツーを叩きこめば叩きこむほど、オヤジさんの立場は悪くなる一方だからな。慰謝料だのなんだのと吹っかけて、店の権利書から親子の財産までごっそり持っていくだろうよ。そこまで考えて動いてるのか？」

「どうすりゃいいってんだ！　どっちみち、このままじゃ『山ふじ』は食い物にされちまうだけだ。あいつらが白旗上げるまで、ひたすらぶっ飛ばしてやるしかねえだろう」

「呆れたな。そんな短絡的なプランしか思いつかねえのか。おれにいいアイディアがある」

「どんな」

「決まってるだろう。そりゃ蒲原一家と円満に縁を切る方法だ」

「……そんなのが本当にあるのか?」

川末が腰を下ろし、疑わしげに有道を見やる。

「おれに任せておけ。世の中には暴力だけじゃ解決できない問題が腐るほどあるもんだ。おれの依頼人はさる王族の一員でな。しこたまカネを持ってる。お前はそんな人物に気に入られたんだ。相当なラッキーボーイだぞ」

川末の肩を叩いてやった。しかし、納得がいかない様子で、眉間に深いシワを寄せていた。

4

「はあ? 嫌《や》だけど。なんであたしがヤクザにカネくれてやんなきゃいけないんだよ。ざけんな、馬鹿」

美桜が眉間に深いシワを寄せた。

昨夜の川末とやはり仕草も性格もよく似ている。場所が場所でなければ、有道に張り手を見舞っていただろう。

ふたりがいるのは緩和ケア病棟の談話室だ。丸テーブルやソファが置かれ、窓から燦々《さんさん》と日光が降り注ぐ。雰囲気のいいカフェみたいな造りで、他のテーブルでは老夫婦がしんみりとお茶とお菓子を口にしていた。ケンカだのヤクザだのといった話をするには、あまりに場違いな部屋だ。

有道は声のトーンを落とした。

「仕方ねえだろ。そもそも、お前の調査不足が原因じゃねえか。なにが壁だ。あいつに危うく内臓を破裂させせられるところだったぞ。さらに問題なのは、店のオヤジが足抜けさせてもらえないうえに、川末が蒲原一家のチンピラをどついて回った点だ」

「面倒くさいからさ。もうグレネードランチャー《グレポン》かなんかで組事務所吹っ飛ばしちゃおうよ」

「バカ言え。んなことして一番困るのは、『山ふじ』の山下親子だろ。従業員が夜な夜なチンピラを狩ってたんだ。警察から思い切り睨まれたうえに、白凜会だって黙っちゃいねえ。トラック特攻でもされて、商売なんか二度とできなくなる」

「カネをくれてやってもいいんだけどさ。ヤクザなんかに手切れ金をやらなきゃならないってのが、どうも気に食わないんだよね」

美桜がテーブルのうえの書類に目を落とした。

書類は久保がまとめた蒲原一家に関する報告書だ。久保は元保険調査員で、『NAS』の優秀な社員だ。警視庁のマル暴刑事とも交流があり、立ちどころに蒲原一家を調べ上げてくれた。

蒲原一家は北千住に根を張る四代目白凜会系の三次団体だ。本部事務所は飲み屋横丁からそう離れてはいない住宅地にあり、古ぼけた三階建てのビルに構えていた。

往時は約五十人の構成員を抱え、足立区一帯を縄張りにしていた。飲食店のみかじめ料や人夫出し、高利貸しからノミ屋といったシノギを抱えていたが、現在は二十人ほどにまで減少していた。トップの会長は七十をすぎ、慢性心不全で入退院を繰り返していた。十歳下のナンバー2の理事長は、恐喝と暴行の罪で服役中だ。

現在の組織を運営しているのは、ナンバー3で本部長の矢田由高《やたゆたか》だ。まだ四十三歳でありながら、北千住近辺の悪ガキから年上の組員まで従えて、勢力維持に血眼《ちまなこ》になっているという。

有道は紅茶をすすった。

「大人の世界はそんなもんだ。納得いかねえと腸煮えくり返らせながら、相手とニッコリ握手をしなきゃならねえのさ。今回の目的は川末の暴走を止めることだ。そのためには蒲原一家に『山ふじ』と縁を切るよう言わなきゃならねえが、相手のメンツだって立てやる必要がある」

「で？　いくらくれてやるつもりだよ」

「まあ一千万ってところか」

美桜につま先で脛を蹴られた。

「痛《いて》っ」

「ふざけんな、他人のカネだからって。大盤振る舞いも大概にしろ」

「これでも安いくらいだぞ。『山ふじ』のオヤジを離脱させるだけでも難しいってのに、川末がぶん殴ったチンピラは九名にものぼる。なかには顎の骨をへし折られて、当分流動食しか食えないやつもいるそうだ。そいつらが警察に被害届でも出したら、川末のキック人生はおしまいだ」

美桜は忌々しそうに爪を齧った。

「それでも納得しかねるね。下手《したて》に出て大金を渡したとなりゃ、何度でも恐喝《ガジ》ってくるのがヤクザってもんだろ。いっそ会長と矢田って本部長を山奥にさらってさ、こっちの要求呑ませるほうがよくない？」

「『よくない？』じゃねえよ。ちっともよくねえ。腐っても最高幹部だぞ。身柄《ガラ》さらうのに、どれくらいの手間と時間がかかると思ってんだ。川末を抑えるのだって、せいぜい二、三日がいいところだ」

「ちくしょう……やっぱ気に食わねえなあ」

美桜は腕組みをしながら天井を凝視した。彼女と川末はやはりそっくりだと思う。ふたりとも負けん気の強さは相当なものだ。

「妙案があります」

遠賀が談話室に入ってきた。

彼はセーターのうえに羽織を着て、さらに首にマフラーを巻いていた。頭にはニット帽をかぶっている。過剰なまでに防寒対策を施していた。相変わらず骨と皮の姿ではあったが、付き添いの看護師の手を借りずに自分の足で歩いていた。

「師匠、大丈夫なの？」

美桜が椅子を引くと、彼はゆっくりと腰を下ろした。

「ここ数日は悪くない。興奮してるのさ。この世でやり残すことなんざねえと思ったところに、今回の陸久の件が耳に入った。死をじっと待ってる場合じゃねえと、神様からビンタをもらったような気分だ」

遠賀は有道に頭を下げた。

「お嬢から話はうかがいました。申し訳ありません。こちらが聞いていた話とだいぶ食い違いがあったようで。まさかこうも込み入った事情があったとは」

「まったく、ひでえ目に遭ったぜ」

有道は脇腹をさすりながら続けた。

「とはいえ、いいニュースもなくはねえ。あんたの倅《せがれ》は壁になんかぶち当たってなかったってことだ。あいつの蹴りは本物だよ。世界に羽ばたけるレベルにある」

美桜も同調した。

「やっぱり師匠の子だけあるよ。そこらの与太者を小突いて悦に入ってるんじゃなくてさ、世話になってる店を助けるためにヤクザ組織丸ごと相手にするなんて、高倉健《たかくらけん》やチヨウ・ユンファみたいじゃん。大した度胸だよ」

「まあ……そうかもしれません」

遠賀が顔をうつむかせながら、泣き笑いのような表情を見せた。息子の行動は法的にも将来的にも間違ってはいる。しかし、恩人の山下親子のため、果敢に立ち向かっていると知り、極道の父親としては褒《ほ》め称《たた》えてやりたくもあるのだろう。

有道は告げた。

「息子さんはいい男だ。おれとしても、スポットライトの当たる世界で今後も活躍させてやりてえ。そこでお嬢と相談したんだが、おれが蒲原一家と話《ナシ》をつけに行こうと思う。もちろん、手ぶらじゃねえ」

美桜が遠賀の手を握った。

「師匠、そのへんの交渉もうちらに任せてくれない？　あんたにケンカを教えてもらったお礼をしたいんだよ」

「いや、そいつには反対だ。カタギさんだけでヤクザ相手に掛け合いなんざしても、足元を見られるだけだ」

「まさか……」

遠賀が有道に向き直った。彼は懐から封筒を取り出した。封筒はパンパンに膨らんでいる。

彼はそれを丸テーブルに置いた。

「三百万円。昨年、韓国のカジノで勝ったカネです。有道さん、私も交渉の場に同行させてもらえませんか。このカネで騒動を収めてみせます」

「あんた、蒲原一家に伝手《つて》でもあるのか？」

「いえ、まったく。今日になって初めて知りました」

そもそも、遠賀がかつていたのは白凜会系の暴力団ではない。同じ関東系暴力団といっても、印旛会《いんばかい》という代紋違いの組織だ。

「だけど、その容態じゃ」

有道は遠賀の姿を見つめた。

「外出や外泊は申請すればできるんです。今の状態だったら、医者も許可を出してくれるでしょう。もっとも、ヤクザのアジトに押しかけるとは口が裂けても言えませんがね」

「まあ、そうだけどよ」

交渉の場に極道がいてくれたほうが有利に進められるかもしれない。遠賀はヤクザの激戦区、新宿で活躍した過去があるらしい。掛け合いの経験もケタ違いにあるだろう。とはいえ、それは二十年以上も前の話だ。棺桶に片足突っこんだ流れ者のヤクザ相手に、蒲原一家がまともに対応するとは考えにくい。むしろ、遠賀と川末が親子関係にあると知り、余計に足元を見てくるかもしれない。三百万円で話をつけると豪語するが、その程度の金額で収まるとも思えなかった。

美桜も同じ考えのようだ。不安そうに顔を曇らせている。だが、遠賀は意に介する様子はない。

「さっそく、今日にでも行ってみましょう。善は急げだ」

「あ、いや、その……今日はどうだろうな。えらく冷えこみが厳しいしよ」

遠賀は微笑を浮かべた。

「私を信頼できないのはわかります。この骸骨のような身体では、相手に見くびられると危惧するのは当然でしょう」

「……正直なところそうだ。父親としてじっとしてられないのはわかるが――」

そのときだった。ポケットに入れていたスマホが震えた。

有道は遠賀に断わりを入れ、液晶画面に目を落とした。相手は久保だった。

彼には川末を見張らせていた。昨夜は力尽くで川末を説得したとはいえ、おとなしく引っ込むようなタマではない。

有道は腕時計に目を落とした。午前十一時を指している。普段の川末なら起床してロードワークに出ているころだった。午前中から練習を始めて、夕刻から深夜まで『山ふじ』の調理場に立つ。それが川末の一日だ。

「もしもし」

〈有道さん。ちょっと、まずいことになりました〉

久保の声はひどく切迫していた。

「どうしました」

〈川末が拉致られました。アパートを出た途端に四、五人の男たちに囲まれて〉

「あちゃー」

有道は思わず立ちあがった。美桜らが不安そうに彼を見上げる。

久保によれば、川末はほとんど抵抗できなかったという。あの火の玉小僧が抗えなかったということは、銃器を突きつけられた可能性が高い。彼をさらったのは、当然ながら蒲原一家の連中と見ていいだろう。

有道は遠賀に語りかけた。

「まずい。かなりキナ臭いことになりそうだ」

「そうですか」

遠賀は封筒を握り締めながら答えた。

5

「クソッ、いつまでじらすつもりだ」

有道はハンドルを叩いた。

ヴァンを運転してから二時間以上は経っている。足立区西新井《にしあらい》の商店街をのろのろと進んでいた。

冬の太陽は早々に姿を消し、とっぷりと日が暮れてしまった。夕飯時の八百屋や惣菜《そうざい》店《てん》は買い物客でごった返している。名の知れたラーメン店には、コート姿の男たちの行列ができている。

助手席の遠賀がため息をついた。

「やつらも警戒しているんでしょう。ヤクザが掛け合いでもっとも苦労する相手は、案外同業ではなくカタギだったりするものです。阿吽《あうん》の呼吸ってものが通用しなければ、簡単に警察《サツ》に駆け込まれたりする。ましてや、陸久の身柄《ガラ》までさらったんです。拉致監禁で逮捕《パク》られるリスクもある」

「カタギだけじゃねえ。こう言っちゃなんだが、あんたの名前も連中には伝えたんだけどな」

「すみません。こんな私でも新宿《ジュク》じゃ、肩で風を切って歩いてた時代もあったんですが、もう大昔のことですからね」

遠賀が天井を見上げながら苦笑した。助手席のリクライニングシートは目一杯倒し、彼の身体には毛布をかけていた。車内の暖房もしっかり効かせている。

それでも、遠賀の容態がいつ急変してもおかしくはない。長時間のドライブが身体にいいはずもなかった。蒲原一家とやり合う前に倒れられたら目も当てられない。

有道はのど飴《あめ》を口に放った。すでに一家とは前哨戦《ぜんしょうせん》を済ませていた。川末が拉致されたと知ると、有道が探偵を名乗って接触を図ったのだ。電話で何度も下っ端ヤクザと実りのない会話をさせられ、喉がすっかり疲れ切っている。本部長の矢田と話ができたころには、もうすでに日はだいぶ傾いていた。

――やっと大将が出てきてくれましたか。川末陸久は無事なんでしょうな。

――なんのことだか、さっぱりわからねえな。有道とか言ったか。どこの誰なんだ。こっちは馬の骨を相手にしてる暇はねえんだわ。

矢田自身は余裕をかました声で応対していた。

その一方で、スピーカー越しに竹刀《しない》やスラッパーで人を殴打する音が聞こえた。わざと矢田が聞かせたというべきか。ヤクザという人種は、そこらの演出家よりも人の心をざわつかせる術を知っている。掛け合いを有利に運ぶためならなんでもありだ。

有道は舌打ちしてみせた。

――さっきから思わせぶりな効果音を聞かせてくれてますけど、こっちが警察に駆け込んだらどうするんですか。生命身体加害目的略取に監禁、それに傷害もついて長い旅に出る羽目になる。理事長さんが懲役に行ってるというのに、本部長のあなたまでが塀のなかに入ったら、いよいよ一家は……。

――おいコラァ！　てめえこそ、さっきからなにを勝手にペラ回してやがんだ。そんな野郎は知らねえと言ってるだろうが。

――こちらの者《もん》があんたらを見てるんですよ。自宅から出てくる川末を、いかにもスジ者らしき連中が取り囲んで、車に押し込めるところをね。地元千住署の刑事さんたちなら、すぐに正体を割り出してくれるでしょう。

――探偵風情がチョロチョロ嗅ぎ回りやがって。警察にでもなんでも駆け込んでみればいいじゃねえか。キック小僧の悪行もめくれて、リングには一生立てなくなるだけだがな。

――本部長さん、電話じゃラチがあきません。こちらの依頼人も連れていきますので、腹を割って話をさせていただけませんか。

――そう簡単にはいくか。こっちは忙しいんだ。馬の骨相手に割く時間なんかありゃしねえよ。会うかどうかはこっちが決める。もし警察《サツ》に密告《チンコロ》すりゃ、キック小僧の無軌道な暴れっぷりが動画サイトを賑わすと思え。

矢田はなかなか会おうとしてくれなかった。

もともと、有道は交渉事が苦手で、口よりも先に手が出る性格だった。ハッタリやはぐらかしを繰り返すヤクザどもと会話をし続けるのは骨が折れた。昨夜の川末とのケンカのほうが楽だったかもしれない。

話を通さなければならないのはヤクザだけではなかった。揉め事の原因である『山ふじ』ともすり合わせをしておく必要があったからだ。

父親の山下啓吾は温和で話の通じる老人だった。未だに現役ヤクザと見なされているが、電話で話をするかぎり、蒲原一家からの嫌がらせにほとほとくたびれ果てている様子だった。厄介だったのは息子の浩のほうだ。

――陸久が拉致られただと！　あの腐れヤクザども……もう我慢ならねえ！　ひとり残らず地獄に送ってやる。

おれたちが川末を無事に助け出し、蒲原一家と話もキチンとつける。軽挙妄動は控え、ドンと構えていてほしい。

そう伝えるつもりだったが、川末の兄貴分だけあって血の気が多い武闘派だった。今にも刺身包丁を持ち出し、蒲原一家に殴り込みをかけそうなほどの剣幕で、彼をなだめるのにもかなりの時間と手間を要した。

有道はのど飴を噛み砕きながら思った。ボロい仕事だと踏んだのに、なんでこうも面倒なことになるのかと。

ハンドルを握りながら、隣の遠賀にも注意を払った。暖かい格好で寝そべらせているとはいえ、この長時間の移動が苦痛でないはずがない。

ハンドルを握りながら考える。かりに遠賀や川末が死んでしまった場合、美桜は残りの報酬を払ってくれるだろうか。そもそも、依頼を受けたとき、暴力団と居酒屋とのゴタゴタなど聞かされていなかった。川末を説得すれば終わりだったはずで、むしろ別に報酬をもらわないとワリに合わない……。

有道はため息をついた。とても期待できそうにない。美桜お嬢さんは多少人情味があるとはいえ、柴や野宮と同じで性格が悪く、敵味方おかまいなしに噛みつく飢えた狼だ。カネに執着はなさそうだが、己の非を認めてポンとカネを弾んでくれるようなイージーな女ではない。

有道のスマホが振動した。イヤホンマイクで電話に出ると、蒲原一家の矢田の怒声が耳に届いた。

〈コラァ、このクソ探偵！　警察《サツ》なんか連れやがって。これで交渉は終わりだ〉

鼓膜が痛んで、有道は顔をしかめた。

蒲原一家のヤクザどもや『山ふじ』の浩と電話を何度もしているうちに、耳が被るダメージもひどくなっていた。

「本部長、変なブラフは止めてもらえませんか。おまわりなんか連れちゃいないし、他に仲間もつけちゃいない。ここはあんたらのテリトリーだ。誰もいないのはわかっているでしょう」

〈立場をわきまえろよ、この野郎。てめえはキック小僧と『山ふじ』のいわば代理人だろう。あのガキはうちの組員にまで手を出して、何人もお釈迦にしやがったんだぞ〉

「そりゃ、そっちが『山ふじ』に散々嫌がらせしたからでしょう。油性スプレーで壁やシャッターに落書きしたり、おまけに糞小便まで撒いて、ご丁寧に野良猫のクビまで置いた。それだけでも外道の所業だが、さらにそのキック小僧を拉致って監禁してる。こいつはいくらなんでもやりすぎだ」

〈こりゃ驚きだ。馬の骨に道理を説かれるとはな。こいつは山下のオジ貴にも言ったが、店に落書きしたのはうちにちょっとばかり出入りしていた小僧どもで、あいつらが遊び半分で勝手にやったことだ。糞小便や野良猫ってのはなんのことだ？　組の長老であるオジ貴に、そんな嫌がらせをする人間なんかいねえよ。証拠あんのか〉

有道はうんざりしつつあった。甘い物を大量に頬張りたい。苛立《いらだ》ちがピークに達すると、ケーキやドーナツをドカ食いしたくなる。

とにかくヤクザは面倒くさい。ああだこうだと話を何度でも蒸し返し、下っ端が勝手にやったことだとシラを切り、声高に損害を訴えては被害者の立場を取ろうとする。

命知らずや勇み肌はVシネマや任侠映画だけの世界であり、じっさいのヤクザは昆虫やハムスターをむやみに殺して楽しむ陰気で嗜虐的なガキみたいなやつばかりだ。矢田もそのひとりといえた。さすがに組の運営を任せられるだけあって、交渉のテーブルにさえなかなかつかせようとしない。

〈証拠あんのかって訊いてんだよ、伊藤《いとう》〉

「有道です」

〈お前の名前なんざどうだっていいんだよ、武藤《むとう》。まずそっちに非があるのを認めろ。さもなきゃ、てめえはいつまで経っても、おれに会えやしねえ〉

有道は頭をガリガリと掻いた。

川末の身や将来を考えて、慎重に交渉を続けていたが、やはり慣れないことをすべきではない。

有道は思い切ってカードを切った。

「もうたくさんだ。会いに行けるアイドルってのがいたけどよ、会いに行けねえヤクザなんぞ、いつまでも相手にしてられるか」

〈おい、有道了慈！　なにを開き直ってんだ。たくさんなのはこっちのほうだぞ。キック小僧にやられたチンピラどもは、今にも動画をアップしようと準備してんだ。マスコミにもリークするつもりなんだぞ、それをこのおれが――〉

「うるせえ！　うるせえってんだよ、このクソヤクザが」

有道は大きく息を吸い込んでから声を張り上げた。矢田の鼓膜を破るくらいの勢いで。

「おれらは今から最寄りの署に駆け込む。そもそも川末の将来よりも、今はあいつの命がなにより大事だ。本部長のあんたが長期刑《ナガムシ》喰らえば、蒲原一家を支える人間は誰もいねえ。街のダニどもがきれいさっぱり一掃されるってわけだ。川末のキック人生は終わるだろうがよ、これで『山ふじ』は大手を振って商売に励めるってもんだ。あばよ」

有道は罵詈雑言を浴びせて、一方的に電話を切った。

助手席の遠賀にチラリと目をやると、彼は目を合わせてうなずいてくれた。有道が訊いた。

「やりすぎたかな」

「いいえ、それでいいと思います。矢田は余裕のあるフリをしてますが、内心は警察《サツ》に逮捕《パク》られるのをおそれていることでしょう。失うものはやつらのほうが多い」

「そう言ってくれると助かるが、川末のキック人生、もしかすると本当に終わっちまうかもしれねえぜ」

「死ぬよりはマシです。それに陸久にしても、夢を捨てて蒲原一家に挑んだんでしょう。私は嬉しいんですよ。あいつは私と違い、プロの壁にぶつかって弱い者イジメに精を出すような小人物ではなかった。あいつにとって『山ふじ』はホームであり、かけがえのない故郷でもある。キックよりも大事な居場所なのでしょう。それを守るために命を懸けるとは。陸久は立派な鷹《たか》だった」

「ああ。大した野郎だよ。ああいう俠気《おとこぎ》あふれる若者が、のびのびと活躍して人気者になるべきなんだ。クソヤクザなんぞに足を引っ張られることなくな」

有道のスマホが再び震えた。矢田からだった。

電話に出ると、矢田の怒声が鼓膜を震わせた。

〈コラ！　てめえ、ふざけやがって！〉

「コラコラ問答はたくさんだ。おれと今すぐ会え。牢屋《ろうや》にぶちこまれたくなかったらな」

木材を叩く激しい音が聞こえた。

矢田がテーブルかなにかを殴ったのだろう。カタギ如《ごと》きに強気に出られて、本気で腹を立てているようだ。ガツンガツンとひとしきり殴打してから、矢田は威嚇する犬みたいにうなった。

〈クソッタレが。北千住の宿場町《しゆくばまち》通りまで来い〉

今度は矢田が一方的に告げて電話を切った。

有道は車を尾竹橋《おたけばし》通りまで走らせた。片側二車線の広い道路で、車線を頻繁に変えながら南下した。道交法を無視して走行車線側から車を抜き去り、派手にクラクションを鳴らされた。

他のドライバーの怒りを買ってまで飛ばしても、目的地に数十秒ほど早く着けるだけにすぎない。それでも、川末が蒲原一家の連中にひどい暴行を受けている可能性が高く、一刻も早く駆けつける必要があった。

夜の宿場町通りは混み合っていた。昔ながらの理容店やパン屋といった地元民相手の店も残る一方、バーや焼き鳥屋などありとあらゆる業種の酒場やレストランが並ぶ呑兵衛ストリートでもある。外国人観光客や学生と思しき酔っ払いの一団をクラクションで蹴散らして走る。

商店街を半ばまで進んだところで、矢田からまた電話が入った。やつは商店街の北の端にある雑居ビルを指定した。会談場所は雑居ビルの地下にあるパーソナルトレーニングジムだった。

商店街は駅に近い南側こそ人で賑わっていたものの、北側は営業を終えた乾物店や診療所、潰れた個人商店が並び、急に闇が濃くなっていた。

雑居ビルは小さな五階建てで、一階は空き店舗だった。他の階にはリサイクルショップとメンズ脱毛専門店、タトゥースタジオが入っている。地下へと続く階段は真っ暗だったが、『ボディメイクスタジオ・ゴールディ』と記された袖看板がある。

有道は美桜に電話をかけた。

「川末の無事を確かめたらシグナルを送る。そんときはよろしくな」

〈待ちくたびれたよ。早くぶっ放したい〉

美桜はサブマシンガンのコッキングレバーを引いてみせた。金属の部品同士が嚙み合う音がする。この女は物騒なことに私物の拳銃や機関銃まで所有していた。

有道のヴァンにはGPS発信機を取りつけてある。美桜は有道の居場所を把握しており、五百メートルほど離れた距離を維持して、有道たちと行動をともにしていた。

当初こそ粘り強く交渉し、蒲原一家に多額のカネを払って穏便にカタをつけようとしたが、川末が拉致されたとあっては方針を変えるしかない。遠賀自身もカネを一銭も出さないと決めている。三百万だろうと一千万だろうと、いくらカネを積んだとしても、蒲原一家は二度嚙みも三度嚙みもする外道で、『山ふじ』から手を引くつもりはないだろうと見切りをつけた。

有道はヴァンを路肩に停めた。セカンドシートのアタッシェケースを手に取る。

「遠賀さん、あんたは座ってるだけでいい。ビビったふりをして、カネならいくらでも出すと――」

　有道はとっさに鼻をつまんだ。車内にひどい刺激臭が充満しだした。遠賀が背もたれを元に戻し、栄養ドリンクの瓶を鼻に近づけている。

「う、臭《くせ》え。あんた、なにやってんだ」

「気付けのアンモニアですよ。今じゃ禁止されてますが、こいつで試合やスパーのときは気合を入れたもんです」

「ちょっと待てよ。あんた……やる気なのか」

　有道がファイティングポーズを取った。遠賀は毛布を振り払って、ジャージ姿でヴァンを降りる。

「状況次第です。行きましょう、陸久が心配だ」

「あ、ああ」

　有道は怖々と遠賀を見やった。

　彼に期待しているのは、当然ながら腕力などではない。東京でヤクザをやっていた以上、白凜会系の組織とも親交があっただろう。遠賀は全国の組織に客分として招かれている。人脈やコネを相当持っているに違いないと踏んでいたのだ。

　だが、車中の彼はどこかに電話やメールをする様子はまったくなかった。気合を入れた遠賀とは対照的に、有道の心には暗雲が垂れこめる。この老人の頭は大丈夫なんだろうか。

雑居ビルの階段はかなり急だ。遠賀は手すりに摑まりながら、踏み外さないように慎重に下りる。階段の上り下りなど、久しぶりだといわんばかりのギクシャクとした動作だ。

有道はたまらず声をかけた。

「遠賀さん、あんた——」

遠賀が口に人差し指をあて、口を閉じるように命じてきた。

階段を下りた先の踊り場には、ストリート系のダブついた格好の悪ガキふたりが立っている。どちらも未成年と思えるくらい、ツルッとしたツラをしているが、相撲取りでも目指しているかのようによく肥えていた。

ふたりの悪ガキが手招きしてきた。

「早く来いや。本部長がお待ちだ」

地下まで下りると、悪ガキどものボディチェックを受けた。

有道は両手を上げて応じつつ、ジムのドアに目を向けた。ガラス製のオフィス用のドアだが、ミラー調の目隠しフィルムが貼られて室内までは見えない。

ポケットに手を突っこまれ、有道たちはスマホを奪い取られた。悪ガキのひとりがスマホをつまみ上げる。

「こいつは預からせてもらう」

アタッシェケースの中身も調べられた。一千万円もの現金が帯封つきで入っているのを見て、悪ガキふたりは顔をほころばせた。ひとりがドアを開ける。

奇妙な臭いがした。血と芳香剤とウレタン素材に加え、男たちの加齢臭やタバコ臭がする。イザコザが起きたボッタクリバーと似た臭いだ。

トレーニングジムだけあって、床にはウレタンマットが敷きつめられてあった。隅の棚にはダンベルやバトルロープ、エクササイズ用のフラフープなどが置かれてある。

しかし、室内は健康と無縁そうな男たちで埋まっていた。紺色の行動服やダークスーツを身につけている。表の悪ガキと合わせると全部で七人だ。

超高齢化が著しいヤクザ業界のなかで、蒲原一家は若返りに成功している部類に入るだろう。十代と思しき悪ガキから、キツいパーマをあてた三十代、それに眉まで剃《そ》った禿頭の六十代までと、やけにバリエーションに富んでいる。

本来なら室内用のシューズを履くか、靴を脱ぐべきところなのだろうが、全員がローファーやブーツを履いたままだった。有道たちもウレタンマットに土足で上がった。

部屋の中央にはパイプ椅子が置かれ、本部長と思しき矢田がどっかりと座っていた。今時のヤクザらしく、頭の両サイドをやりすぎと思えるくらいに刈りこみ、ライン入りの七三分けにしている。リーダーであるのを示すためか、ダークスーツのうえに真っ赤なマフラーをかけていた。

矢田の足元には川末が転がっていた。上半身を裸に剝かれ、後ろ手にワイヤーでくくられていた。鼻の周りには血の塊ができており、口には猿ぐつわを噛まされていた。

だいぶ痛めつけられたようで、裸に剝かれた上半身には打撲傷や擦過傷をいくつもこさえていた。とはいえ、もっともひどい傷は、有道の払い腰によるもので、背中に大きな青痣が残っている。

有道はそっと安堵の息を吐いた。見た目こそひどいが、深刻なダメージではなさそうだ。

矢田がタバコをくわえた。キツいパーマの三十代の男が、即座にライターで火をつける。矢田が大量の煙を吐いて、玄関にいた悪ガキたちに声をかけた。

「スマホは取り上げたんだろうな!」

「はいっ」

悪ガキたちは威勢良く返事をすると、玄関ドアの内鍵をロックした。

「よーし。それじゃ、ようやくホンネであれこれ言えるってことだな。最近はどいつもこいつも隠れて録音録画。油断ならねえったらありゃしねえ」

矢田は芝居がかった様子で大きくノビをした。遠賀を手招きする。

「あんたがこのキック小僧のタニマチか。これから長いおつきあいになりそうだと思えば、死にかけの爺さんじゃねえか。心臓か、それともガンか？」

遠賀は室内を見回していた。矢田の言葉などまるで耳に入っていないかのように、ジムの器具や男たちの顔ぶれを確かめて呟く。

「七人か。これならお嬢の手を煩わせるまでもない」

「おいコラ。耳が遠いのか。こっち向け、ジジイ」

矢田が怪訝な顔つきになった。相手の出方をあれこれ想定していたのだろうが、まるでシカトされるとは思っていなかったらしい。

「本気なのかよ」

有道は遠賀に耳打ちした。訊くまでもなかった。遠賀の目は今や猛禽類《もうきんるい》のように鋭く、まとっている気配がまるで違っている。

「私が四人。有道さんは三人頼みます。拳銃《チャカ》を持ってるのはあのパーマ頭だけのようです」

「四人って……」

遠賀は急にジャージを脱ぎ捨て、肌着一枚になった。玄関へとスタスタ歩き出す。

有道は覚悟を決めた。頭をペコペコ下げながら矢田に近づく。

「すまねえな。末期ガンのうえに認知症も患ってるんだ。さっきまではシャキッとしてたのによ」

「ここは暑い。ビール飲みたい……」

遠賀が見張りの悪ガキたちに近づく。

「なんだこのジジイ。ダメだ、ダメだ」

悪ガキたちが嘲笑し、追い払うように手を振る。

その瞬間だった。遠賀がノーモーションで右ストレートと左アッパーを繰り出した。雷光のような速さでコツンコツンと軽い音がした。

悪ガキふたりの目から光が消え、糸の切れた操り人形のように倒れこんだ。どちらも意識が飛んでおり、受身も取れないままウレタンマットに頭をぶつける。

有道は目を見張った。肩や腕をうまく脱力させたハンドスピードも驚異的だが、的確に急所を捉える当て勘が優れている。右ストレートも左アッパーも顎の先端を捉え、悪ガキふたりを瞬時に脳しんとうへと追いやった。

たまげているのは矢田たちも同じだった。矢田はタバコを取り落としている。

全員の注意が遠賀に向いていた。その隙をみすみす逃すわけにはいかない。矢田との間合いを詰め、有道はがら空きの顎に前蹴りを喰らわせた。つま先で顎を思い切り蹴飛ばすと、矢田が頭を大きくのけぞらせ、口から霧状の血と数本の歯を吐き出した。パイプ椅子ごと後ろに倒れる。

さらに傍にいたパーマの男に組みついた。男はベルトあたりに右手を伸ばしており、遠賀の言うとおりリボルバーを抜き出そうとしていた。

リボルバーを向けられる前に、有道は右袖と襟を摑んで頭突きをかました。相手の鼻骨が砕けるのを額で感じながら、さらにトドメの頭突きを顔面に放った。男は顔面を真っ赤に染め、タコのようにぐにゃりと脱力しながら床に沈む。

リボルバーを奪い取ろうと身を屈めた。しかし、ヤクザたちは間を与えてはくれなかった。短髪の中年ヤクザがスタンガンを手に、横から襲いかかってくる。バチバチと音を鳴らし、有道の脇腹に迫ってくる。

電撃の痛みを覚悟したが、その前に中年ヤクザが派手に転倒した。川末が芋虫のように床を這い、中年ヤクザの足を引っかけてくれたのだ。

「こいつで三人だ」

有道は中年ヤクザの側頭部にサッカーボールキックを見舞い、川末に目で感謝の合図を送った。長時間にわたって監禁され、手ひどいリンチを受けたにもかかわらず、戦意は失っていないようだ。

川末の猿ぐつわを解《ほど》きながら、遠賀のほうに目を向けた。彼は大柄な戦闘服の男に胸ぐらを摑まれていた。男はケンカの心得があるらしく、遠賀がボクサーだと悟り、組みついて投げ飛ばそうとする。

遠賀は冷静だった。右足を引いて間合いを作り、日本拳法風の直突《じかづ》きを男の鳩尾《みぞおち》に突き刺した。武術を極めた達人のような所作だった。体軸を回転させた見事なフォームで、衝撃が背中にまで伝わりそうな一撃だ。男は肌着を摑んだまま、後ろへとすっ飛んでいく。

遠賀の肌着がビリビリに裂け、彼の痩せ細った裸が露になった。胸と腹には長大な手術痕があり、右腕の肌は抗がん剤治療の点滴のせいか、焦げ茶色になっていた。背中にはびっしりと和彫りが入っている。

「閻魔の刺青《モンモン》……何者なんだ」

川末が息を呑んだ。

ピンピンしている蒲原一家の人間はひとりだけになった。禿頭の老組員が手にフォールディングナイフを握っている。

「ら、雷神パンチだ！　あんた……まさか新宿《ジュク》のカミナリじゃ」

遠賀は肩で息をしていた。咳を漏らしながら老組員と対峙《たいじ》する。

「そんな大昔の話、よく覚えてやがるな。さあ、カタをつけようか」

遠賀はファイティングポーズを取りながら、老組員との間合いをジリジリと詰める。

「じょ、冗談じゃねえ！　伝説の喧嘩師にゴロなんて巻けねえよ。あんた、武器持った中国人マフィア《チャイマ》八人を、雷神パンチで叩きのめしちまったんだろ。おれらの世代で知らねえやつはいねえよ。まさかあのパンチをこの目で見られるなんて。嘘みてえだ」

老組員は感激したように早口で喋った。思いがけないところで大好きなアイドルに出会えたオタクみたいだ。仲間がコテンパンにやられたにもかかわらず、伝説の喧嘩師に会えた喜びのほうが明らかに上回っている。

有道は老組員に話しかけた。遠賀を指さす。

「あんたらの世代でそんなに有名なら、会長さんもこのカミナリ様をご存じなのか？」

「もちろんだ。当時の実話誌を今でも大事に持ってるくらいで」

「お前らはそのカミナリ様の大事なご子息を監禁してボコったんだが、それについてどう思う？」

「えっ」

「すぐに会長を呼び出せ！　てめえも雷神パンチの餌食《えじき》になりてえか！」

「は、はい」

老組員がスマホを取り出して電話をかけ始めた。

有道はスポーツウェアを脱ぎ、遠賀の肩にかけてやった。

「あんたも人が悪いぜ。こんだけの有名人なら、新宿《ジュク》のカミナリというあんたの通り名を出すだけでカタがついたかもしれねえのに」

「自分でも驚いてますよ。こんな老いぼれを今も覚えてる人たちがいるなんて。考えもしなかった」

遠賀はがくりと片膝をついた。身体が限界に達したのか、苦しげに咳きこむ。

「おい、大丈夫か！」

有道は遠賀の背中をさすってやった。

階段を下りるのもやっとの末期ガンの老人が、悪党相手に大立ち回りを繰り広げたのだ。大丈夫なはずがない。スポーツウェアの袖や床が喀血《かっけつ》によって赤く汚れる。

有道は悪ガキたちのもとまで駆け寄った。ポケットを探ってスマホを取り戻すと、美桜に電話をかけた。武器はいらねえが、急いで駆けつけるようにと。

「おい、じっとしてろよ」

遠賀が床を這っていた。口の周りを己の血で染め上げながら、鬼気迫る表情で川末に近づく。有道が止めようとするも、彼は首を横に振って拒んだ。

「私にやらせてください。頼みます」

遠賀は川末の手首を縛めるワイヤーに触れた。血に染まった手でワイヤーを解く。

「あんた……」

川末はひどく困惑していた。歯を噛みしめながら遠賀を睨みつけつつ、唇を震わせて涙を流す。抵抗する様子は見せない。

遠賀はワイヤーを解き終えると、力尽きたのだろう、息子の身体に覆い被さるようにして倒れた。

6

川末は攻めあぐねていた。

持ち前の気の強さでプレッシャーをかけるが、対戦相手はムエタイで百戦以上も試合をこなし、日本人キラーとして名を売っているタイ人の強豪だ。

三十歳のタイ人はとくにディフェンスで優れており、川末のパンチやキックを的確にブロックしたかと思うと、打ち終わりを狙ったカウンターを喰らわせるなど、若い川末よりもクレバーな戦いを展開させていた。

「ああ、一本調子じゃねえか！　もっとフェイント入れて防御を崩さねえと」

美桜がモニターに向かって叫んだ。有道は彼女をたしなめた。

「病室だぞ。騒ぐやつがあるか」

「騒がずにいられるかよ。こうして父親が見てるってのに」

美桜は遠賀の肩に触れた。

ベッド上の遠賀が正面で観戦できるよう、オーバーベッドテーブルのうえに大型モニターを設置した。遠賀は枕に頭を乗せたまま、息子の試合を無言で見つめている。

正直なところ、遠賀が試合をちゃんと見ているかどうかは不明だ。彼の目はずっと虚ろだった。息子の試合内容どころか、自分の状況すら理解できているかどうかも怪しい。

三週間前の殴り込み以来、遠賀の意識レベルは急速に低下した。何度か見舞いに訪れてはいたが、傾眠傾向に陥っており、眠っているだけの日が多くなった。食欲も消え失せ、歩行すらもうままならない。蒲原一家との戦いに全精力を注ぎ、そのまま燃え尽きてしまったのかもしれなかった。彼は残りの寿命をすべて拳にこめたのだ。

昼も夜もウトウトとしている遠賀を起こし、その後の川末や『山ふじ』について説明をしたが、遠賀は曖昧な相槌を繰り返すのみで、どこまで理解できたかはわからない。

有道はふいに三週間前を思い出した。

――し、仕返しなんてとんでもねえ。おれももちろんだが、白凜会《うち》の四代目だってあんたのファンなんだ。そんなあんたの息子をさらって痛めつけるとは。

蒲原一家の会長はトレーニングジムにおっとり刀で駆けつけると、遠賀に頭を深々と下げた。小指を切るジェスチャーをする。

――ケジメはつけさせます。矢田にはコレさせますんで、どうかご容赦ください。

会長は遠賀よりも年長であり、一家の首領のわりには、どこか軽薄さを感じさせる老人だった。

有道と遠賀に痛めつけられ、フラフラになっている子分を介抱するでもなく、むしろ冷ややかに見やるだけだった。本部長の矢田に前蹴りを喰らわせ、前歯を三本へし折ったとはいえ、こんな薄情な親分を持った彼を少しばかり気の毒に思った。

有道はリボルバーを会長の頭に突きつけた。パーマ頭のヤクザが持っていたものだ。

——小指《エンコ》なんかいるか、ふざけやがって。山下啓吾は除籍でも破門でもいい。それから今夜中に回状《チラシ》作って全国に送れ。『山ふじ』に二度と関わるな。

——え、いや、それは……。

美桜が脅し用のハンティングナイフを会長の首に突きつけた。

——子分の容態よりも、『山ふじ』という金蔵が大切ってわけだ。ヤクザの鑑《かがみ》だね。今すぐ取りかからないと、あんたの本宅と愛人の家にバキュームカーを突っこませるよ。こっちはやる気マンマンだけど、あんたんところに身体張ってくれる子分はまだいるの？

——わ、わかりました。バキュームは勘弁してください。

会長との話をつけると、すぐに遠賀を病院へと連れて帰った。

喀血は止血剤の内服によってすぐに治まり、翌日の夕刻には山下を除籍処分とする葉書が蒲原一家の名前で届いた。あれから『山ふじ』には嫌がらせの類はなく、みかじめ料や強制購入を求める組員やチンピラは姿を見せていない。同僚の久保の調査によれば、今回の件で蒲原一家自体に解散話が持ち上がっており、今は内輪揉めに発展しているという。

川末のケガはどれも軽傷であり、父親が願っていたとおり、今は明るいスポットライトのもとでファイトをしていた。

第二ラウンドの終了を告げるゴングが鳴った。対戦相手のタイ人は悠々と自コーナーに戻り、一方の川末は苛立った様子でキャンバスを踵《かかと》で踏みならした。

美桜がモニター上の川末を睨んだ。

「だいたい攻めだけじゃなく、こいつは人として雑なんだよな。師匠の見舞いにすら来なかったし。一度くらい礼を言いにツラ見せろってんだ」

「そりゃ酷な注文だろ」

「なんでさ。こうして殴り合いに励めるのも、居酒屋が健全に営業できるのも、師匠の拳と名声のおかげだってのに」

同僚にすらナイフで威嚇するような女が、義理人情について語るとは。喉元まで言葉がこみ上げたが、口にすればここでも殴り合いが起きそうなので黙った。

美桜が遠賀に肩入れするのも理解できた。古株のヤクザたちの間では、伝説の喧嘩師として知られていたらしい。

二十年前、新宿を荒らし回っていた中国人マフィアが根城にしていた喫茶店に乗りこみ、トカレフや青竜刀で武装していた八人の構成員全員を素手で叩きのめしたのだ。ひとりは内臓破裂による腹腔《ふくこう》内出血によるショックが原因で死亡している。

それ以外にも、スナックで暴れる相撲取りを通称雷神パンチでおねんねさせ、ドラッグを縄張り内で売るチーマーやカラーギャングといった悪党たちをひとりで退治するなど、彼は多彩なエピソードの持ち主だった。

それほどの武勇伝を持ちながら、遠賀本人は一度もそれをひけらかしたりはしない男前だった。ファンが大勢いるという自覚すらなかったのだろう。彼からケンカを学んだ美桜ですら、暴力だけが取り柄の流れ者としか思っていなかったという。

いくら偉大な男だったとしても、川末からすれば素直に感謝できる相手ではないのだろう。遠賀は父親としては失格者だ。息子の傍にいてやれもしなければ、子育てのためになにかしてきたわけでもなく、人殺しとして刑務所に入っていたのだ。

急にひょっこりと現れ、父親ヅラして助けられたとしても、喜ぶどころか腹立たしく思えたかもしれない。礼を言いに来るどころか、別の意味でお礼参りをしに来てもおかしくなかった。

最終ラウンドのゴングが鳴った。アンダーカードの試合でありながら、観客はだいぶヒートアップしており、歓声と怒号が飛び交う。

川末が相手コーナーまで猛ダッシュし、タイ人にいきなり飛び膝蹴りを繰り出した。まるで有道と初めて出会ったときのように。ただし、百戦錬磨のタイ人は予期していたかのように、横へステップしてかわした。

川末はキャンバスを転がり、すぐに立ち上がっては、さらに攻勢を強めた。ノックアウトを狙っているのか、側頭部へのフックを強振し続ける。タイ人はきっちり腕を上げてガードをする。

美桜が眉をしかめた。

「まったく、なんのために助けたんだか。あんなバレバレな攻撃してたんじゃ、永久追放になるまでもなく自然消滅するのがオチだよ」

「どうだかな」

あの夜の川末は、もっとシャープで隙のないパンチを放っていた。

川末の右フックに合わせ、タイ人がカウンターのローキックを打った。川末の左腿を的確に蹴飛ばす。肉を打つ音が鳴り響いた。

川末がお返しとばかりに右ハイキックを放った。またも側頭部狙いの大振りだ。こめかみに打撃がヒットすれば、確かに一撃でカタをつけられるが、試合巧者にそんな攻撃が通じるはずはない。

タイ人は耳のあたりにグローブを密着させ、川末のハイキックをしっかりガードすると、打ち終わりを狙って顔面にジャブを二発放つ。川末は二発とも顔面にもらって首をのけぞらせる。

「もう！　なにやってんだ。師匠の血引いてんだろ」

美桜が拳を振り回す。有道は遠賀を見やった。彼は相変わらず力のない目をモニターに向けている。

有道も声援を飛ばした。

「そのとおりだ。やつは遠賀守衛の息子だ」

川末はフック気味のジャブを側頭部に放ち、相手にまた耳のあたりをガードさせた。そして、右ストレートを真っ正面に打つ。この試合でもっともキレのあるパンチだ。

それは遠賀があの夜に見せたパンチとそっくりだった。日本拳法風の直突きで、縦拳を相手の顔面に叩きこむ。タイ人は側頭部をガードしており、慌てて顔面をブロックしようとする。しかし、川末の拳はその隙間をすり抜けて鼻を直撃した。タイ人の膝がガクリと折れ、鼻から大量に出血する。

川末は間髪を容《い》れずにアッパーの連打を顎に見舞った。雑な攻撃から一転して、父親顔負けの雷光のような速さだ。

タイ人はロープ際まで飛ばされ、キャンバスの上に仰向けに倒れた。ほぼ失神状態にあるようで、レフェリーが途中でカウントを止めた。手を交差させて試合終了を告げる。

「うわっ。やったよ！」

美桜は遠賀の頭にしがみついた。川末がコーナーポストに上り、ガッツポーズで喜びを表す。

「川末はやっぱ立派な鷹だった。親父のあんたと同じくな」

有道は遠賀に語りかけた。

「あ……」

美桜が遠賀の顔を見つめた。遠賀の目から涙があふれて頬を伝う。

「師匠、よかったね」

美桜が遠賀の頭をなでた。

遠賀の目は虚ろなままだ。試合内容を理解していたかどうかは不明だ。だが、息子が見事に羽ばたく姿を、彼はしっかり見ていたに違いない。

「いい勉強をさせてもらったよ」

有道は遠賀の右拳をそっとなでた。

おもな参考資料

『ボビナムの教科書Ⅲ「秘技足技」編』マスターフゴ、天華堂、二〇一八年
『足場やろう』えりた、めちゃコミックオリジナル、サイドランチ、二〇二三年
『ルポ外国人マフィア――勃興する新たな犯罪集団』真樹哲也、彩図社、二〇二一年
『北関東「移民」アンダーグラウンド――ベトナム人不法滞在者たちの青春と犯罪』安田峰俊、文藝春秋、二〇二三年

方言監修　鷲羽大介

解説

西上心太

〈バッドカンパニー〉シリーズは、ほとんどが命のやりとりに等しい激しいアクションで幕が開く。

巻頭の第一話で必ずフィーチャーされるのが、有道了慈である。彼が初登場した時のシーンはこんな具合だ。

「有道了慈は拳銃を突きつけられていた。／眼前の銃は、モデルガンの類ではない。銃口は深い闇をたたえている」(「レット・イット・ブリード」、『バッドカンパニー』所収)

『オーバーキル　バッドカンパニーⅡ』の第一話「ホワイトラビット」では、野宮綾子からの仕事依頼を嫌がるのではなく、「そいつはおれにやらせてくれ！」という有道の積極的な台詞《せりふ》から始まるが、まあこれは例外。

本書の第一話「ワーキングクラス・ヒーロー」では鈍器が相手だ。

「有道了慈の視界がぐらついた。地面が斜めに見えてくる。／ヘルメットをかぶっていたとはいえ、重い鋼管で側頭部を思いきり叩《たた》かれたのだ」

いやはや。拳銃（粗悪なトカレフ）を突きつけられたり、鋼管で力いっぱい頭を叩かれている。ほかにも元空手家のヤクザの回し蹴りを受けたり、現役キックボクサーの飛び膝蹴りをあわやのところでかわしたり……と、命がいくつあっても足りそうにない目に遭っているのだ。

おっと、話を端折《はしよ》りすぎた。本書は『バッドカンパニー』（二〇一六年）、『オーバーキル　バッドカンパニーⅡ』（二〇一八年）に続く〈バッドカンパニー〉シリーズの第三弾である。前二作は「小説すばる」に連載された後にオリジナル文庫として刊行された。本書はオリジナル文庫であるのは一緒だが、「WEB集英社文庫」に二〇二三年一月～九月にかけて掲載された四編を収録している。本書からお読みになる読者のために、有道了慈が置かれている立場を紹介していこう。

有道了慈は元陸上自衛官。それも習志野の空挺部隊に所属し、過酷な訓練で知られるレンジャー資格を持つエリートだった。だが沸点が低いのが玉にきず。気に食わない上官をぶん殴り自衛隊を追い出される。その後、友人たちと焼き肉チェーンを一度は成功させ有卦《うけ》に入るが、それは長くは続かなかった。食中毒に加え友人による運転資金のチョロまかしなど負の連鎖が続く。有道は一発逆転を狙いギャンブルに手を出すが、儲《もう》かるはずもなく、筋の悪いところからの借金が増えるばかりで、あっという間に会社は倒産してしまう。妻子とも別れヤケになった有道は、債権者の暴力団の元に単身殴り込みをかけるも多勢に無勢。山に埋められるかというところを救ったのが野宮綾子だった。

野宮はNASヒューマンサービスという人材派遣会社の辣腕経営者だ。NASはノミヤ・オールウェイズ・セキュリティの略だ。顧客の素性を問うことはなく、依頼の内容も非合法であろうと断りはせず、全方位に向けセキュリティサービスのための人材を派遣している。野宮はヤクザと話をつけ、有道の借金も肩代わりした。有道の別れた妻子に養育費が滞りなく届くのもすべて彼女のおかげなのだ。だがその借金総額は五億円。なんだかんだと仕事に文句をつけながらも、有道は彼女に逆らうことが不可能なのである。

野宮は有道と同じく三十代後半だが、実年齢よりはるかに若く見える美人だ。流暢《りゅうちょう》なクイーンズイングリッシュを話し、海外の大学でMBAを取得しているとか、大組織の親分の娘であるとか、さまざまな噂《うわさ》がある謎めいた人物だ。クライアントには多額の依頼料を請求するが、どんな無理な依頼でもそれを引き受け完遂する（もっともそのしわ寄せが有道ら現場に出る人間に行くのだが）。その代わり依頼料をばっくれようとしたり、裏切ったりするクライアントには容赦ない鉄槌《てっつい》を食らわせ、素直に支払っておけば良かったと後悔するような目に遭わせるのだ。

彼女は単なる経営者にとどまらず、危険な現場に出張ることも厭《いと》わない。関西最大の暴力団とぶつかるような依頼であっても平然と引き受ける。なぜ彼女はわざわざ危険を呼び込むのか、警察に目をつけられたりはしないのか、そのような疑問は前二作をお読みいただくと理解できるだろう。さらに彼女の正体や真の狙いは第二巻の最後で明かされているので、彼女についてお話しするのはこのへんにしておこう。

もう一人の主要人物が柴志郎である。元公安刑事で普段は社長秘書として野宮綾子の側近く仕えている。有道とは犬猿の仲で、野宮に呼び出されるたびにごねる有道に対して辛辣な言葉を浴びせ、一触即発の事態になりかけるのがお約束のやりとりだ。

柴は内勤だけではなく、野宮の命令で現場仕事に出ることも多い。朝比奈美桜が登場するまでは、有道と交互に主役を務めていた。有道は演技力がほとんどない武力一方の男である。正式な武道ではなく、武器がなければ周囲のあらゆる物を利用して、相手の無力化をはかるレンジャー部隊仕込みの実戦技の持ち主だ。一方、柴にもそれなりの格闘技術はあるが、彼の本領は聞き込みによる情報収集や潜入調査にある。国会議員から女子大生の妹の身辺調査を依頼された際には、成り行きで身分を偽り強盗団に加わったこともあった。野宮に惚《ほ》れているため、やはり有道と同様に彼女の命令は絶対なのだ。

先に名前を挙げた朝比奈美桜が、身辺調査の対象となった女子大生だ。清楚《せいそ》な外見で一流大学に通っているのだが、実は裏の顔があったという顚末《てんまつ》を描いたのが「イーヴル・ウーマン」(『バッドカンパニー』所収)である。「もし、プロになる気があるのなら、連絡をちょうだい。鍛え直してあげる」という野宮の言葉に従い、NASに顔を出すようになった。本書のタイトルが〈スリーアミーゴス〉であるのはそのためだ。政治家一家に生まれ、家のためにエリート官僚か企業経営者の子息と縁組みさせられる運命にあった。

だが美桜はそれに逆らった。ある家庭教師の影響で勉学の面白さに目覚め、喧嘩《けんか》のやり方を伝授してくれた武闘派ヤクザのおかげで半端のない腕っ節の持ち主になったのだ。

強盗団に狙われた金持ちの護衛をする第三話の「サムシン・ステューピッド」では、この家庭教師と意外な場面で出くわしたことで、物語が大きく展開していく。最終話の「サンダーライジング」には、後者のヤクザが余命いくばくもない姿で登場する。彼の最後の願いを叶えるため、美桜はポケットマネーで有道に助太刀を頼むのだ。

前後したが、第一話「ワーキングクラス・ヒーロー」では、有道が中国人の技能実習生と偽って、地方の建設会社にもぐり込む。だが有道にはその目的が伝えられていなかった。やがて有道は同じ実習生として働く三人のベトナム人と親しくなるが……。

柴の公安時代の同僚から、連絡が取れなくなった情報提供者の女性の捜索を頼まれるのが第二話「オール・アポロジーズ」だ。柴が女性の行方を探るうちに、いけ好かないかつての同僚の真意が浮かび上がる。

第一話では技能実習生の実態、第三話ではSNSを利用した闇バイトなど現実の社会問題を扱っていることにも注目したい。

深町秋生は二〇〇四年に『果てしなき渇き』で第三回「このミステリーがすごい！」大賞を受賞し、翌年その作品が刊行されデビューした。その後の深町の歩みについては『バッドカンパニー』の杉江松恋氏の解説に詳述されているのでくり返さないが、杉江氏の言う通り、このデビュー作はまさに「情念に溢《あふ》れた犯罪小説」だった。その情念のほとばしりと、尖《とが》っていながら未熟さを感じさせる不器用な筆致に戸惑った記憶がある。だが徐々にテクニックを磨き、情念をそのまま表に出さず、娯楽性に富んだ犯罪小説を発表し、独自の地位を固めてきた。

このシリーズは数多い深町作品の中でも、狭いリアリズムと一線を画した楽しさに満ちたエンターテインメントである。毎回のストーリーの構成も、第一話は現場でのアクションで始まり、次章はカットバックして野宮のオフィスでのやりとりになるように、一定のパターンで進むシチュエーションコメディの手法を取り入れているのだ。

だがその後の展開は工夫が凝らされていて、予断を許さないのはさすがである。格闘シーン、暴力シーンも多いが、コメディ味もまぶされているためリラックスして読める、闇社会における攻防を描いたアクション小説である。

また各話のタイトルが、ロックやポピュラー音楽のグループ名や曲名になっているのにも留意してほしい。第一話「ワーキングクラス・ヒーロー」はジョン・レノンの曲だ。この曲の歌詞を解説したサイトを読むと、小説の内容とぴったりのタイトルであることがわかる。作者の細かい目配りには感嘆するしかない。

以前、ベストセラーのシリーズの著者である大ベテラン作家にインタビューした際に、記憶に残った発言がある。それは、「シリーズものは二作目までは勢いで書ける。だが三作目はそれまでの直球ではなく、変化球を投げなければだめだ」という言葉だ。同じ球種を続ければバッターには打たれるし、観客には飽きられる。前作で野宮綾子の野望は一段落し、本書は朝比奈美桜というキャラクターの登場が多くなった。その言葉を知るよしもない深町秋生が投じた変化球が本書である。

その大ベテラン作家はこうも言っていた。「三作目で目先を変えて上手くいけば、シリーズはもっと続けられる」と。

四作目を鶴首して待ちたい。

（にしがみ・しんた　書評家）

本書はフィクションであり、実在の団体、地名、人名などには一切関係ありません。

本書は、以下に掲載されたものをまとめたオリジナル文庫です。

初出「WEB集英社文庫」
ワーキングクラス・ヒーロー　二〇二三年一月
オール・アポロジーズ　二〇二三年二月
サムシン・ステューピッド　二〇二三年七月
（「ステイ・ウィズ・ミー」改題）
サンダーライイジング　二〇二三年九月

深町秋生の本

バッドカンパニー

人材派遣会社「NAS」。ヤクザ、テロリスト、国会議員……。法律なんてどこ吹く風、どんな依頼相手でも金を積まれれば汚れ仕事も引き受ける。スリリングなアクション満載の連作短編。

集英社文庫

深町秋生の本

オーバーキル

バッドカンパニーⅡ

クスリ漬けの元プロ野球選手の救済、悪徳サークル潜入。お金さえ頂ければ何でも請け負う人材派遣会社が大暴れ。美人社長・野宮の過去が明らかに？　人気シリーズ第2弾！

集英社文庫

集英社文庫　目録（日本文学）

姫野カオルコ　ひと呼んでミツコ
姫野カオルコ　サ　イ　ケ
姫野カオルコ　すべての女は痩せすぎである
姫野カオルコ　よ　る　ね　こ
姫野カオルコ　ブスのくせに！　最終決定版
姫野カオルコ　結婚は人生の墓場か？
平岩弓枝　釣　女　花房一平捕物夜話
平岩弓枝　女　櫛　花房一平捕物夜話
平岩弓枝　女のそろばん
平岩弓枝　女と味噌汁
平松恵美子　ひまわりと子犬の7日間
平松洋子　野蛮な読書
平谷美樹　賢治と妖精琥珀
平山夢明　他人《ひと》事《ごと》
平山夢明　暗くて静かでロックな娘《チャンネー》
平山夢明　あむんぜん
広小路尚祈　今日もうまい酒を飲んだ　～とあるバーマンの泡盛修業～
ひろさちや　現代版　福の神入門
ひろさちや　ひろさちやの　ゆうゆう人生論
広瀬和生　この落語家を聴け！
広　瀬　隆　東京に原発を！
広　瀬　隆　赤い楯　全四巻
広　瀬　隆　恐怖の放射性廃棄物　プルトニウム時代の終り
広　瀬　隆　日本近現代史入門　黒い人脈と金脈
広　瀬　正　マイナス・ゼロ
広　瀬　正　ツ　イ　ス
広　瀬　正　エ　ロ　ス
広　瀬　正　鏡の国のアリス
広　瀬　正　T型フォード殺人事件
広　瀬　正　タイムマシンのつくり方
広谷鏡子　シャッター通りに陽が昇る
広中平祐　生きること学ぶこと
アーサー・ビナード　出　世　ミ　ミ　ズ
アーサー・ビナード　空からきた魚
マーク・ピーターセン　日本人の英語はなぜ間違うのか？
深川峻太郎　キャプテン翼勝利学
深田祐介　翼　の　時　代　フカダ青年の戦後と恋
深谷敏雄　日本国最後の帰還兵　深谷義治とその家族
深町秋生　バッドカンパニー
深町秋生　オ　ー　バ　ー　キ　ル　バッドカンパニーII
深町秋生　スリーアミーゴス　バッドカンパニーIII
深緑野分　カミサマはそういない
福田和代　怪　物
福田和代　緑衣のメトセラ
福田和代　梟　の　一　族
福田和代　梟　の　胎　動
福田和代　梟　の　好　敵　手
福田隆浩　熱　風

集英社文庫　目録（日本文学）

ふくだももこ　おいしい家族
福本清三／小田豊二　どこかで誰かが見ていてくれる　日本一の斬られ役 福本清三
藤井誠二　沖縄アンダーグラウンド　売春街を生きた者たち
藤岡陽子　金の角持つ子どもたち
藤岡陽子　きのうのオレンジ
藤島大　北風　小説 早稲田大学ラグビー部
藤田宜永　はなかげ
藤野可織　パトロネ
藤本ひとみ　快楽の伏流
藤本ひとみ　離婚まで
藤本ひとみ　令嬢テレジアと華麗なる愛人たち
藤本ひとみ　ブルボンの封印(上)(下)
藤本ひとみ　ダ・ヴィンチの愛人
藤本ひとみ　マリー・アントワネットの恋人
藤本ひとみ　令嬢たちの世にも恐ろしい物語
藤本ひとみ　皇后ジョゼフィーヌの恋

藤原章生　絵はがきにされた少年
藤原新也　全東洋街道(上)(下)
藤原新也　アメリカ
藤原新也　ディングルの入江
藤原美子　我が家の流儀　藤原家の闘う子育て
藤原美子　家族の流儀　藤原家の褒める子育て
布施祐仁／三浦英之　日報隠蔽　自衛隊が最も「戦場」に近づいた日
船戸与一　猛《たけ》き箱舟(上)(下)
船戸与一　炎流れる彼方
船戸与一　虹の谷の五月(上)(下)
船戸与一　降臨の群れ(上)(下)
船戸与一　河畔《かはん》に標《しるべ》なく
船戸与一　夢は荒れ地を
船戸与一　蝶舞う館
古川日出男　サウンドトラック(上)(下)
古川日出男　gift

古川日出男　あるいは修羅の十億年
古川真人　背高泡立草
辺見庸　水の透視画法
保坂展人　いじめの光景
星野智幸　ファンタジスタ
星野博美　島へ免許を取りに行く
干場義雅　世界のビジネスエリートは知っている お洒落の本質
干場義雅　色気力
細谷正充・編　時代小説傑作選　江戸の爆笑力
細谷正充　宮本武蔵の『五輪書』が面白いほどわかる本
細谷正充・編　時代小説アンソロジー　くノ一、百華
細谷正充・編　野辺に朽ちぬとも　吉田松陰と松下村塾の男たち
細谷正充・編　新選組傑作選　誠の旗がゆく
細谷正充・編　時代小説傑作選　土方歳三がゆく
堀田善衞　若き日の詩人たちの肖像(上・下)
堀田善衞　めぐりあいし人びと

集英社文庫　目録（日本文学）

堀田善衛　ミシェル城館の人　第一部　争乱の時代
堀田善衛　ミシェル城館の人　第二部　自然 理性 運命
堀田善衛　ミシェル城館の人　第三部　精神の祝祭
堀田善衛　ラ・ロシュフーコー公爵傳説
堀田善衛　上海にて
堀田善衛　ゴヤ　Ⅰ　スペイン・光と影
堀田善衛　ゴヤ　Ⅱ　マドリード・砂漠と緑
堀田善衛　ゴヤ　Ⅲ　巨人の影に
堀田善衛　ゴヤ　Ⅳ　運命・黒い絵
穂村弘　本当はちがうんだ日記
堀辰雄　風立ちぬ
堀江貴文　徹底抗戦
堀江敏幸　なずな
本上まなみ　めがね日和
本多孝好　MOMENT
本多孝好　正義のミカタ　I'm a loser
本多孝好　WILL
本多孝好　MEMORY
本多孝好　ストレイヤーズ・クロニクル　ACT-1
本多孝好　ストレイヤーズ・クロニクル　ACT-2
本多孝好　ストレイヤーズ・クロニクル　ACT-3
本多孝好　Good old boys
誉田哲也　あなたが愛した記憶
本多有香　犬と、走る
本間洋平　家族ゲーム
前川奈緒・深谷かほる・原作　ハガネの女
槇村さとる　イマジン・ノート
槇村さとる・キム・ミョンガン　あなた、今、幸せ？
槇村さとる　ふたり歩きの設計図
万城目学　ザ・万遊記
万城目学　偉大なる、しゅららぼん
増島拓哉　闇夜の底で踊れ
益田ミリ　言えないコトバ
益田ミリ　夜空の下で
益田ミリ　泣き虫チエ子さん　愛情編
益田ミリ　泣き虫チエ子さん　旅情編
益田ミリ　かわいい見聞録
枡野浩一　ショートソング
枡野浩一　石川くん
枡野浩一　淋しいのはお前だけじゃな
枡野浩一　僕は運動おんち
増山実　波の上のキネマ
又吉直樹・堀本裕樹　芸人と俳人
町屋良平　坂下あたると、しじょうの宇宙
町山智浩　アメリカは今日もステロイドを打つ　USAスポーツ狂騒曲
町山智浩　トラウマ映画館
町山智浩　トラウマ恋愛映画入門
町山智浩　最も危険なアメリカ映画

集英社文庫　目録（日本文学）

松井今朝子　非道、行ずべからず
松井今朝子　家、家にあらず
松井今朝子　道絶えずば、また
松井今朝子　壺中の回廊
松井今朝子　師父の遺言
松井今朝子　芙蓉の干城
松井今朝子　歌舞伎の中の日本
松井玲奈　カモフラージュ
松井玲奈　累々
松浦晋也　母さん、ごめん。 50代独身男の介護奮闘記
松浦弥太郎　本業失格
松浦弥太郎　くちぶえサンドイッチ 松浦弥太郎随筆集
松浦弥太郎　最低で最高の本屋
松浦弥太郎　場所はいつも旅先だった
松浦弥太郎　いつもの毎日。 衣食住と仕事
松浦弥太郎　日々の100

松浦弥太郎　松浦弥太郎の新しいお金術
松浦弥太郎　続・日々の100
松浦弥太郎　おいしいおにぎりが作れるならば。 「暮しの手帖」での日々を綴ったエッセイ集
松浦弥太郎　「自分らしさ」はいらない くらしと仕事、成功のレッスン
松岡修造　テニスの王子様勝利学
松岡修造　教えて、修造先生！ 心が軽くなる87のことば
フレディ松川　老後の大盲点
フレディ松川　ここまでわかった ボケる人ボケない人
フレディ松川　好きなものを食べて長生きできる 長寿の新栄養学
フレディ松川　60歳でボケる人 80歳でボケない人
フレディ松川　はっきり見えたボケの入口 ボケの出口
フレディ松川　わが子の才能を伸ばす親 つぶす親
フレディ松川　不安を晴らす3つの処方箋 認知症外来の午後
松樹剛史　ジョッキー
松樹剛史　スポーツドクター
松樹剛史　GO-ONE

松樹剛史　エアエイジ
松澤くれは　りさ子のガチ恋♡俳優沼
松澤くれは　鷗外パイセン非リア文豪記
松澤くれは　想いが幕を下ろすまで 胡桃沢狐珀の浄演
松澤くれは　暗転するから煌めいて 胡桃沢狐珀の浄演
松嶋智左　流《る》警《けい》 傘見警部交番事件ファイル
松田青子　自分で名付ける
松田志乃ぶ　嘘つきは姫君のはじまり
松永多佳倫　沖縄を変えた男 栽弘義——高校野球に捧げた生涯
松永多佳倫　偏差値70からの甲子園 僕たちは野球も学業も頂点を目指す
松永多佳倫　偏差値70の甲子園 僕たちは文武両道で東大も目指す
松永多佳倫　まかちょーけ 興南 甲子園春夏連覇のその後
松永天馬　少女か小説か
松本侑子　花の寝床
モンゴメリ 松本侑子・訳　赤毛のアン
モンゴメリ 松本侑子・訳　アンの青春

集英社文庫

スリーアミーゴス　バッドカンパニーⅢ

2024年5月30日　第1刷
2024年7月6日　第2刷

定価はカバーに表示してあります。

著　者　深町秋生《ふかまちあきお》

発行者　樋口尚也

発行所　株式会社　集英社
東京都千代田区一ツ橋2-5-10　〒101-8050
電話　【編集部】03-3230-6095
【読者係】03-3230-6080
【販売部】03-3230-6393（書店専用）

印　刷　TOPPAN株式会社

製　本　TOPPAN株式会社

フォーマットデザイン　アリヤマデザインストア　　マークデザイン　居山浩二

ISBN978-4-08-744652-4 C0193